Fiona Blum

Das Meer so nah

GOLDMANN
Lesen erleben

Fiona Blum

Das Meer so nah

Roman

GOLDMANN

Dieses Buch ist auch als E-Book erhältlich.

MIX
Papier aus verantwortungsvollen Quellen
FSC® C014889
FSC
www.fsc.org

Verlagsgruppe Random House FSC® N001967

1. Auflage
Originalausgabe April 2018

Dieses Werk wurde vermittelt durch die Montasser
Medienagentur, München.
Gestaltung des Umschlags: UNO Werbeagentur, München
Umschlagfoto © GettyImages/Dougal Waters
FinePic®, München
Redaktion: Ilse Wagner
Satz: Uhl + Massopust, Aalen
Druck und Bindung: Friedrich Pustet, Regensburg
Printed in Germany
ISBN: 978-3-442-31478-2
www.goldmann-verlag.de

Besuchen Sie den Goldmann Verlag im Netz

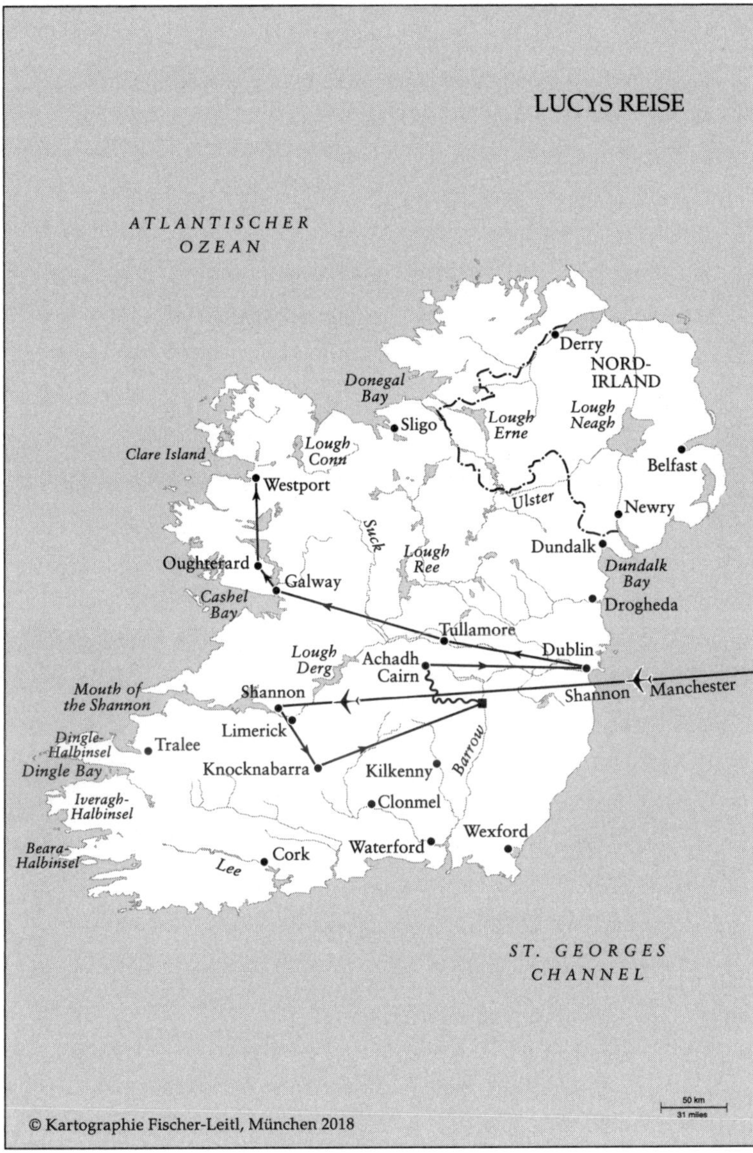
LUCYS REISE
ATLANTISCHER OZEAN
Derry
NORD-IRLAND
Donegal Bay
Lough Erne
Lough Neagh
Sligo
Lough Conn
Clare Island
Belfast
Westport
Ulster
Newry
Suck
Lough Ree
Dundalk
Oughterard
Dundalk Bay
Galway
Cashel Bay
Drogheda
Tullamore
Dublin
Lough Derg
Achadh Cairn
Mouth of the Shannon
Shannon
Shannon
Manchester
Limerick
Dingle-Halbinsel
Tralee
Barrow
Dingle Bay
Knocknabarra
Kilkenny
Iveragh-Halbinsel
Clonmel
Beara-Halbinsel
Wexford
Waterford
Cork
Lee
ST. GEORGES CHANNEL
50 km
31 miles

»Als ich fünf Jahre alt war, sagte mir meine Mutter, dass Glücklichsein das Wichtigste im Leben sei. Als ich zur Schule ging, fragte man mich, was ich werden wollte, wenn ich erwachsen sei, und ich schrieb: »glücklich«. Sie sagten mir, dass ich die Aufgabe nicht verstanden hätte. Ich sagte ihnen, dass sie das Leben nicht verstanden hatten.«

John Lennon

»… denn man kann nichts zähmen, was so frei und wild und glücklich ist.«

Emily Hughes, *Wild*

Dramatis Personae

TOTTINGTON/MANCHESTER

Lucy Skye Harper, Mathematiklehrerin mit rätselhaftem Zweitnamen und einer unbestimmten Sehnsucht

Chloé Harper, Lucys Tochter

Lilly und Peter Harper, Lucys überraschend schweigsame Eltern

Pippa Carlisle, Lucys jüngere Schwester, die ihr Herz an einen schottischen Gärtner verloren hat

Rob Carlisle, Pippas Mann, der schottische Gärtner

Joy, Jacky, Jenna, Jamie, Pippas Kinder

Jasper, Joseph, Pippas Hunde

KNOCKNABARRA

George Miller (Geordie), der Mann, der auszog, dem Regen die Stirn zu bieten

Maureen Mulligan, Friseurin, Taxifahrerin, Gästehausbesitzerin mit einem großen Herzen

Séamus (sprich: *schaimes)* Owen, Schaffarmer mit einem Glasauge und einer Weide, auf der man traurige Feste feiern kann

Flynn, junger Mann aus Dublin, der seine Kindheit um Haaresbreite überlebt hat und keine Briefe schreiben will

Erin, Streunerin unklarer Herkunft, rothaarig, ein Streichholz, das darauf wartet, angezündet zu werden

Gracie O'Malley, ältere Dame mit Vorliebe für Wäscheständer und irische Poeten, Nachfahrin der berühmtesten Piratin Irlands

Roísín (sprich: *Rosh-een*) MacNamarra, die mit den Feen spricht. Pubbesitzerin mit bewegter Vergangenheit, die zu oft friert

James Murphy, fiedelndes Original mit Hang zum Ale, dessen Zukunft 1972 in Derry endete

Raymond Campbell, Musikproduzent aus Dublin, der weiße Anzüge und spitze Schuhe liebt und von Zeiten träumt, die es niemals gegeben hat

ACHADH CAIRN

Liam Cullen, Schaffarmer und Möbelschreiner, der an Feen glaubt, schon einmal am Abgrund stand und deswegen vorsichtig ist

Ryan O'Toole, Liams Freund und Pubbesitzer, der froh ist, dass seine Frau ihn liebt und seine Schwiegermutter tot ist

GALWAY

Michael Byrne, Anwalt, der von etwas träumt, seit er ein kleiner dürrer Junge mit abstehenden Ohren war, aber es lange nicht weiß

Arthur Cox senior, Anwalt, der Sean Connery von Galway

Arthur, »Art« Cox junior, sein Sohn, der sich redlich bemüht, in die Fußstapfen seines Vaters zu treten, auch wenn er nicht wie Sean Connery aussieht

Saoirse (sprich: *Sörscha*), Tanzlehrerin, deren Gesang für Gänsehaut sorgt

Fintan O'Shea, Bodhránspieler und ehemaliger Weiberheld, der jeden Tag baden geht und eine Menge weiß

Katie McMahon, Fintan O'SheasTochter, die vortrefflichen Irish Cheese Cake backen kann und auch sonst eine wunderbare Gastgeberin ist

Siobhan (sprich: *Schewon*), Fintan O'Sheas Enkelin, die schon entschieden hat, wen sie heiraten will

Schafe. Viele Schafe. Und ein Hund

Prolog

Als ich ein Kind war, vielleicht fünf, sechs Jahre alt, gab es eine Zeit, in der ich Angst vor Regen hatte. Es fing mit der Angst vor Gewittern an. Doch nach einer Weile wurde es schlimmer. Sobald sich auch nur ein winziges Wölkchen am Himmel zeigte, hatte ich das dringende Bedürfnis, auf der Stelle Schutz zu suchen. Irgendwann – waren es Wochen, Monate oder Jahre später – verflüchtigte sich diese Angst wieder, sie verdampfte wie eine Pfütze in der Sonne, und ich vergaß, dass sie einmal da gewesen war.

An jenem stürmischen Tag im Dezember 1974, als ich – fast ein Vierteljahrhundert später – auf der Fähre Richtung Irland an der Reling stand und mit rebellierendem Magen auf die wütende irische See blickte, fiel mir diese alte Angst wieder ein, und ich fragte mich, warum ich mir für meine Flucht ausgerechnet einen Ort hatte aussuchen müssen, an dem es noch mehr regnete als in England?

Heute weiß ich die Antwort:
Gerade deswegen.

Um zu lernen, dass man nur frei sein kann, wenn man nicht bei der ersten Wolke am Himmel nach Schutz sucht.

I

»Wir müssen es tun«, sagte Séamus und trank einen Schluck von seinem Pint. »Wir sind es ihm schuldig.«

»Aber es wird ihr Leben völlig durcheinanderbringen«, warf Maureen zweifelnd ein. »Können wir das verantworten?«

»Darum geht es nicht«, widersprach Roísín von der Theke her. Sie war die Wirtin des Pubs, in dem die beiden saßen und seit einer Stunde dieses Problem besprachen. »Es hätte schon längst geregelt werden müssen.« Sie ging zum Kamin und warf ein weiteres Stück Torf ins Feuer. Sofort breitete sich der durchdringende, säuerliche Geruch nach Moorerde im Raum aus. Roísín war eine der wenigen, die ihr Pub noch immer mit Torf heizte. Die meisten anderen Kneipenbesitzer waren längst auf Öl oder Gas umgestiegen, hatten künstliche Kaminfeuer installiert und waren froh, dass die Zeiten, in denen man auf die flachen braunen Briketts angewiesen gewesen war, endgültig vorüber waren. Torf roch nach Armut und Elend, fanden sie. Roísín widersprach ihnen, sie widersprach überhaupt gern und oft, und auch in diesem Fall hatte sie eine andere Meinung: Torf roch nach Heimat, nach Dingen, die man nicht vergessen durfte, er roch nach den Mooren, aus denen er kam, nach Pflanzen, die dort gelebt hatten, er roch nach Irland. Sein Rauch hatte die Farbe der Insel, deren Grün längst nicht so hell und leuchtend war, wie die Werbeprospekte die ganze Welt inzwischen glauben machen wollten. Die Farbe des Torfrauchs ging tiefer, erfasste alle Schattierungen der Insel, vom hellen Grün der Wiesen bis zum erdigen Braun der Moore.

Flynn hatte sich halb totgelacht, als sie darüber einmal gesprochen hatte. »Was für eine beschissene Farbe soll dein Torfrauch haben? Ich sag dir, er ist immer schwarz und stinkt nach Scheiße, egal, ob du deine Schwiegermutter oder deinen Slip verbrennst.«

Roísín hatte keine Antwort gegeben. Es lohnte nicht, mit Flynn über solche Dinge zu streiten. Er stammte aus Dublin, war groß geworden in einem der berüchtigten Ballymun Flats, deren elende Wohnungen bis zu ihrem Abriss Anfang dieses Jahrtausends denjenigen vorbehalten gewesen waren, denen überhaupt keine andere Wahl mehr blieb. Und ob das nicht schon genug gewesen wäre, hatte er auch noch seine Kindheit nur um Haaresbreite überlebt. In Flynns Kopf herrschte fortwährend Krieg, es gab nirgends eine Stelle, die friedlich genug war, um über Farbschattierungen des Torfrauchs nachdenken zu können. Roísín konnte das verstehen. Sie konnte überhaupt vieles verstehen, sogar Dinge, die sie gar nicht verstehen wollte. Jetzt kam Flynn zur Tür des Pubs herein, die Stirn wie immer zornig in Falten gelegt, gefolgt von dem alten James Murphy, der noch schlimmer humpelte als sonst. Die beiden setzten sich zu Maureen und Séamus, die ihnen besorgte Blicke zuwarfen. Schichtwechsel an Georges Sterbebett.

»Keine Zeit mehr«, nuschelte Murphy in seinen Bart. Er war kein Freund großer Worte. Dann schüttelte er den Kopf und versank in brütendes Schweigen.

»Erin meint, sie würde es wissen wollen.« Dieser überraschende Beitrag kam von Flynn. Alle vier wandten sich dem jungen Mann zu, der jetzt einen tiefen Schluck von dem Lager nahm, das Roísín ihm hingestellt hatte. Er zuckte mit den Schultern. »Was schaut ihr so? Is nich meine Meinung. Ich denke, Geordie könnte auf so 'ne englische Tussi glatt verzichten. Aber er denkt nicht so, oder? Hat immer von ihr gesprochen. Und Erin meint, sie wär stinkwütend, wenn's ihr niemand sagen würde.«

Verblüfftes Schweigen antwortete ihm. Dass Maureen, Séamus, Roísín und Murphy gleichermaßen erstaunt waren, lag zum einen daran, dass Flynn sich noch nie für irgendjemanden oder irgendeine Sache eingesetzt hatte, und zum anderen, und das war noch verblüffender, dass Erin ebenfalls eine Meinung dazu zu haben schien. Erin machte immer den Eindruck, als sei sie gar nicht wirklich anwesend, schwebe nur zufällig vorbei, um im nächsten Augenblick wieder in anderen Sphären zu verschwinden. Sie sahen sich an, und nach einer Weile nickte Maureen. »Wir rufen sie an.«

Am Morgen des vierundzwanzigsten August regnete es in Tottington, Greater Manchester, wie es nahezu den ganzen August geregnet hatte. Und jetzt, als der Monat in den letzten Zügen lag, würde es auch nicht mehr besser werden. Der Wind schob den Regen in Böen über die wie ausgestorben wirkende Straße, klatschte Blätter, die um diese Zeit noch gar nicht von den Bäumen hätten fallen dürfen, gegen die Windschutzscheiben der Autos und ließ Dachrinnen und Gullys überlaufen. Lucy S. Harper stand vor dem Haus ihrer Eltern in der Booth Street 11, schloss für einen Moment die Augen, atmete tief ein und mit einem Seufzer wieder aus und drückte dann energisch auf den Klingelknopf. Es muss ausdrücklich erwähnt werden, dass sie klingelte, denn normalerweise tat sie das nicht. Sie besaß einen Schlüssel für das Reihenhaus mit dem weiß gestrichenen Erker und dem spitzen Giebel über dem Eingang, das sich nur durch eine dottergelbe Haustür von den übrigen Reihenhäusern der Straße unterschied. Ihre Mutter bestand darauf, dass sie ihn auch benutzte, »du bist doch hier zu Hause, Liebes«, was Lucy allerdings nur ungern tat. Sie sperrte zwar gehorsam auf, blieb dann jedoch an der Schwelle stehen und rief durch die offene Tür nach ihren Eltern, um sie nicht womöglich bei irgendetwas zu ertappen, was Töchter nichts anging. Allerdings erschien sogar ihr selbst dieser Gedanke im Grunde abwegig, ja, fast lächerlich, denn jedes Mal, wenn sie sich bemerkbar machte, kam ihre Mutter aus der Küche, oder ihr Vater rief aus dem Wohnzimmer aus den Tiefen seines Sessels: »Mum ist im Garten.« Nie waren die beiden irgendwo anders anzutreffen als in Wohnzimmer und Küche und bei schönem Wetter im Garten. Dennoch. Lucy war Privatsphäre wichtig, und sie respektierte sie auch bei anderen. Selbst wenn diese es nicht wollten. Ihrer Schwester Pippa hingegen war solche Rücksicht fremd. Wenn sie ihre Eltern besuchte, marschierte sie, ohne zu klingeln oder zu rufen, einfach durch den Flur schnurstracks in die Küche, genau wie damals, als sie noch Kinder gewesen waren, jetzt allerdings meist gefolgt von ihrer vierköpfigen Kinderschar, den beiden Hunden und ihrem Mann Rob. Sie brachte Erdkrümel an ihren Schuhen, Blumensträuße aus ihrer Gärtnerei, selbst gebackenen Apfelkuchen und den Geruch nach frischer Luft mit und schaffte es sogar, dass ihr Vater sich aus seinem Lehnstuhl im Wohnzimmer erhob, sie nacheinander umarmte und Jamie, den jüngsten seiner fünf Enkel, in die Luft warf, bis er vor Vergnügen kreischte.

Lucys jüngere Schwester war ein Mensch, der überall, wo er auftauchte, die Leute zum Strahlen brachte. Das war immer schon so gewesen. Es störte Lucy nicht, dass sie anders war. Sie war nicht eifersüchtig deswegen, im Gegenteil. Die beiden Schwestern verstanden sich, und sie besuchte Pippa und ihre Familie gern. Sie hatten eine Gärtnerei am Stadtrand von Tottington, zu der ein altes Haus gehörte, das Rob renovierte, seit sie dort vor zehn Jahren eingezogen waren. Pippa war eigentlich gelernte Zahntechnikerin, doch als sie Rob Carlisle kennenlernte, der damals bei ihrem Freund die Hecke schnitt, veränderte sich ihr Leben von Grund auf. Sie verließ ebenjenen Freund, einen gut situierten, aber ihren Angaben zufolge sterbenslangweiligen Versicherungsmakler, wurde sofort darauf schwanger, bekam Töchterchen Joy und heiratete Rob Carlisle in der St. Anne's Church in Tottington in einem weißen, bauschigen Prinzessinnenkleid, den kleinen rothaarigen Säugling im Arm. Fünf Jahre und eine weitere Tochter, Jacky, später, übernahmen sie zusammen die Gärtnerei von zwei alten Schwestern, die beide schon über achtzig Jahre waren, zogen in das alte Haus und bekamen noch zwei Kinder, die jetzt achtjährige Jenna und das Nesthäkchen der Familie, den vierjährigen Jamie. Bis auf den Tick, dass Pippa und Rob allen ihren Kindern und sogar den beiden Hunden, Jasper und Joseph, Namen gegeben hatten, die mit J anfingen, schien das Leben von Lucys Schwester keinerlei Regeln zu folgen und war immer für eine Überraschung gut. Vielleicht musste das so sein, wenn man vier Kinder und zwei Hunde hatte, einen Kredit, den man in hundert Jahren nicht würde zurückzahlen können, mit einem impulsiven schottischen Gärtner verheiratet war und in einem Haus ohne funktionierende Heizung lebte. Für Lucy jedoch schien Pippas Alltag eher dem Überleben auf einem fremden Planeten zu ähneln. Im Gegensatz zu ihrer Schwester brauchte sie Regeln. Sie waren ihr fast so wichtig wie das Atmen. War atmen nicht auch eine Regel? Ein. Aus. Ein. Aus. Eins. Zwei. Eins. Zwei. Ohne Regeln gab es keine Sicherheit. Deshalb war sie auch Mathematikerin geworden. Denn die Welt der Zahlen war logisch, berechenbar, man konnte sich auf sie verlassen, und es gab keine Überraschungen. Wenn man alles richtig machte, kam man zum richtigen Ergebnis. Keine Diskussion. Wenn es tatsächlich einen Planeten gäbe, auf dem nur Mathematiker wohnten, Lucy hätte sich längst dort ein Haus gekauft.

Doch wir wollen nicht abschweifen. Die Frage, die sich am Beginn dieser Geschichte stellte, war eine andere, nämlich, warum Lucy an diesem regnerischen Morgen am Ende eines komplett verregneten Sommers gegen jede Regel auf die Klingel ihres Elternhauses drückte. Auch diese Frage hing mit Mathematik zusammen, irgendwie, jedenfalls aus Lucys Perspektive. Für sie waren ihr eigenes Leben und das Leben ihrer Eltern zwei Mengen, die sich zwar überschnitten, aber nur zum Teil. Und in dieser Schnittmenge, in der sich auch ein Teil von Pippas Leben befand, fanden Sonntagmittagessen statt, Weihnachten und Geburtstage, Telefonate und Besuche. Und auch der Schlüssel zu dem Reihenhaus befand sich in eben jener Schnittmenge, die der Größe nach durchaus variieren konnte. Fuhren ihre Eltern beispielsweise den Winter über, gleich nach Weihnachten, an die Costa Brava, wo sie seit einigen Jahren mit gleichgesinnten Paaren in einem kleinen Hotel am Meer zu überwintern pflegten, wurde ihre Schnittmenge kleiner, im Frühjahr jedoch, wenn sie zurückkamen und Lucy spürte, dass sie sie vermisst hatte, dehnte sie sich wieder aus.

Nun hatte Lucy heute Morgen einen Anruf erhalten, der weder in die Schnittmenge noch in die Menge ihres eigenen Lebens passen wollte. Der Anruf war quasi ein unbekanntes Element, wenn man so wollte. Mehr noch, er war geeignet, das gesamte Gleichgewicht von Mengen und Schnittmengen auseinanderzureißen, ja, zu zerstören. Ein Faktor, der nicht ins Schema passte und daher Unheil brachte. Unsicherheit, Verwirrung. Und aus diesem Grund hatte Lucy heute an der Tür ihrer Eltern geklingelt. Weil sie sich nicht sicher war, wie es um ihre gemeinsame Schnittmenge noch stand.

Ihre Mutter öffnete und rief erstaunt. »Lucy! Aber warum klingelst du?«

Lucy schaffte es nicht, sich mit Begrüßungsfloskeln oder irgendwelchen Erklärungen aufzuhalten. Sie zitterte vor Anspannung. »Ist Dad da?«

»Ja… natürlich, er sitzt im Wohnzimmer. Aber was ist denn…«

Lucy drängte sich an ihrer Mutter vorbei, vergaß, ihre nassen Schuhe auszuziehen, und die Jacke, die sie im Vorübergehen auszog, fiel zu Boden, da sie den Haken nicht getroffen hatte.

Ihre Mutter hob sie auf.

»Ich muss mit euch beiden reden«, sagte Lucy und hörte, wie ihre Stimme zitterte.

»Ist etwas passiert? Mit Chloé?« Auch die Stimme ihrer Mutter hatte jetzt einen alarmierten Ton angenommen.

»Nein. Mit Chloé ist alles in Ordnung.«

Chloé war Lucys Tochter. Sie stammte aus einer spektakulär und irgendwie auch vorhersehbar gescheiterten

Ehe mit einem ehemaligen Studienkollegen, David, inzwischen Lehrer für Englische Literatur und Sport im fernen London, mit dem Lucy schon während ihrer nicht einmal zwei Jahre währenden Ehe im Grunde keinerlei gemeinsame Schnittmenge gehabt hatte. Zwei Geraden, die sich ein Mal gekreuzt hatten. Nichts weiter. Nichtsdestotrotz hatte es sich gelohnt, denn Chloé war das Ergebnis dieser Begegnung gewesen, und sie war Lucys ganzer Stolz. Im letzten Jahr hatte sie die Schule beendet und war nach Manchester in eine WG gezogen, um zu studieren. Sehr zum Leidwesen ihrer Großmutter, die Chloé mit ihren achtzehn Jahren noch für viel zu jung hielt, um auszuziehen. Und, wenn man ehrlich war, auch zum Leidwesen von Lucy, die das aber nie zugegeben hätte. Junge Menschen brauchen ihre Freiheit. Ihnen müssen Flügel wachsen. Das war ihre feste Überzeugung, und so hatte sie Chloé tatkräftig geholfen, war mit ihr in einem von Rob und Pippa geliehenen Lieferwagen nach Manchester gefahren, hatte Kisten in den dritten Stock einer ziemlichen Bruchbude in der Nähe der Universität geschleppt und in dem abgewohnten Zimmer die Wände fliederfarben gestrichen, einen Schrank und ein Bett aufgebaut, Vorhänge aufgehängt und Nägel in die Wand geschlagen. Vor allem aber hatte sie Chloés Begeisterung geteilt. Über alles. So war Chloé. Es gab wenig, über das sie sich nicht freuen konnte. Und Lucy freute sich mit. Doch als sie nach einem gemeinsamen Essen in einem Pub in der Nähe der neuen Wohnung allein nach Hause gefahren war, hatte sie zweimal anhalten müssen, weil sie durch den Tränenschleier die Straße nicht mehr erkennen konnte.

Doch um Chloé ging es jetzt nicht.

Auch ihr Vater machte ein überraschtes Gesicht, als Lucy, mit vom Regen feuchten Haaren und nassen Schuhen, ins Wohnzimmer kam, gefolgt von ihrer Mutter.

»Sie muss mit uns reden«, sagte Lilly Harper, an ihren Mann gewandt, und sie klang dabei wie jemand, der die Worte aus einer fremden Sprache übersetzt. Peter Harper faltete seine Zeitung zusammen. »Reden? Worüber denn?«

Lucy setzte sich auf einen der Stühle am Esstisch und wartete, bis sich ihre Mutter ebenfalls gesetzt hatte. Die beiden saßen ihr erwartungsvoll und ein wenig beunruhigt gegenüber, ihr Vater im Lehnsessel, ihre Mutter auf dem Sofa, beide über siebzig Jahre alt, mit mehr oder weniger grauen Haaren. Ihr Vater hatte schon seit Langem eine Glatze und war ein wenig in die Breite gegangen, »stattlich« nannte er das; ihre Mutter war schlank geblieben und noch immer so gut aussehend wie eh und je, mit ihrem schön geschnittenen Gesicht und den dunklen Augen, eingerahmt von kurzen, dunklen, mittlerweile silbern gesträhnten Haaren, die ihr Gesicht noch zarter erscheinen ließen. Sie waren ihr so vertraut. Lucy räusperte sich mehrmals, bevor sie sagte: »Ich habe gerade einen Anruf bekommen. Aus Irland. Von einer Frau namens Maureen. Kennt ihr sie?«

»Irland? Maureen?« Ihr Vater runzelte die Stirn. »Wer soll das sein?«

»Keine Ahnung. Aber sie hat gesagt, ich solle sofort kommen. Mein Vater läge im Sterben.«

Es gibt Momente im Leben, die einem im Gedächtnis bleiben, ob man will oder nicht. Der erste Schultag mag so ein Moment sein, die Geburt des eigenen Kindes, eine Hochzeit, ein Scheidungstermin und all die peinlichen Situationen, bei denen man sich danebenbenommen hat. In jedem Fall aber vergisst man nie mehr den Augenblick, an dem man begreift, dass sich das eigene Leben von Grund auf ändern wird. Unwiederbringlich. Durch einen einzigen Satz. Einmal ausgesprochen kann er nicht mehr zurückgenommen werden.

Lucy spürte, dass sich mit diesen fünf Wörtern die Koordinaten ihres Lebens verschoben. Die Vorzeichen änderten sich, was das ganze Gefüge ins Wanken brachte, auch wenn zunächst keine Reaktion erfolgte. Ihre Eltern starrten sie ausdruckslos an, schienen nicht zu verstehen, was sie gerade gesagt hatte. Dann begann ihre Mutter zu lachen. »Was ist das denn für ein Blödsinn?«

»Das ist nicht lustig«, sagte Lucy leise.

»Liebes, da nimmt dich offenbar jemand auf den Arm!« Lilly Harper beugte sich vor und tätschelte ihrem Mann lächelnd das Knie. »Schau doch her. Hier ist dein Vater. Putzmunter wie eh und je …«

»Aber die Frau …«

»Wir kennen keine Maureen«, schnitt ihr Vater ihr das Wort ab und nahm die Zeitung wieder zur Hand, die er auf dem Beistelltisch abgelegt hatte. »Wir kennen überhaupt niemanden in Irland. Das ist ein Irrtum, irgendeine Verwechslung oder aber ein Trick. Ja, das wird's sein. Ein Versuch, dir Geld aus der Tasche zu ziehen. Man kennt das doch, Telefonbetrüger…«

»Wie soll das gehen, sie wollte doch kein Geld…«

»Sie werden sich schon noch was einfallen lassen. Erst erschleichen sie sich dein Vertrauen, machen dich mit irgendwelchem Quatsch verrückt, und dann bitten sie dich, ihnen Geld zu überweisen.«

»Für wie blöd hältst du mich?«, fragte Lucy empört.

»Na, jedenfalls für naiv genug, um auf so etwas reinzufallen«, gab ihr Vater ungerührt zurück. Dann entfaltete er seine Zeitung und begann wieder zu lesen.

Lucys Mutter stand auf. »Du bist vielleicht ein wenig verunsichert durch die schlimme Sache mit deinem Job.«

»Nein! Das hat doch damit nichts zu tun.«

»Möchtest du einen Tee? Ich habe Shortbread gebacken.«

Lucy sah ihre Eltern wortlos an. Ihre Mutter erwiderte den Blick mit leichter Besorgnis, ihr Vater hatte sich bereits hinter der Zeitung verschanzt. Wäre der Name nicht gewesen, mit dem die fremde Frau sie am Telefon angesprochen hatte, sie hätte in diesem Moment zu zweifeln begonnen. Hätte womöglich der Vermutung ihres Vaters, sie sei einem bösen Scherz aufgesessen, Glauben geschenkt und mit ihrer Mutter Tee getrunken und Shortbread gegessen. Doch da war dieser Name, mit dem die Frau, Maureen, sie angesprochen hatte, als sei dies eine Selbstverständlichkeit.

Skye.

»Skye, du musst kommen«, hatte sie gesagt. Und Lucy hatte sich augenblicklich angesprochen gefühlt. Gerufen, so als hätte sie seit Jahren, ja, Jahrzehnten auf diesen Anruf gewartet.

Immer schon hatte sich Lucy gefragt, weshalb ihre grundsoliden, fast ein wenig spießigen Eltern ihr so einen ungewöhnlichen zweiten Vornamen gegeben hatten. Einen Namen, der nach Hippies, Flower-Power und Tanzen unter freiem Himmel klang und so gar nicht zu einem Reihenhaus in Tottington, Greater Manchester, passte.

»Eine Idee deiner Mutter«, hatte ihr Vater einmal knapp geantwortet, als sie danach gefragt hatte. Ungewöhnlich war der Name auch deshalb, weil niemand in ihrer Familie einen Zweitnamen hatte. Es gab Lilly und Peter, Pippa und Rob. Auch deren Kinder hatten lediglich einen Vornamen. Nur Lucy nicht.

Sie hatte auch ihre Mutter nach dem Grund dieses zweiten Namens gefragt, und diese hatte nur erklärt, »weil er so schön ist«.

Er war schön, das stimmte. Und es gab diese Tage, an denen der oft verhangene Himmel über Manchester so nordisch blau war, so schimmernd und leuchtend, dass man sich einbilden konnte, es habe noch nie Regen gegeben, keinen Sturm und keine endlos grauen Tage, an denen es schien, als sei die Stadt in einem Meer aus Wolken versunken und würde nie wieder herausfinden. Wenn Lucy an solchen Tagen den Kopf hob und in den Himmel blickte, glaubte sie zu wissen, warum ihre Mutter sie so genannt hatte. Sie hätte es nicht erklären können, nicht in Worten, doch sie ahnte, dass dieser Name ein Versprechen war. Sie wusste nicht, wofür, aber sie glaubte fest daran, dass dieses Versprechen irgendwann eingelöst werden würde. Und wenn es so weit war, würde sie es schon merken. Diese vier Buchstaben sollten sie an den blauen Himmel erinnern, an endlose Weite und an eine Leichtigkeit, die sie noch nie erlebt hatte. Sie hatte das S. daher demonstrativ in ihren Namen mit aufgenommen. Und gewartet. Auf irgendetwas. Doch es war nie etwas passiert. All die Jahre nicht. Sie überschritt die dreißig, die vierzig, und nichts geschah. Auch wurde sie niemals von jemandem so genannt, nicht von ihren Eltern, nicht von ihrer Schwester, von niemandem. Außer von dieser Frau aus Irland, die ihr damit so etwas wie einen elektrischen Schlag versetzt hatte.

Als sie bereits auf der Straße stand, rief ihre Mutter ihr noch nach: »Warum willst du denn schon weg, Liebes? Bleib doch noch zum Tee …«

Lucy drehte sich noch einmal zu ihrer Mutter um. »Ich habe keine Zeit. Ich muss nach Irland.« Es war eigentlich nur so dahingesagt. Aus Ärger darüber, dass ihre Eltern ihre Aufregung über den Anruf nicht ernst genommen hatten. Bis zu diesem Moment hatte sie nicht wirklich in Erwägung gezogen, nur wegen des Anrufes einer Wildfremden, wie auch immer sie sie genannt haben mochte, tatsächlich alles stehen und liegen zu lassen und nach Irland zu fliegen. Die Frau mit dem weichen irischen Klang in ihrer Stimme hatte zwar gemeint, sie solle sich nicht zu viel Zeit lassen, um darüber nachzudenken, und ihr ihre Telefonnummer gegeben, doch Lucy hatte geglaubt, ein Gespräch mit ihren Eltern würde alles schnell aufklären, und damit wäre die Sache erledigt. Doch da hatte sie sich getäuscht. Und als sie nach diesen letzten, ärgerlich hingeworfenen Worten den Gesichtsausdruck ihrer Mutter sah, wusste sie plötzlich mit Sicherheit, dass ihr diese unbekannte Frau keinen Bären aufgebunden hatte. Irgendetwas war an der Sache dran, wenn sie auch nicht sagen konnte, was es war. Gleichzeitig begriff sie, dass es von Lilly und Peter Harper keine Erklärung geben würde. Diese Geschichte, was auch immer sie beinhalten mochte, war nie dazu vorgesehen gewesen, Teil ihrer gemeinsamen Schnittmenge zu sein.

Wieder zu Hause, schaltete sie den Computer ein, suchte nach Flügen und wählte dann die Handynummer, die die Frau ihr gegeben hatte. Maureen war sofort am Apparat.

»Ich komme«, sagte Lucy nur, und sie spürte, wie ihr bei diesen Worten die Knie weich wurden. »Die Maschine landet um achtzehn Uhr fünfundzwanzig am Flughafen Shannon.«

»Skye, das ist wunderbar. Ich hol dich vom Flughafen ab. Hoffentlich ist es noch nicht zu spät.«

Und damit änderten sich abrupt und völlig unvorhersehbar die Vorzeichen in Lucy S. Harpers Leben. Man konnte noch nicht sagen, in welche Richtung dies führte, dazu fehlte zu diesem Zeitpunkt der Überblick, wie fast immer der Überblick für das große Ganze fehlt, wenn man mitten in einer Gleichung steckt und zwischen eckigen und runden Klammern, Wurzeln und Logarithmen zu versanden droht. Lucy hatte dies immer ihren Schülern gepredigt: »In der Mathematik gibt es keine Überraschungen. Lasst euch also nicht beirren, macht das, was ihr gelernt habt, löst eine Klammer nach der anderen auf, am Ende werdet ihr das Ergebnis dann ganz klar vor euch sehen.« Leider klappte das mit der klaren Erkenntnis am Ende bei ihren Schülern nur selten. Sie war immer wieder fassungslos, zu welch krummen, absolut unlogischen, ja geradezu haarsträubenden Ergebnissen ihre Schüler kamen und, was fast noch schlimmer war, deren Absurdität dabei überhaupt nicht zu bemerken schienen.

Als Lucy im Flugzeug saß, hoch über der bleiernen irischen See, vor dem Fenster nichts als Nebelgrau, und über sichere Rechenwege nachdachte, überkam sie eine vage Ahnung, dass ihr mathematisches Credo nicht so ohne Weiteres auf das Leben zu übertragen war, wie sie immer geglaubt hatte. Mit einem tiefen Seufzer bestellte sie sich bei der hübschen irischen Flugbegleiterin einen doppelten Jameson, was der ungewohnten Situation, in der sie sich befand, durchaus entsprach, und hoffte, dass die Gleichung, in der sie gerade steckte, trotz der zahlreichen Unbekannten und unerwarteten Nullstellen am Ende nicht zu ähnlich haarsträubenden Ergebnissen führen würde wie die Lösungen ihrer Schüler.

2

Maureen Mulligan entpuppte sich als eine rundliche Frau Ende fünfzig mit feuerrot gefärbten, krausen Haaren. Trotz des eher kühlen Wetters trug sie ein lila geblümtes Sommerkleid, dazu einen Regenmantel und grüne Gummistiefel. Als Lucy, noch etwas benommen vom Whiskey, mit ihrem Köfferchen in die Ankunftshalle trat und sich umsah, kam Maureen auf sie zugelaufen. »Skye?«

Lucy nickte zögernd. Der Name hatte noch immer diesen fremden, verheißungsvollen Klang, auch wenn er von einer Frau ausgesprochen wurde, die grüne Gummistiefel zum Kleid trug. Maureen musterte Lucy einen Moment lang von oben bis unten wie eine seltene Pflanze, dann wurde ihr Lächeln breiter, und sie drückte sie an ihre ausladende Brust. »Willkommen in Irland!«

Maureen war warm und ihre Umarmung kräftig. Lucy roch frische Luft und Holzrauch, vermischt mit etwas Süßlichem wie Vanille. Ihre Haare kitzelten Lucy im Gesicht. Sie spürte, wie Maureens Herz klopfte. Oder vielleicht war es auch das ihre. So genau ließ sich das nicht sagen. Als Maureen sie schließlich losließ, sahen sie sich ein wenig verlegen an. Maureen strich sich eine Locke aus dem geröteten Gesicht. »Entschuldige, aber das musste sein. Ich kann gar nicht glauben, dass du wirklich gekommen bist. Er hat oft von dir gesprochen, weißt du.«

»Von mir …?«, fragte Lucy irritiert nach. «Aber wer … woher …«

Doch Maureen ging nicht darauf ein. Sie hatte schon nach Lucys Koffer gegriffen und war losgelaufen. »Es ist so furchtbar, dass er dich jetzt doch nicht mehr sehen konnte. Aber wenigstens konnten wir ihm noch sagen, dass du kommst.« Sie drehte sich um und lächelte Lucy zu. »Er war so glücklich darüber.«

Lucy lief neben ihr her. »Sie sprechen von …«

»Von George. Deinem Vater. Er ist vor ein paar Stunden gestorben. Und er hat dabei gelächelt. Hat sich auf dich gefreut.«

Lucy blieb stehen. »Das tut mir leid«, sagte sie. Und obwohl sie den Mann nicht gekannt hatte, spürte sie, dass es die Wahrheit war. Es tat ihr leid. Aber nicht, weil sie seinetwegen trauerte, das wäre wohl auch zu viel verlangt gewesen, immerhin hatte sie an diesem Tag zum ersten Mal von diesem Menschen gehört. Nein, sie ärgerte sich. Sie spürte, wie die Wut über diese ganze sinnlose Aktion, über die absurde Vergeblichkeit dieser aberwitzigen Reise in ihr aufstieg. Sie stand hier, an diesem kleinen Flughafen am westlichsten Zipfel Europas, um einen Mann zu treffen, der behauptet hatte, ihr Vater zu sein, und bevor sie mit ihm sprechen konnte, war er einfach gestorben. Das war doch Slapstick. Nicht das richtige Leben.

Maureen deutete ihren Gefühlsaufruhr völlig falsch. Tränen in den Augen, tätschelte sie Lucy den Arm. »Ja, es ist so furchtbar traurig. Wir alle dachten, er würde noch ein paar Tage durchhalten. Geordie war ja ein zäher Knochen. Aber wenigstens kannst du ihm noch die letzte Ehre erweisen.«

Sie wollte nicht. Wollte nicht mit Maureen Mulligan mitgehen, die so lächerlich und seltsam aussah, und sie wollte niemandem die letzte Ehre erweisen, den sie nicht gekannt hatte. Dennoch setzte sie sich gehorsam in Bewegung und folgte der geschäftig vorangehenden Frau, die trotz ihres nicht unerheblichen Körperumfangs und der unförmigen Gummistiefel recht schnell auf den Beinen war. Sie verließen den Flughafen und gingen zu einem dreckverspritzten Van, der schon bessere Zeiten gesehen hatte. *Maureen's Cab & Haircutter* stand in verschnörkelter, von Blumen umrankter Schrift auf den Türen, und auf dem Dach prangte eine schwarz-gelbe Taxibarke. Maureen packte Lucys Koffer in den Kofferraum und ließ sie einsteigen, und Lucy identifizierte sofort den Vanillegeruch, der Maureen umgab: Er stammte von einem gelben Duftbäumchen, das am Innenspiegel baumelte und das ganze Auto in eine künstlich-süße Duftwolke hüllte.

»Es dauert etwa eine Stunde bis Knocknabarra«, sagte Maureen und startete das Auto. Lucy gab keine Antwort. Sie überlegte, wann sie wohl morgen einen Flug zurück nach Manchester bekommen könnte und ob es in Knocknabarra noch andere Taxis als *Maureen's Cab & Haircutter* gab. Sie kamen an einer vom Wind zerrupften Wiese vorbei, auf der in großen weißen Buchstaben der gälische Willkommensgruß *Fáilte Ireland* stand, passierten eine abweisend wirkende Burg namens Bunratty Castle, wie Maureen ihr, ganz eifrige Reiseführerin, erklärte, und dazu auch noch so einige Geschichten über Schlösser und Schlossherren, Gespenster, weiße Frauen und unglückliche Liebschaften parat hatte, fuhren an weiten Feldern entlang und ließen Limerick im Nieselregen links liegen. Schließlich wurde die Landstraße leerer und die Landschaft hügeliger. In der Ferne erhob sich ein kahler Gebirgszug. Ab und zu drangen ein paar letzte Sonnenstrahlen durch die Wolkendecke und brachten die grünen Wiesen und Felder entlang der Straße zum Leuchten. Knocknabarra befand sich zehn Kilometer südlich von Tipperary und entpuppte sich als eine Straßenkreuzung, an der ein unspektakuläres Pub mit dem Namen *The Witch Way* stand sowie ein paar Häuser entlang der Hauptstraße. Maureen hielt vor einem schmalen Laden unweit des Pubs, dessen Fassade eine ähnliche Farbe hatte wie ihr Sommerkleid. *Maureen's Hair Studio* stand auf einem Schild darüber. Die Auslage war vollgestopft mit allerlei Kram – Seidenblumensträuße, Häkeldeckchen, Bücher, Schreibwaren und Zeitschriften –, und über allem prangte ein Friseurkopf mit riesigen Glubschaugen und einer wasserstoffblonden Lockenperücke. Ziemlich retro, würde Chloé sagen, dachte Lucy, als sie ausstieg. Maureen sperrte die Tür auf, führte sie durch den Laden in einen Flur und dann eine enge Stiege hinauf in ein Zimmer unter dem Dach, das aus nichts anderem als aus Blumen zu bestehen schien. Die Tapete hatte ein Blumenmuster, der Quilt über dem Bett ebenso, die Kissen waren anders geblümt als der Sesselbezug. Sogar die Teetasse, die neben einem Wasserkocher auf einem kleinen Tisch bereitstand, war geblümt. Es wirkte leicht psychedelisch. Lucy blinzelte. »Oh. Das ist... schön«, sagte sie höflich.

»Ja, nicht wahr?« Maureen lächelte stolz. »Das ist eines der alten Kinderzimmer. Als Patrick, mein Jüngster, ausgezogen ist, habe ich die Zimmer zu Gästezimmern umgestaltet. Sie sind ja nach und nach alle drei ausgezogen. Aidan ist in die USA gegangen und Caitlin nach London. Keiner ist mehr da. Ich biete deshalb auch Bed & Breakfast an. Allerdings, wer verirrt sich schon nach Knocknabarra? Du bist in den ganzen Jahren erst mein zweiter Gast.« Sie lächelte schief. »Und den ersten Gast konnte man eigentlich nicht so nennen. Es war eine junge Frau aus Ballycrusha, das ist das Nachbardorf, die ihrem Mann davongelaufen ist. Ich kannte sie, weil ich ihr immer die Haare geschnitten habe. Armes Ding. Grün und blau hatte er sie geschlagen.«

»Oje. Und dann?«

Maureen zuckte mit den Schultern. »Nach drei Tagen stand er vor der Tür, mit Blumen, hat sie vollgesäuselt, und sie ist ihm um den Hals gefallen und wieder zurückgegangen. Dummes Luder.«

»Weiß man, was mit den beiden passiert ist?«

»Es hat keine vier Wochen gedauert, und sie ist ihm ein zweites Mal davongelaufen. Und nie wieder aufgetaucht. Er hat jetzt eine neue Frau und einen Stall Kinder.«

»Wie lange ist das denn her?«

Maureen überlegte. »Ach, an die zehn Jahre werden's schon sein. Patrick war gerade ausgezogen. Ist nach Dublin gegangen.« Sie sah auf die Uhr. »Treffen wir uns unten in einer halben Stunde? Hast du was Warmes zum Anziehen dabei? Wenn nicht, ganz oben im Schrank sind noch ein paar alte Pullover von Patrick. Nimm dir einen raus. Es wird recht frisch werden.« Und mit dieser etwas rätselhaften Ankündigung ließ sie Lucy allein in dem Gästezimmer, in dem nur alle zehn Jahre ein Gast logierte.

Lucy warf einen Blick aus dem Fenster. Es ging nach hinten hinaus. Eine kleine Kirche stand dort, eingerahmt von Bäumen und einem halb verfallenen Friedhof mit windschiefen keltischen Kreuzen. Sie seufzte. Maureen hatte ihr nicht gesagt, wohin sie gehen würden, und sie hatte vergessen zu fragen. Die vielen Blumen, Maureens Geschichten und der Vanilleduft des Wunderbäumchens hatten ihr das Hirn vernebelt. Wahrscheinlich gingen sie in die Kirche, und es würde eine Andacht für den Verstorbenen geben. Sie konnte sich gut vorstellen, dass es in dem alten Gemäuer eiskalt war. Und weil sie nur einen dünnen Pullover eingepackt hatte, öffnete sie den Schrank und zog einen von Patricks zurückgelassenen Pullovern heraus. Er war dick, weiß und aus Schafwolle, offenbar selbst gestrickt, mit kompliziertem Muster und so groß, dass sie fast zweimal hineinpasste. Allem Anschein nach war Maureens Sohn ein recht stattlicher Kerl. Der Pulli war weich und warm, und weil sie zusätzlich zu der ganzen deprimierenden, sinnlosen Geschichte, in die sie da geraten war, nicht auch noch frieren wollte, behielt sie ihn an.

Sie gingen nicht in die Kirche. Maureen erwartete sie in unförmigen Jeans, deren Hosenbeine sie in die Gummistiefel gestopft hatte. Unter einem schlammfarbenen knielangen Parka trug sie einen ähnlichen Pullover wie jetzt auch Lucy. Eine lila Strickmütze, tief über die Ohren gezogen, vervollständigte das Ensemble. Sie reichte Lucy eine Plastiktüte. »Ich hab Gummistiefel und einen Hut für dich. Passt dir Größe neununddreißig?«

»Ich brauche keine Gummistiefel«, wehrte Lucy ab. »Meine Schuhe sind ganz in Ordnung.«

Maureen warf einen skeptischen Blick auf die weißen Sneakers, die Lucy trug. »Jetzt schon noch. Danach kannst du sie wegwerfen«, prophezeite sie.

»Danach?«, fragte Lucy. »Wohin gehen wir denn?«

»Na, zur Totenwache. Was sonst?« Maureen sah sie überrascht an. »Sagte ich das nicht?«

»Äh, ich weiß nicht…« Lucy kam ein wenig ins Stottern. Die Frau hatte etwas von letzter Ehre gesagt, das schon, aber eine Totenwache? Was sollte das sein? Und seit wann brauchte man dazu Gummistiefel?

Maureen lächelte und griff nach einer großen Sturmlampe, die an einem Haken der Garderobe hing. »Lass uns erst mal hingehen. Die anderen warten schon. Dann kannst du immer noch entscheiden, ob du die Stiefel anziehen willst oder nicht.«

Sie liefen die Straße entlang, bogen in den Weg zur Kirche ein, gingen am Friedhof vorbei und durch ein kleines Wäldchen. Auch wenn es erst dämmerte, herrschte im Wald bereits tiefe Dunkelheit, und Maureen schaltete die Sturmlampe ein. Ihr starker Lichtschein hüpfte auf dem moosbedeckten, von Wurzeln und Gestrüpp fast zugewachsenen Weg vor ihnen her. »Das ist eine Abkürzung zu Séamus' Wiese«, verkündete sie in einem Ton, als müsste jeder Mensch auf dieser Welt Séamus' Wiese kennen. »Die Leute gehen hier nicht gern. Das ist nämlich ein Feenwald.«

»Und was heißt das?«, fragte Lucy, während sie vorsichtig über eine besonders dicke, moosbewachsene Wurzel stieg.

Maureen blieb stehen und leuchtete mit der Lampe in den Wald hinein. »Dort hinten ist ein *síd*. Eine Wohnstätte der Feen. Sie werden nicht gern gestört. Kann man ja verstehen, ich mag es auch nicht, wenn Hinz und Kunz in mein Wohnzimmer stolpern.« Lucys Blick folgte dem Schein der Lampe. Der Waldboden wie auch die knorrigen, ausladenden Bäume waren über und über mit Moos bedeckt und schienen im gelblichen Licht zu leuchten. Etwas weiter hinten, im Dunkel, dort, wo der Schein der Lampe nicht mehr ganz hinreichte, ragte ein hoher Felsen zwischen den Bäumen auf. Danach verlor sich das Licht im undurchdringlichen Schwarz. Es war still, so still, dass man glauben konnte, kein atmendes Wesen außer ihnen befände sich hier. Lucy fröstelte unwillkürlich trotz ihres dicken Pullovers.

Maureens Stimme unterbrach die Stille. »Roísín sagt, der Weg wäre sicher. Es ist also kein Problem, darauf zu gehen, im Gegenteil, die Feen freuen sich über ein bisschen Abwechslung, solange man ihnen nicht zu nahe kommt. Und sie haben dich ja sicher auch erwartet und sind neugierig, wie du aussiehst.« Sie tätschelte Lucy beruhigend den Arm und ging dann weiter: »Du brauchst dir also keine Sorgen zu machen, Skye, dass du verschwindest und erst in hundert Jahren wieder auftauchst.«

»Oh. Da bin ich aber erleichtert«, meinte Lucy säuerlich und marschierte hinter Maureen drein. Die Gefahr, von Feen geraubt zu werden, schien ihr in Anbetracht der Situation, in der sie sich befand, ihre kleinste Sorge zu sein. Stattdessen kam ihr jedoch der Gedanke, dass es vielleicht nicht ganz ungefährlich war, mit einer Verrückten in der Nacht durch einen dunklen Wald zu stolpern, ohne dass jemand wusste, wo sie sich befand. Maureen drehte sich mit einem schuldbewussten Blick zu ihr um. »Ich wollte dich nicht erschrecken, Liebes. Das ist natürlich alles ein bisschen viel für dich. Immerhin ist gerade dein Vater gestorben.«

Lucy gab keine Antwort. Sie hatte das Bedürfnis, laut zu schreien, Patrick Mulligans riesigen Schafwollpullover auszuziehen, ihn dieser Frau vor die Füße zu werfen und sich dann schnurstracks auf den Weg nach Hause zu machen. Wenn nötig zu Fuß. Doch so ein respektloses Verhalten wäre sicher ein Frevel in den Augen von Maureens Feen, und sie würde am Ende doch noch geraubt werden und erst in hundert Jahren wieder auftauchen. *It's a long way to Tipperary, it's a long way to go* … dieses alte Lied kam ihr plötzlich in den Sinn, und sie schüttelte unwillig den Kopf, um die seltsamen Gedanken zu vertreiben. War sie auch schon dabei, verrückt zu werden?

Mochte sein, dass die Atmosphäre dieses verwunschenen Waldes dazu beitrug, dass Lucy der Meinung war, plötzlich verrückt zu werden. Mochte sein, dass das dicke, grüne, irische Moos, das jeden Schritt und jedes Geräusch dämpfte, auch in der Lage war, den gesunden Menschenverstand zu dämpfen und sie mit dem beunruhigenden Gefühl zurückzulassen, sich ohne Fallschirm und Netz im freien Fall zu befinden. In der Tat fühlte sich Lucy ein wenig wie Alice im Wunderland, nachdem diese in das Kaninchenloch gekrochen war. Sie war unversehens in einer anderen Welt gelandet, ja, wie es aussah, in einem anderen Leben. In dem sie nicht Lucy S. Harper, Mathematiklehrerin aus Tottington, war, sondern Skye. Nur Skye. Und es würde noch einige Zeit dauern, bis sie in der Lage wäre zu begreifen, was das tatsächlich bedeutete. Sie verspürte zwar eine gewisse Unruhe, ein Flattern im Gebälk ihres Bewusstseins, doch es war ein Leichtes, es auf den Ärger über diese wahnwitzige Reise zu schieben und auf die zunehmende Sorge, einer Verrückten in die Hände gefallen zu sein.

Als sie den Wald verließen und hinaus auf eine weite Wiese traten, Séamus Owens Wiese, wie Maureen ihr erläuterte, war sie erleichtert. Der Himmel hatte aufgeklart, und die Wiese lag friedlich im letzten Schimmer der spätsommerlichen Abenddämmerung. Ein Stück entfernt ruhten einige Schafe im Gras. Lucy hatte das Gefühl, wieder freier atmen zu können. Das änderte sich allerdings, als sie die seltsame Abordnung sah, die sich auf Maureens Rufen hin von der dem Wald gegenüberliegenden Seite der Wiese in Bewegung setzte. Dort stand ein Auto, und daneben loderte ein Feuer. Dunkler Rauch stieg auf und kräuselte sich im durchscheinenden Abendlicht. Ein Stück weiter hinten befand sich eine niedrige Mauer, die ein graues Farmhaus von der Schafweide abgrenzte. Es war ein seltsames Grüppchen, das da langsam näher kam, in dicke Jacken gehüllt, teilweise mit Mützen und Hüten auf dem Kopf. Soweit Lucy erkennen konnte, waren es drei Männer und drei Frauen. Eine alte Frau in einem Mantel, mit wehenden weißen Haaren, schob mühsam ein seltsames Gestell vor sich her. Dieses Gestell war auch der Grund dafür, dass es geraume Zeit dauerte, bis die Gruppe Lucy und Maureen erreichte. Immer wieder musste jemand der Frau zur Hand gehen und das Ding aus einem Maulwurfloch herausheben oder über eine Unebenheit schieben, bis schließlich ein Mann das Gestell mit einer Hand hochhob und die Alte mit der anderen unterhakte. Am Ende hatten sie alle sechs glücklich die Wiese überquert und stellten sich als eine Art Empfangskomitee im Halbkreis vor Lucy auf. Lucy fühlte sich von neugierigen Blicken gemustert. Die alte Frau bekam ihr Gestell, das sich bei näherem Hinsehen als ein leicht verbogener Wäscheständer auf Rollen entpuppte, zurück und klammerte sich sofort wieder mit beiden Händen daran fest. Der Mann, der ihr geholfen hatte, stellte sich Lucy als Séamus Owen vor, war also gewissermaßen der Gastgeber dieser seltsamen Veranstaltung. Etwa Mitte sechzig, mit dunklen Haaren, breiten Koteletten unter einer verwegen in die Stirn gezogenen Schildkappe, wirkte er wie die Karikatur eines irischen Gangsters aus den Sechzigern. Er hatte ein Glasauge, das Lucy mit irritierender Intensität anzustarren schien, während sein echtes Auge freundlich zwinkerte. Daneben standen ein zerknittertes o-beiniges Hutzelmännchen in einem schmuddeligen Tweedsakko mit mehr Zahnlücken als Zähne im Mund sowie ein junger, aggressiv wirkender Kerl mit einem großen tätowierten Spinnennetz am Hals. Sie hießen Murphy und Flynn. Die drei weiblichen Vertreter der Versammlung wirkten nicht unbedingt vertrauenerweckender, eher im Gegenteil. Die weißhaarige Frau mit dem Wäscheständer hatte beunruhigend helle Augen, die im abendlichen Zwielicht fast farblos wirkten, und einen leicht irren Blick. Sie wurde ihr von Maureen mit Ehrfurcht in der Stimme als Gracie O'Malley vorgestellt, angeblich eine Nachfahrin der berühmten irischen Piratin gleichen Namens. Neben ihr stand ein junges Mädchen, durchscheinend blass, mit roten kurzen Haaren, das eine gewisse Ähnlichkeit mit einem Kobold hatte und kein Wort sagte. Auch sie wurde ihr daher von Maureen vorgestellt: Erin, Gracie O'Malleys Nichte. Die letzte Frau der Runde schließlich war etwa in Maureens Alter, jedoch sehr viel schlanker. Sie trug ein bunt gewebtes Schultertuch mit Fransen und stellte sich als Roísín vor. Das war also die Feenspezialistin, von der Maureen im Wald bereits gesprochen hatte. Tatsächlich sah sie mit den hohen Wangenknochen und den langen, dunklen, streng in der Mitte gescheitelten Haaren selbst ein bisschen feenhaft aus, wie Lucy fand. Ihr eigentlicher Beruf war allerdings durchaus handfest und wenig zauberhaft: Sie war die Wirtin des einzigen Pubs von Knocknabarra, das Lucy an der Kreuzung schon aufgefallen war, *The Witch Way.*

Alle außer Flynn trugen Gummistiefel, und als Lucy die dicken schwarzen Erdklumpen und den Matsch an ihren Schuhen sah – Flynns Cowboystiefel sahen aus wie paniert –, wurde ihr klar, warum Maureen ihre Sneakers so skeptisch beäugt hatte. Mit einem entschuldigenden Lächeln machte sie sich hastig daran, nun doch die Gummistiefel anzuziehen, was mit beifälligen Bemerkungen quittiert wurde. Maureen reichte ihr auch noch den Hut, den sie für sie eingepackt hatte. »Für später, falls es wieder zu regnen beginnen sollte«, erklärte sie fürsorglich. Es war eine Baskenmütze aus feinem Wollstoff, und ihre Farbe, ein tiefes Moosgrün, erinnerte an den Feenwald, durch den sie gerade gegangen waren. Lucy zog sich die Mütze gleich über den Kopf, doch wie schon der Pullover war sie zu groß. Ihre Ohren und die Hälfte des Gesichts verschwanden darin, was für amüsiertes Gelächter bei den Umstehenden sorgte. Sie nahm sie wieder ab und stopfte sie etwas verlegen in die Tasche ihrer Jacke. Gottlob regnete es gerade nicht. Mit oder ohne Mütze, ihre Begleiter fanden, dass sie nun bereit war für das, was folgen sollte, und setzten sich wieder in Bewegung. Lucy hatte von sich selbst nicht den Eindruck, für irgendetwas bereit zu sein. Sie fühlte sich wie unter Wasser, während sie Maureen und den anderen über die Wiese zu dem Auto folgte. Es war ein alter, orangefarbener VW-Bus, der mindestens schon vierzig Jahre auf dem Buckel hatte. Ein großes Lagerfeuer brannte ein paar Schritte davon entfernt. Auf einem Tisch waren Sandwichs gestapelt, und daneben standen ein großer Topf mit Suppe, ein Fass Guinness, Gläser, einige Flaschen Whiskey und auf dem Boden Marmeladengläser, in denen Kerzen brannten. Mehrere nicht zusammenpassende Stühle waren um den Tisch herum verteilt. Von irgendwoher drang Musik. Es sah ganz nach einer fröhlichen Party aus.

Wäre da nicht dieser zweite Tisch gewesen.

Vielmehr war es nur ein Brett auf zwei Malerböcken, das direkt neben dem Bus unter einer schützenden Markise platziert war. Und als Lucy begriff, wozu es diente, stellten sich bei ihr die Nackenhaare auf. Sorgfältig in weiße Leinentücher gehüllt, offensichtlich die gleichen, die auch als Tischdecke für den anderen Tisch dienten, lag dort der Leichnam des Mannes aufgebahrt, der behauptet hatte, ihr Vater zu sein. Sie blinzelte irritiert, wähnte sich für einen Moment in einem surrealen Traum. Es konnte doch nicht sein, dass da mitten auf einer Schafweide, neben einem lustig prasselnden Lagerfeuer, zwischen Suppe und Sandwichs, einfach so eine Leiche lag?

Ihr erster Gedanke war Flucht – wie schon häufiger, seit sie heute einen Fuß auf diese Insel gesetzt hatte. Séamus Owen schien ihre Gedanken zu erraten. Er trat mit einem leichten Lächeln, das wohl beruhigend wirken sollte, aber aufgrund seines starrenden Glasauges eher die gegenteilige Wirkung hatte, neben sie, berührte vorsichtig ihren Arm und führte sie zu der improvisierten Bahre: »Darf ich vorstellen, George Miller. Geordie, das ist Skye, deine Tochter.«

Das Leintuch bedeckte den Leichnam nur bis zu den Schultern. Lucy sah in ein altes, wächsern gelbliches Gesicht mit breiter Stirn und buschigen Brauen. Seine langen Haare lagen wie trockene, graue Flechten links und rechts neben seinem Kopf ausgebreitet. Obwohl die Wangen eingefallen waren, der Hals dünn und faltig wie der eines Leguans und die Schultern spitz aus dem Weiß der Tücher herausragten, machte George Miller einen friedlichen, ja geradezu glücklichen Eindruck. Maureen hatte recht gehabt. Er schien zu lächeln.

»George Miller«, wiederholte Lucy leise und hoffte absurderweise, dass allein das Aussprechen seines Namens irgendein Erkennen, ein Gefühl, irgendeine Regung bei ihr auslösen würde. Doch nichts geschah. Der Name sagte ihr nichts. Das Gesicht ebenso wenig. Seine Zerbrechlichkeit jedoch rührte sie an, die Magerkeit seines Körpers, der sich unter dem Leintuch nur erahnen ließ. Selbst wenn er mit der markanten Stirn und den buschigen Augenbrauen zu Lebzeiten eine beeindruckende Erscheinung gewesen sein mochte, war im Tod nichts mehr davon übrig. Sie erinnerte sich plötzlich an einen toten Vogel, den sie einmal als Kind im Garten ihrer Eltern gefunden hatte. Als sie ihn aufgehoben hatte, war sein Gewicht kaum zu spüren gewesen. Die zarten Knochen und feinen Flügel so leicht wie Staub. Das Leben darin längst davongeflogen.

Damals hatte sie verstanden, was es hieß zu sterben. Sie hatte trotz ihrer Jugend die Vergeblichkeit allen Bemühens gespürt, das Leben festhalten zu wollen. Der Tod war stärker. Er konnte nicht aufgehalten werden. Dieses plötzliche, brutale Begreifen der Vergänglichkeit allen Lebens hatte sich wie ein Faustschlag in die Magengrube angefühlt. Tränenüberströmt, mit dem Vogel noch immer in der Hand, war sie zu ihrer Mutter gelaufen und hatte sie angefleht, doch bitte, bitte nicht zu sterben, und gleichzeitig gewusst, dass alles Flehen umsonst war. Dieses Erlebnis mochte auch der Grund dafür gewesen sein, dass sie recht früh damit begonnen hatte, sich für Mathematik zu interessieren. Zahlen, Linien und Kreise schienen ihr die einzig verlässliche, unveränderliche Konstante inmitten der Unsicherheit des Lebens zu sein. Eine ähnliche Empfindung wie damals hatte sie auch jetzt. Von dem, was George Miller einmal ausgemacht haben mochte, war nichts mehr übrig. Sie würde nie erfahren, was für ein Mensch er gewesen war. Und auch sonst nichts. Vor allem würde sie nie erfahren, ob sie tatsächlich etwas miteinander verbunden hatte. Die bloßen Fakten ließen sich wahrscheinlich irgendwie noch rekonstruieren, aber die tatsächlichen Beweggründe, warum dieser unbekannte Mann sie plötzlich, kurz vor seinem Tod, hatte sehen wollen, würden im Dunkeln bleiben, egal, was an der Behauptung dieser Vaterschaft wahr war und was nicht. Es würde für immer ein ungelöstes Rätsel, ein unbekannter Faktor in ihrem Leben bleiben.

Sie spürte, wie sie leicht schwankte.

Jemand drückte ihr ein Glas in die Hand.

»Slán go fóill, Geordie«, sagte eine Stimme hinter ihr, und der Rest der Trauergesellschaft antwortete mit den gleichen Worten. Lucy setzte das Glas an die Lippen und trank es in einem Zug aus, ohne darauf zu achten, was es war. Whiskey, stark und erdig, floss ihre Kehle hinunter, und als jemand auf der Geige zu spielen anfing und ein ruhiges, berückend schönes Lied anstimmte, in das alle anderen nach und nach einfielen, streckte sie, ohne sich umzudrehen, suchend ihre Hand mit dem leeren Glas aus, und jemand füllte ihr nach. Die Totenwache auf Séamus Owens Wiese hatte begonnen, und Lucy Skye Harper war mittendrin.

I wish I was in Carrickfergus
Only for nights in Ballygrand
I would swim over the deepest ocean
Only to be by your side
But the sea is wide and I cannot swim over
And neither have I the wings to fly
If I could find me a handy boatman
To ferry me over to my love and die …

3

Lucy packte ihre wenigen Kleidungsstücke, Zahnbürste, Zahnpasta, Seife und die in einen flugsicheren durchsichtigen Behälter abgefüllte Gesichtscreme zurück in den kleinen Handkoffer. Der Regen prasselte an das Fenster, und der Wind rüttelte an den Fensterläden. George Miller war also tot. Und sie konnte endlich nach Hause. Allerdings nicht so schnell wie gedacht, denn sie würde nicht fliegen. George Michael Miller, geboren am 10. April 1944 in Tottington, England, Sohn von Nancy und John Michael Miller, verstorben am 24. August in Knocknabarra, County Tipperary, Irland, hatte seine angebliche Tochter ganz offiziell mittels eines Testaments zur Alleinerbin seines Vermögens gemacht. Und dieses Vermögen beinhaltete einen »*zu Wohnzwecken umgebauten Bus Marke Volkswagen, Modell T2, Baujahr 1973, Farbe leuchtorange*«. Der Notar in Tipperary, bei dem Lucy und Maureen wegen des Testaments gewesen waren, hatte allerdings mit einem diskreten Hüsteln klargestellt, dass dieser Bus offenbar das einzige Vermögen des Verstorbenen darstellte. George Miller war arm wie eine Kirchenmaus gewesen. Er hatte nicht einmal ein Bankkonto besessen. Lucys Erbeinsetzung war verbunden mit der Aufforderung, sie möge sich um die sterblichen Überreste kümmern, die seinem Wunsch gemäß verbrannt worden waren. Genauer gesagt stand in dem Testament wörtlich: *»Mach damit, was du willst«*. Eine Formulierung, die ein weiteres Hüsteln des Notars und mahnende Ausführungen in Bezug auf die Totenruhe und den Respekt gegenüber dem Verstorbenen nach sich gezogen hatte. Lucy hatte dazu nur wortlos genickt.

George Millers Testament war nun also der Grund dafür, dass Lucy gezwungen war, per Oldtimer-Bus und Fähre zurück nach Manchester zu gelangen, und dies auch noch in Gesellschaft eines unförmigen Tontopfs, den Roísín als Aufbewahrungsort für George Millers Asche eigenhändig getöpfert und mit all ihrer Liebe und überdies einer Menge positiver Energie versehen hatte, wie sie ihr erklärte. Es mussten sehr besondere Energien gewesen sein, die Roísín zur Verfügung gestanden hatten, denn das Gefäß hatte eine für eine Urne äußerst seltsame Form. Das Material hatte sich offenbar nicht in die Hände der Töpferin gefügt, es gab überbordende, schwellende, sich ins Unbestimmte verlierende Wellen und eine Menge seltsamer Beulen und Ausbuchtungen, ganz so, als habe der Ton sich bis zuletzt geweigert, eine Urne zu werden. Vielleicht lag es aber auch nicht so sehr an den Energien oder dem widerspenstigen Ton, sondern schlicht an Roísíns mangelndem Töpfertalent, dass das Gebilde so merkwürdig aussah. Organisch, fast lebendig wie ein seltsames wirbelloses Tier oder eine Zauberpflanze aus dem Feenwald. So gesehen passte es auf eine wunderbar absurde Weise nicht nur trefflich zu dem Verstorbenen, jedenfalls, soweit Lucy dies in den vier Tagen, die die Abwicklung dieses Todesfalls gedauert hatte, in Erfahrung bringen konnte, sondern zu dieser ganzen Reise, die in Lucys Augen an Absurdität nicht zu überbieten war.

Diese haarsträubende Absurdität war auch der Grund gewesen, weshalb sie es vermieden hatte, in den letzten Tagen zu Hause in Tottington anzurufen. In ihrem Kopf herrschte Ratlosigkeit darüber, was sie denken, geschweige denn sagen sollte. Denn im Grunde gab es nichts zu sagen. Jedenfalls nichts, was einfach so am Telefon besprochen werden konnte. Ohnehin wäre es ihr lieber, sie könnte diese Episode ihres Lebens ganz schnell vergessen und einfach so weitermachen, als sei sie niemals geschehen. Als habe es Maureens Anruf und die Totenwache nie gegeben, als gäbe es keinen alten Bus und keinen tönernen Zwiebeltopf mit der Asche eines Unbekannten auf dem Nachttisch von Maureens Gästezimmer. Sie wollte mit dieser Sache nichts mehr zu tun haben. Wollte mit diesen Leuten nichts mehr zu tun haben. Wollte nach Hause. Und nicht nur das: Sie würde auch das S. aus ihrem Namen streichen. Dieser bekloppte Buchstabe, der ihr, nachdem er sie jahrelang vergeblich auf irgendetwas Schönes hatte hoffen lassen, jetzt, wo er gewissermaßen aktiviert worden war, nur Scherereien, Zweifel und Unbehagen eingebracht hatte. Sie wollte ihr altes Leben zurück, das zwar nicht besonders aufregend, aber wenigstens überschaubar und friedlich gewesen war.

Sofort. Sie ließ die Schlösser des Koffers zuschnappen, klemmte die Urne unter den Arm und verließ nach einem zornigen Blick auf das wenig einladende Wetter vor dem Fenster das Zimmer. Maureen wartete in ihrem Van unten auf der Straße, um sie zu ihrem Erbe zu fahren, das noch immer auf Séamus Owens Wiese stand. Und sie war nicht allein. Das Auto war voll mit George Millers Freunden. Séamus, Roísín, Gracie, Erin, Murphy, Flynn und sogar Raymond, ein weiterer seltsamer Geselle, der erst spät in der Nacht der Totenwache zu ihnen gestoßen war, saßen zusammengepfercht auf den Sitzen, um den alten George und damit auch sie gebührend zu verabschieden, wie Maureen erläuterte. Lucy quetschte sich zu Roísín auf den Beifahrersitz und begrüßte ihr Abschiedskomitee mit einem matten Nicken.

Der ruppige Wind, der wie ein mürrischer Hausmeister über Séamus Owens Schafweide fegte und dabei den alles durchdringenden Nieselregen in Wellen vor sich hertrieb, wehte sie schließlich in den Bus, während George Millers Ersatzfamilie eng nebeneinander, die Kragen und Schultern hoch- und die Köpfe eingezogen, draußen Spalier stand und wartete, bis sie losfuhr. Lucy war so lange – vor allem von der untröstlichen Maureen – umarmt, geküsst und mit guten Wünschen überhäuft worden, dass sie alle bis auf die Knochen durchnässt waren. Maureen und auch Séamus hatten ihr mehrmals angeboten, noch ein paar Tage zu bleiben, doch Lucy hatte dankend abgelehnt und als Entschuldigung die viele Arbeit vorgeschoben, die auf sie wartete, was eine glatte Lüge war. Nichts wartete auf sie. Und am allerwenigsten Arbeit.

Als sie George Millers Urne nach kurzem, ratlosem Zögern neben sich auf dem Beifahrersitz platziert hatte, hob sie die Hand zu einem letzten Gruß an ihre Gastgeber, rang sich ein Lächeln ab und startete den Wagen. Vorsichtig versuchte sie zu wenden, ohne in der matschigen Wiese stecken zu bleiben oder am Ende noch Gracie O'Malley zu überfahren, die, heute ohne Wäscheständer als Halt, einen besonders verlorenen Eindruck machte und sich ein ums andere Mal, die Stirn nachdenklich gerunzelt, von der Gruppe entfernte und von ihrer Nichte Erin wieder eingefangen werden musste. Sobald Lucy festen Untergrund erreicht hatte, gab sie Gas, und die Schafweide verschwand aus ihrem Blickfeld. Als sie ein letztes Mal in den Rückspiegel schaute, konnte sie nur noch Erin und Gracie sehen: Wie ein schlafwandlerisches Paar wanderten sie Arm in Arm über die Wiese, zwischen den Schafen hindurch, eine alte Frau mit schlohweißen langen Haarsträhnen, die im Wind flatterten, und Erin, die mit ihrem flammend roten kurzen Haarschopf und dem mageren Körper aussah wie ein Streichholz, das darauf wartete, dass jemand es anzündete.

Während Lucy die schmale Straße zur Hauptstraße entlangholperte, die kleine Kirche passierte, den Feenwald, der fast im Nebelgrau verschwand, Roísíns Pub und Maureens Friseursalon, füllten sich ihre Augen plötzlich mit Tränen, und die Straße verschwamm vor ihr. Wütend wischte sie sich mit dem Ärmel ihrer Jacke über das Gesicht. Das kam von diesem ewigen Nieselregen auf dieser verdammten Insel. Man war von Feuchtigkeit und Traurigkeit geradezu durchtränkt. Und irgendwann lief man einfach aus wie eine Topfpflanze, die zu viel gegossen worden war.

Maureen und die anderen sahen dem orangefarbenen Bus nach, wie er langsam kleiner wurde und schließlich nach einer Biegung verschwand.

»Wo fährt Geordie denn hin?«, fragte Gracie plötzlich. »Er hat gesagt, er würde nie mehr wegfahren …« Ihre dünne Altfrauenstimme verlor sich im Wind.

»Das war nicht Geordie, Tante Gracie«, sagte Erin. »Das war seine Tochter. Skye.«

»Skye?« Der helle Blick der alten Frau hob sich zum grau verhangenen Himmel. »Seine Tochter? Er hat sie mir gar nicht vorgestellt. Wie unhöflich von ihm.« Sie schob gekränkt ihre Unterlippe vor.

»George war niemals unhöflich zu dir. Das wäre ihm nie eingefallen«, sagte Séamus. »Er ist tot. Das ist etwas anderes.«

»Tot …« Gracie schwieg einen Augenblick, dann nickte sie. »Ja. Das ist etwas ganz anderes.«

Die Strecke von Knocknabarra bis zum Fährhafen Dublin betrug nach Auskunft ihres Handys gute zweihundert Kilometer, das meiste davon Autobahn. Mit dem alten

Bus würde sie drei Stunden brauchen, so hatte sie es sich ausgerechnet. Dann konnte sie am Abend mit einer Fähre nach Liverpool übersetzen, und spätestens morgen früh würde alles wieder beim Alten sein. Sie musste sich nur überlegen, was sie mit dem Bus anstellen wollte. Vielleicht hatte Rob Verwendung dafür. Sie hatte den Wagen eigentlich gar nicht mitnehmen wollen, hatte vorgeschlagen, Séamus Owen oder irgendein anderer von Georges Freunden solle ihn behalten, doch da war nicht mit ihnen zu reden gewesen. Alle hatten den Kopf geschüttelt. George hatte gewollt, dass sie den Bus bekäme, also musste sie ihn mitnehmen. Zusammen mit George. Es wäre auch viel praktischer so, denn in einem Bus fiele die Urne weniger auf als im Flugzeug und sie könne sich die ganzen Formalitäten sparen, hatte Maureen noch gemeint. Sie solle die Urne einfach als Zwiebeltopf in den Schrank stellen, dann würde keiner darauf kommen, dass sich darin die sterblichen Überreste ihres Vaters befanden.

»Das war nicht mein Vater«, hatte Lucy sofort und schon fast reflexartig widersprochen, doch Maureen hatte sie nur angesehen und gelächelt. »Du wirst dich schon daran gewöhnen, Skye.«

Lucy hatte keine weiteren Einwände vorgebracht und sich in das offensichtlich Unvermeidbare gefügt. Sie würde den VW-Bus mit zurück nach England nehmen. Und George Miller in seinem extravaganten Zwiebeltopf auch. Irgendeine Lösung würde sich schon finden. Man musste nur stur geradeaus gehen und sich nicht vom Weg abbringen lassen. Eine Klammer nach der anderen auflösen …

In der Nähe eines kleinen Städtchens namens Thurles erreichte sie die M8, die bald von der M7 abgelöst wurde, welche sie dann schnurstracks zum Fährhafen von Dublin bringen würde. Sie atmete erleichtert auf. Lucy mochte Autobahnen. Sie hatten ein klares Ziel, machten keine Umwege, man konnte sicher sein, auch dort anzukommen, wo man hinwollte, und musste selten mit Überraschungen rechnen. Von Staus einmal abgesehen, die jedoch nicht wirklich als Überraschung, sondern vielmehr als eine alltägliche Begleiterscheinung galten. Hier, in der nicht sehr dicht besiedelten Mitte des Landes, war die Autobahn ohnehin nahezu leer. Dennoch musste Lucy ihre allzu optimistische Berechnung, was ihre Ankunft anbelangte, leicht revidieren. Der Bus fuhr nicht hundert, wie sie geglaubt hatte, er fuhr höchstens achtzig, und das auch nur mit großer Anstrengung. Es war so laut, dass sie das Radio, das noch ein anachronistisches Kassettendeck hatte, eigentlich hätte ausschalten können. Sie verstand kein Wort, hörte keinen Ton, nur die besonders nervigen, metallischen Basstöne irgendwelcher Konservensongs drangen eintönig scheppernd wie ein nicht mehr funktionierendes Uhrwerk durch den Motorenlärm des alten Autos. Hinzu kam das Quietschen der Scheibenwischer, die sich wacker abmühten, des unvermeidlichen Regens Herr zu werden, der inzwischen wieder eingesetzt hatte und mit jedem Kilometer, den sie fuhr, stärker wurde. Die aufdringliche Geräuschkulisse war Lucy ganz recht. Sie hinderte sie am Denken. Gedanken waren das Allerletzte, was sie jetzt gebrauchen konnte. Eins nach dem anderen. Zuerst einmal würde sie nach Hause fahren, den Bus vor ihrer hübschen Wohnung in der Chapel Street in Tottington parken und sich ausschlafen. Dann konnte man weitersehen. Ihr Blick fiel unwillkürlich auf die Urne neben ihr. Nein. Sie würde George Miller nicht mit in ihre Wohnung nehmen. Sie hatte ihn nicht gekannt, hatte nichts mit ihm zu tun. Und er war schließlich tot. Er konnte also gut im Auto bleiben, bis sie herausgefunden hatte, was zu tun war. Immerhin hatte er hier in dem Bus gewohnt. Jahrelang, das jedenfalls hatten ihr Séamus und Maureen erzählt. Er würde sich auch weiterhin hier wohlfühlen. Am nächsten Morgen, würde sie zu ihren Eltern fahren und sie zur Rede stellen. Sie würden ihr erklären müssen, wer, zum Teufel, dieser George Miller war, der wie ihre Eltern aus Tottington stammte und derselbe Jahrgang wie ihre Mutter war. Sie mussten sich gekannt haben. Es gab eine gemeinsame Geschichte, von der sie ihr beide nichts gesagt hatten. Lucy spürte, wie sie sich verkrampfte. Ihre Fingerknöchel wurden weiß vor Anspannung. Sie ließ abwechselnd mit einer Hand das große Lenkrad los, wackelte mit den Fingern und atmete dabei tief ein. So, wie sie es vor ihrem Unterricht immer gemacht hatte. Besonders vor den Stunden in der zehnten Klasse. Gelenke lockern, Schultern entspannen, Augen schließen, tief einatmen. Fast hätte sie das Warnlicht übersehen, das anzeigte, dass es auf der Autobahn vor ihr ein Problem gab. Sie hatte gerade die Anschlussstelle passiert und befand sich bereits auf der M7 Richtung Dublin. Hastig drückte sie auf das Bremspedal, was der alte Bus nur sehr unwillig zur Kenntnis nahm. Ein Polizeiauto stand am Standstreifen, daneben hatte sich ein Polizist mit Kelle und einer Leuchtweste aufgebaut, den Schriftzug *Garda* auf der Brust, und bedeutete ihr anzuhalten. »Die Autobahn ist gesperrt«, sagte er. »Ein Milchlaster ist umgekippt, er muss geborgen werden, das kann Stunden dauern.«

»Aber ...« Lucy spürte, wie sie nervös wurde. Sie wollte doch so schnell wie möglich nach Dublin. Sie wollte weg von hier!

»Eine Umleitung ist ausgeschildert. Sie können es nicht verfehlen.« Der Polizist deutete auf die Ausfahrt. »Hier runter bitte.« Dann nickte er ihr zu und hob seine Kelle zu den hinter ihr fahrenden Autos.

Lucy folgte den Umleitungsschildern, über ihr Lenkrad gebeugt und mit zusammengekniffenen Augen. Es regnete noch immer, und oft entdeckte sie die Schilder erst in letzter Minute. Sie führten sie durch winzige Dörfer, in denen kein Mensch zu sehen war, vorbei an endlosen Weiden und Wiesen, Hecken und Mauern und zahllosen nassen Schafen, die sie teilnahmslos anglotzten. Irgendwann schließlich stand sie an einer Kreuzung, und kein Umleitungsschild wies ihr mehr den Weg. Verwirrt schaute sich Lucy um. Hatte sie etwas übersehen? Hätte sie irgendwo abbiegen müssen? Sie entschloss sich, erst einmal weiter geradeaus zu fahren. Nach einer Weile wurde die Straße schmaler, die Trockensteinmauern links und rechts der Fahrbahn rückten näher zusammen. Hoffentlich kam ihr kein Auto entgegen, sie hatte nirgends eine Ausweichstelle bemerkt. Nach einer Biegung führte die Straße auf eine kleine, abenteuerlich gewölbte Steinbrücke über einen durch die Wiesen mäandernden Bach, an dessen Ufer sich ein verlassenes Cottage befand. Die Brücke war noch ein wenig schmaler als die Straße und machte einen baufälligen Eindruck. In der Ferne erstreckten sich die Ausläufer eines kahlen, hügeligen Gebirgszuges. Sie hielt an. Wo, zum Teufel, war sie hier gelandet? Nie und nimmer war das die Umleitung zurück zur Autobahn. Lucy schaute auf die Uhr. Seit über einer Stunde war sie nun schon auf diesen Landstraßen unterwegs. Das konnte nicht sein. Sie musste umkehren. Hoffentlich fand sie den Weg wieder, den sie gekommen war. Sie legte den Rückwärtsgang ein und setzte langsam zurück. Es gab keinen Platz zum Wenden, und die Straße war schmal. Wenigstens gab es an dieser Stelle keine Mauern, gegen die sie fahren konnte, dachte sie noch, als plötzlich ein unangenehmes Knirschen ertönte und das Auto hinten nach links absackte. Die Reifen drehten leer. Nichts ging mehr. Weder vor noch zurück. Mit zittrigen Knien stieg sie aus, um nachzusehen, und ihr wurde klar, dass eine Begrenzungsmauer die bessere Alternative gewesen wäre: Sie hatte den Graben übersehen, der, zugewachsen mit dichtem Brombeergestrüpp, entlang der Straße verlief. Das Hinterteil ihres Busses hing halb im Graben und saß noch dazu auf einem verwitterten, mit Moos bedeckten Stein auf. *Achadh Cairn 3 miles* stand darauf in kaum leserlicher Schrift. Lucy richtete sich auf. Sie hatte keine Ahnung, wo oder was Achadh Cairn war. War das ein Dorf? Eine Stadt? Eine Sehenswürdigkeit? Oder gar ein Berg? In Richtung Dublin oder entgegengesetzt? Hinzu kam, dass die Entfernung noch in Meilen angegeben war, obwohl Irland doch schon vor über fünfzehn Jahren das metrische System auf Kilometer und Meter umgestellt hatte. Kein sehr vertrauenswürdiger Hinweis also, befand sie und stieg zurück in den Bus, um ihr Handy zu befragen, das ihr jedoch nur die Auskunft gab, kein Netz zu haben. Langsam ließ sie das Handy sinken. Es war kurz vor halb sechs, und sie saß hier an einem gottverlassenen Ort fest, irgendwo im Nirgendwo. Womöglich war das Auto sogar kaputt, und sie konnte nicht einmal Hilfe holen, sondern nur hoffen, dass irgendwann jemand auf dem Weg nach Achadh Cairn oder von dort bei ihr vorbeikam und ihr half. Wann würde das sein? Diese Brücke sah aus, als würde sie nicht mehr benutzt, das Cottage war verlassen … vielleicht befand sie sich auf einer Nebenstrecke, die keiner mehr benutzte, und es würde überhaupt niemand kommen. Lucy spürte, wie Panik in ihr aufzusteigen drohte. Wann hatte sie überhaupt zum letzten Mal eine menschliche Behausung gesehen? War irgendwo in der Nähe ein Dorf gewesen? Sie konnte sich nicht mehr erinnern. Es musste eine Weile her sein, noch vor dieser verlassenen Kreuzung, an der sie zum ersten

Mal bemerkt hatte, dass kein Umleitungsschild mehr zu sehen war. Sie konnte nichts tun. Nur warten. Oder die drei Meilen nach Achadh Cairn gehen und hoffen, dass es sich dabei tatsächlich um ein Dorf handelte. Lucy war kein Mensch, der schnell die Nerven verlor. Im Gegenteil. Als Mathematiklehrerin brauchte man mitunter Nerven wie Drahtseile und dazu ein dickes Fell. Dass ihr Fell bei Weitem nicht so dick war, wie sie gedacht hatte, und dass auch Drahtseile reißen können, hatte sie vor Kurzem erst erfahren müssen. Doch das hier war etwas anderes. Niemand wollte sie fertigmachen, keine Schüler warteten nur darauf, dass sie in Tränen ausbrach. Niemand wurde angegriffen, verhöhnt, gemobbt … sie befand sich in einer etwas misslichen Lage, nichts weiter. Irland war nicht die Mongolei oder der Tschad. Hier kamen Menschen vorbei. Ganz sicher. Alles nur eine Frage der Zeit.

Es dauerte fast eine Stunde.

Eine Stunde, in der Lucy Harper im Bus saß, ihr Handy hypnotisierte, trotz aller Vergeblichkeit versuchte, durch bloße Willenskraft und heftiges Betätigen des Gaspedals den Bus aus dem Graben zu befördern, dann wieder hinauskletterte, ebenso vergeblich versuchte, ihn zurück auf die Straße zu schieben, ihm einen Fußtritt verpasste, dabei in den Graben fiel, sodass ihre Hose von oben bis unten vom Matsch durchweicht war, ein Stück weit in Richtung des verlassenen Cottages durch den Regen wanderte, wieder umkehrte und die gleiche Strecke in die andere Richtung ging, ständig beobachtet von nassen Schafen, die am Straßenrand standen und sie mit stoischem Gesichtsausdruck musterten. Ihr Besitzer hatte sie mit Sprühfarbe gekennzeichnet, und die leuchtend pinkfarbenen Flecken auf dem Fell bildeten die einzigen Farbtupfer in der trostlos graugrünen Landschaft. Ja, und nicht zu vergessen ein orangefarbener VW-Bus Baujahr 1973, der, dreckverspritzt und mit einem Hinterreifen tief im Matsch des Straßenrands vergraben, mit dem anderen in der Luft, quer zur Straße im Graben stand.

Als Lucy das Geräusch eines Traktors hörte, saß sie wieder im Bus, ein zweites Mal an diesem Tag durchnässt, überdies schmutzig, ratlos und den Tränen nahe. Das Geräusch drang leise, aber unüberhörbar an ihr Ohr, und es klang wie eine Verheißung. Sie sprang aus dem Auto und lief mit weit ausgebreiteten Armen dem kleinen Traktor entgegen, der gemächlich die Straße entlanggetuckert kam. Er hielt an, und ein schmutziger, unrasierter Mann streckte seinen Kopf aus dem Führerhaus. »Was is los?«

Lucy konnte vor Erleichterung nicht sprechen, sie deutete nur zurück in Richtung ihres Autos.

»Ah. Sind in den Ditch gefahren.« Er ließ den Motor des Traktors weiterlaufen und stieg aus.

»Ja. Ich komme nicht mehr raus. Ich habe alles versucht, da ist ein Stein und …« Sie holte Luft, während sie neben ihm her zurück zu ihrem Auto lief. Der Mann war gut einen Kopf größer als Lucy, trug eine vor Schmutz starrende Wachsjacke und ebensolche Jeans und roch durchdringend nach Schafen. Auf dem Kopf hatte er eine ausgeleierte Wollmütze, unter deren Rand dunkle, unordentliche Haare hervorquollen. Beides, Mütze und Haare, sahen ebenfalls aus, als hätten sie intensiven Kontakt mit mindestens einem Schaf gehabt.

Er betrachtete den Bus und pfiff dabei leise durch die Zähne. »Das ist ja mal ein Oldtimer. Wo haben Sie den denn her? Aus dem Museum?«

»Hab ihn geerbt«, murmelte Lucy und hob dann erwartungsvoll den Kopf. »Meinen Sie, Sie könnten mir helfen?«

Er musterte den Wagen, warf einen Blick unter die vordere Stoßstange, dann sagte er: »Ich kann ihn mit dem Traktor rausziehen. Dürfte kein Problem sein.«

»Oh, danke! Das wäre wunderbar! Ich hab es nämlich eilig, ich muss heute Abend noch nach Dublin …« Lucy war so erleichtert, dass ihr fast erneut die Tränen kamen.

Der Mann warf ihr einen amüsierten Blick zu. »Dublin? Da sind Sie hier aber ganz verkehrt.«

Lucy zuckte mit den Schultern und seufzte. »Das habe ich mir schon gedacht. Ich weiß eigentlich gar nicht, wo ich hier bin. Die Autobahn war gesperrt, und ich habe mich verfahren.«

Der Mann ging zurück zu seinem Traktor und holte ein Abschleppseil. »Wo sind Sie denn hergekommen?«

»Aus der Nähe von Tipperary. Es gab eine Umleitung auf der M7.«

»Tipperary?« Er lachte. »Die Umleitung möchte ich sehen. Sie sind hier praktisch in der Mitte der Insel. Die

M7 ist da drüben.« Er deutete mit einer ausladenden Geste in Richtung Schafweide. »Weit drüben.« Wieder lachte er. »Engländerin?«

Lucy nickte. »Ich komme aus Manchester. War nur hier wegen…« Sie unterbrach sich und schüttelte den Kopf. »Ich muss nach Hause«, wiederholte sie leise.

Der Mann ging vor dem Bus in die Knie und befestigte das Seil am Abschlepphaken. »Na, dann sollten wir uns beeilen, denn da haben Sie noch ein ordentliches Stück Weg vor sich.«

Die Aktion ging so schnell und reibungslos, dass Lucy es kaum glauben konnte. Der Traktor fuhr langsam an, das Seil straffte sich, es gab einen kleinen Ruck, und schon stand der Bus wieder auf der Straße. »Ich danke Ihnen!« Sie schüttelte ihrem Helfer heftig die Hand. »Ich bin so froh, ich kann es Ihnen gar nicht sagen…«

»Ich fürchte, ich muss Sie trotzdem enttäuschen«, sagte der Mann. »Sie werden heute nicht mehr nach Dublin kommen.«

»Aber wieso?«

Er deutete in den Graben, wo inmitten der Brombeeren ein großes, rostiges Metallteil lag. Ihr Auspuff.

»Oh«, sagte sie nur.

»Sie sollten nicht ohne Auspuff bis Manchester fahren.«

»Nein. Wohl nicht.« Lucy spürte plötzlich, wie müde sie war. Todmüde. »Gibt es hier irgendwo eine Werkstatt?«

»Es ist Freitagabend. Also nicht vor Montag.«

»Nein …«, sagte Lucy schwach.

»Ersatzteile für diesen Bus werden Sie hier in der Gegend ohnehin nicht so schnell bekommen. Wenn es überhaupt noch welche dafür gibt.«

»Nein …«, sagte Lucy wieder. Zu mehr Kommentar fühlte sie sich nicht mehr in der Lage.

Er überlegte. »Könnte versuchen, ihn wieder anzuschweißen. So als Provisorium. Bis Manchester würde das wohl reichen.«

»Das können Sie?«

»Ist nicht viel dabei, schätze ich.«

»Also, wenn Sie das für mich tun könnten …« Lucy sah den dreckverspritzten, nach Schaf stinkenden, großen Mann hoffnungsvoll an. Er kam ihr vor wie der Messias höchstpersönlich.

Er nickte langsam. »Werd's jedenfalls versuchen. Lassen Sie uns mal ins Dorf fahren, dann sehen wir weiter.« Er deutete über die Brücke. »Achadh Cairn, ist nicht mehr weit.«

Also ein Dorf. So gottverlassen, wie sie gedacht hatte, war die Gegend offenbar doch nicht.

»Kann ich denn mit dem Auto überhaupt noch fahren?«, fragte sie zweifelnd.

»Lassen Sie die Fenster offen, falls die Abgase ins Innere kommen«, riet er ihr. »Am besten, Sie fahren hinter mir her.«

Sie krochen im Schneckentempo über die Brücke und weiter die Straße entlang, die sich in sinnlos scheinenden Kurven durch moorige Wiesen schlängelte. Der Bus röhrte unerträglich laut, und Lucy musste beide Fenster herunterkurbeln, um nicht an dem Gestank zu ersticken, der durch die Lüftungsschlitze drang. Immerhin hatte es zu regnen aufgehört, doch die dräuenden grauen Wolken verhießen nichts Gutes. Ein heftiger Wind wehte noch immer über die schutzlose Landschaft und versetzte dem Bus hin und wieder einen rüden Stoß, der Lucy erschrocken das Lenkrad umklammern ließ. Achadh Cairn lag in einer flachen Senke, in der sich der Bach, dem der Straßenlauf gefolgt war, unvermittelt verbreiterte. Ein paar Häuser entlang der schmalen Straße, ein Pub, ein Lebensmittelladen, eine Kirche und eine Handvoll Farmhäuser rundherum verstreut wie weiße Eier, die jemand hatte fallen lassen. Der Mann mit dem Traktor bog in einen Seitenweg am Ende des Dorfes ein und dann in eine Einfahrt, die zu einem weiß gekalkten, einstöckigen Cottage führte. Daneben befanden sich ein paar Gebäude mit Wellblechdach, vermutlich Ställe und eine Scheune. Sie fuhren hinter das Cottage, wo der Hofplatz unmittelbar in eine Wiese überging. Bettwäsche flatterte wild auf einer Leine. Der Traktor blieb stehen, und der Mann bedeutete ihr mit einer Handbewegung, den VW-Bus daneben zu parken. Sie stiegen aus, und ein schwarz-weißer Hund sprang dem Mann bellend entgegen. Er bückte sich, um ihn zu streicheln. »Das ist Bran.« Er kraulte ihm die Ohren. »Wir haben Besuch«, sagte er und deutete auf Lucy. »Sind wir gar nicht gewöhnt, nicht wahr, mein Alter?«

»Ich sollte mich vielleicht auch vorstellen«, sagte Lucy, etwas verlegen. »Ich heiße Sk… Lucy Harper.«

Der Mann gab dem Hund einen liebevollen Klaps und richtete sich auf. »Liam Cullen. Geb Ihnen mal lieber nicht die Hand, sonst stinken Sie danach wie meine Schafherde.« Er verzog das Gesicht zu einer Grimasse, die wohl ein Lächeln darstellen sollte. Dann sah er sich stirnrunzelnd um, so als überlege er, wo er sich eigentlich befand, warf einen langen Blick auf das Cottage und kratzte sich dann unbehaglich am Kopf. »Es gibt kein Hotel hier, und ich bin nicht eingerichtet für Gäste, aber ich könnte im Pub fragen, die haben Gästezimmer …«

»O Gott, nein! Das ist schon okay.« Lucy sah ihn fast erschrocken an. »Ich schlafe im Bus. Das … das mache ich immer so.«

Liam Cullen musterte sie ein wenig skeptisch. »Tatsächlich?«

Lucy errötete. »Ja«, log sie. »Dazu ist so ein Bus schließlich da, nicht wahr?«

Er nickte zögernd, doch, wie Lucy schien, erleichtert.

»Wenn Sie aber duschen möchten …« Er deutete auf ihre schmutzige Hose. »Sie können mein Bad benutzen.«

Lucy schüttelte den Kopf. »Nein, das ist nicht nötig. Machen Sie sich keine Umstände. Ich bin ja sowieso morgen wieder zu Hause, also, das passt schon. Nur … gibt es hier ein Restaurant?«

»Ich geh nachher ins Pub. Wenn Sie mitgehen wollen?«

Lucys Magen knurrte inzwischen vernehmlich, und ihre Knie fühlten sich ganz schwach an. »Gern.«

4

»*Wo* bist du? In Irland? Was treibst du denn da?« Die Stimme ihrer Schwester klang alarmiert.

»Haben dir Mum und Dad nichts gesagt?«

»Kein Wort. Dabei war ich gestern bei ihnen, Mum hat auf Jamie aufgepasst. Ich habe sogar noch gefragt, ob sie dich in letzter Zeit gesehen haben und wie's dir geht…« Sie verstummte, und Lucy konnte ihre Schwester vor sich sehen, wie sie die Stirn runzelte und sich auf die Unterlippe biss. Das hatte sie schon als Kind immer gemacht, wenn sie scharf nachdenken musste.

Nachdem Mr Cullen sie am Bus zurückgelassen hatte und mit seinem Hund im Cottage verschwunden war, hatte Lucy als Erstes einen Blick auf ihr Handy geworfen und erleichtert festgestellt, dass sie wieder Netzempfang hatte, auch wenn er nur aus einem kümmerlichen Balken bestand. Sie suchte Achadh Cairn auf der Landkarte und entdeckte mit einiger Mühe ein winziges Dorf dieses Namens an einer entlegenen Stelle, meilenweit entfernt von der Autobahn. Praktisch in der gleichen Minute, als sie das Handy ungläubig zurück in ihre Hosentasche schieben wollte, rief Pippa an, um sie für den nächsten Tag zum Tee einzuladen, sodass sie sich irgendwie erklären musste.

»Bist du sicher, dass Mum und Dad wissen, dass du nach Irland gefahren bist?«, fragte Pippa jetzt noch einmal.

»Natürlich. Ich hab es Mum gesagt.«

»Komisch. Aber was, zum Teufel, hast du überhaupt dort verloren? Willst du dich von den Cliffs of Moher stürzen?«

Seit Lucy diese Probleme in der Schule gehabt hatte, war Pippa felsenfest davon überzeugt, dass ihre Schwester eine depressive Phase durchmachte, die nur sie, Pippa, imstande war zu beheben. Sie versorgte sie daher mit stimmungsaufhellenden Kräutermischungen aus ihrem Garten und selbst gebackenen Cookies, brachte ihr Visitenkarten von Psychotherapeuten und Flyer von Yogastudios und Meditationszentren und rief sie jeden zweiten Tag an, um zu hören, wie es ihr ginge und ob sie »reden« wolle. Lucy hatte ihr mehrmals versichert, dass alles in Ordnung sei, dass es sich nur um eine vorübergehende Meinungsverschiedenheit zwischen ihr und dem Direktor der Schule gehandelt habe und dass sie sich im gegenseitigen Einvernehmen eine Auszeit genommen hatte. Doch all das hatte Pippa nicht davon abbringen können zu glauben, dass ihre große Schwester latent selbstmordgefährdet war und ihrer Hilfe bedurfte. Und jetzt Irland. Was hatte das zu bedeuten? War es ein schlechtes oder ein gutes Zeichen? Lucy konnte förmlich hören, wie es im Gehirn ihrer Schwester ratterte. Pippa hatte ihr etwas chaotisches, aber nichtsdestotrotz recht ausgeprägtes Muttergen, das offenbar trotz vier Kinder, einem Mann und zwei Hunden noch nicht ausgelastet war, längst auf ihre geschiedene Schwester und deren damit quasi vaterlose Tochter ausgeweitet. »Und was ist mit Chloé?«, fragte sie jetzt prompt.

»Was soll mit ihr sein? Sie studiert in Manchester, schon vergessen?«

»Hast du ihr Bescheid gesagt?«

»Ja. Hab ich.« Das stimmte nicht ganz. Lucy hatte ihrer Tochter gesagt, sie fahre für ein paar Tage zum Wandern in die Cotswolds, was sie tatsächlich schon öfter getan hatte, seit ihre Tochter und sie nicht mehr zusammen Ferien machten. Sie hatte Chloé nicht mit einer Geschichte belasten wollen, von der sie selbst noch nicht wusste, was sie eigentlich bedeutete, und auch keine andere vernünftig klingende Erklärung parat gehabt, weshalb sie plötzlich nach Irland wollte. Doch mehr als Chloé und ihre Schwester beschäftigte sie im Augenblick die Frage, weshalb ihre Eltern sich so offensichtlich in Schweigen hüllten, und das nicht nur ihr gegenüber, sondern auch gegenüber ihrer Schwester. Sie beschloss, auch erst einmal den Mund zu halten. Das Ganze war zu verrückt, um es am Telefon zu erzählen.

»Es war nur so eine Spontanidee«, sagte sie stattdessen vage. »Ich musste mal raus. Morgen bin ich wieder zu Hause.«

»Machst du Witze? Bei dir gibt es keine Spontanideen«, erwiderte Pippa trocken. »Ich glaube dir kein Wort. Wann kommst du morgen an? Ich hol dich vom Flughafen ab.«

»Ähm ... ich komme nicht mit dem Flugzeug. Ich komme mit ... dem Auto.«

»Mit dem Auto? Du bist mit deinem alten Mini nach Irland gefahren? Du? Einfach so? *Spontan*? Warum das denn? Wo genau bist du überhaupt?«

»In Acha… Dingsbums, keine Ahnung. Und es ist nicht mein Auto, also… nun ja… irgendwie wohl doch. Ich erzähl es dir morgen, okay? Ich ruf dich an, wenn ich da bin.«

Lucy wartete Pippas Entgegnung nicht ab, sondern unterbrach hastig die Verbindung und schaltete dann nach kurzem Zögern das Handy ganz aus. Wie sie Pippa kannte, würde sie sofort versuchen, noch einmal anzurufen. Die Sache wurde immer komplizierter. Sie hatte nicht darüber nachgedacht, dass es natürlich auch Pippa etwas anging, wenn an dieser Vatergeschichte etwas dran sein sollte. Und auch Chloé…

Inzwischen hatte der Wind noch weiter zugenommen. Er war zu einem regelrechten Sturm angewachsen, der die tief hängenden Wolken am düsteren Himmel vor sich hertrieb wie eine Herde verschreckter Lämmer. Die Bettlaken auf der Wäscheleine vor dem Cottage knatterten wie Gewehrschüsse. Lucy blieb dennoch eine ganze Weile reglos mitten auf dem Hof stehen, ohne einen klaren Gedanken fassen zu können. Sie stand einfach nur da, ließ sich vom Wind die Haare zerzausen und sah ein paar Krähen zu, die gegen jede Vernunft versuchten, ihre Flugbahn trotz der Böen, die sie immer wieder abtrieben, beizubehalten. Sie bemerkte nicht, dass

Liam Cullen sie vom Küchenfenster seines Cottages aus beobachtete. Bran saß neben ihm und versuchte, sich mit einem zögerlichen Bellen bemerkbar zu machen; er wollte sein Abendessen, das sein Herrchen aus irgendeinem Grund nicht wie üblich auf den Boden stellte. Liam hatte vergessen, dass er Brans Futternapf in den Händen hielt. Nachdenklich betrachtete er die zierliche Frau mit den haselnussbraunen Haaren und der schmutzigen Hose, die wie angewurzelt im Wind stand, in den Himmel blickte und dabei aussah, als wolle sie am liebsten davonfliegen. Sie kam ihm vor wie eine der Feen, von denen es in den irischen Sagen so viele gab. Wie diese Frau tauchten sie unvermittelt an einer Kreuzung, unter einer alten Eiche, vor einer Brücke auf und baten um Hilfe. Wenn man nicht höllisch aufpasste, zogen sie einen in ihr Reich hinunter, aus dem man erst Jahre später wieder auftauchte und nicht mehr derselbe war. Wobei, so ganz stimmte das nicht. Die Frau wirkte nicht, als ob man sich vor ihr in Acht nehmen müsste. Eher so, als wäre sie selbst gerade erst aus diesem verwunschenen Feenreich zurückgekehrt oder aber, als sei dieses Reich für sie für immer verloren …

Bran bellte lauter, und Liam zuckte zusammen. Fast verlegen stellte er seinem Hund das Futter hin. Wurde Zeit, eine heiße Dusche zu nehmen, bevor er noch weiter über Feen und ihre verlorenen Reiche nachsann.

Auch Lucy war in den Bus gestiegen, um sich frisch zu machen und umzuziehen. Ihr kleiner Handkoffer, den sie für den Flug mitgenommen hatte, lag auf dem Bett. Sie schlüpfte in eine frische Jeans und ein anderes T-Shirt und zog sich in Anbetracht des Wetters wieder Patricks Pullover über. Maureen hatte darauf bestanden, ihn ihr zu schenken, ebenso wie die grüne Baskenmütze. Und auch, wenn ihr beides nicht richtig passte, war sie im Grunde sehr froh darüber. Sie hatte nur Kleidung für zwei Tage mitgenommen, und jetzt war sie schon fast eine Woche hier.

Während sie auf Liam Cullen wartete, sah sie sich in ihrem geerbten Bus ein wenig genauer um. Er war offenbar eigenhändig ausgebaut und recht pfiffig eingerichtet. Das Bett war erhöht und der Bettkasten mit vielen Fächern und Schubladen versehen; es gab eine kleine Kochnische mit Gasherd und einer Waschschüssel, darüber stand auf einem Brett ein voller Wasserkanister. Zum Fahrerhaus hin war der Wohnraum mit einer halbhohen, in verblichenem Grün lackierten Sperrholzplatte abgegrenzt, dort gab es eine Sitzbank und einen Klapptisch, und entlang der Wände hingen weitere kleine, ehemals bunt bemalte Schränke. Über das Bett war eine fadenscheinig gewordene Decke gebreitet, und an den freien Stellen der Wände hingen zahllose vergilbte Fotos mit vor Feuchtigkeit aufgebogenen Ecken und Zeitungsausschnitte, offenbar von Konzerten und Auftritten. Ein kurzer Blick sagte ihr, dass sie alle schon viele Jahre alt waren. George Miller war Musiker gewesen, wie Lucy erfahren hatte. Er hatte vor allem Klavier gespielt, aber auch Kontrabass und Gitarre, in verschiedenen Bands, und alle, die sie in Knocknabarra getroffen hatte, waren voller Ehrfurcht gegenüber seinen Fähigkeiten gewesen. So weit konnte es mit dem Talent nicht her gewesen sein, wenn er seinen Lebensabend in einem alten, schäbigen Bus verbringen musste, hatte sie sich im Stillen dazu gedacht, doch nichts gesagt. Auch wenn sie George Miller nicht gekannt hatte, machte dieser Gedanke sie traurig. Der Bus mochte vielleicht einmal handwerklich gut ausgebaut worden sein, doch das war lange her. Jetzt wirkte die Einrichtung mit ihren verblichenen Farben und abgestoßenen Ecken trotz aller Bemühungen, es ein wenig wohnlich zu gestalten, nur noch armselig und deprimierend. Die letzte Wohnstätte eines alten Mannes, der es offenbar in seinem Leben zu nichts gebracht hatte. Der gescheitert war.

Prüfend sah sie sich die einzelnen Fächer des Bettkastens an, zog die Schubladen heraus, öffnete die Hängeschränke. George Miller hatte nicht sehr viele Dinge besessen, die einen zweiten Blick lohnten. Wenige Kleidungsstücke, Jeans, Hemden, Schafwollpullover, eine Wachsjacke, dafür eine Menge Bücher, altmodische Musikkassetten, Notenstapel und Fotos, die ähnliche Motive zeigten wie die Bilder, die an den Wänden hingen. Dazu ein bisschen Geschirr, altmodische Waschutensilien, eine schwarze Hornbrille mit dicken Gläsern. Lucy überlegte, und nach kurzem Zögern hob sie die Matratze hoch. Tatsächlich gab es auch hier noch einen Stauraum hinter den

Fächern, der wohl eigentlich für das Bettzeug gedacht gewesen war. Dort lagen eine irische Rahmentrommel und ein kleiner brauner Koffer, mit einem Riemen verschnürt. Lucy kroch unter die Matratze und holte beides heraus. Die Trommel war aus dunklem Holz und kunstvoll verziert und sah wertvoller aus als alles andere in dem Bus. Sie nahm den kleinen Klöppel mit den beiden runden Enden und klopfte auf dem Fell herum. Es klang tief und seltsam, mehr ein Ruf als ein Trommelschlag. Dann nahm sie sich den Koffer vor. Er war alt, wie alles hier, und mit Ausnahme des Riemens, der sich als Ledergürtel entpuppte, unverschlossen. Sie öffnete ihn vorsichtig. Er war vollgestopft, und obenauf lag ein Stück Papier, das Lucy nach genauerem Hinsehen als ein altes Fährticket identifizierte, ausgestellt auf den 12. Dezember 1974. Ihr Herz begann schneller zu klopfen. War das der Tag, an dem George Miller England verlassen hatte und nach Irland ausgewandert war? Ihr Geburtsjahr? Darunter lag ein schwarzes Notizbuch. Sie schlug es auf und erkannte sofort, dass es ein Tagebuch war. Es begann am 12. Dezember 1974. George Miller hatte eine schöne, gestochen scharfe Schrift mit kleinen ordentlichen Buchstaben gehabt, und der erste Satz lautete: *Gale Force, Sturmwarnung. Vielleicht wird die Fähre sinken, bevor wir Rosslare erreichen. Dann und nur dann könnte ich Lilly vielleicht vergessen.*

Lucy klappte das Buch mit einer Wucht zu, als säße eine Vogelspinne darin, packte es zurück in den Koffer und den Koffer zurück in den Bettkasten. Dann setzte sie sich auf das Bett und schloss die Augen. Lilly. Der Name ihrer Mutter. Selbst wenn sie keine Mathematikerin gewesen wäre, wäre ihr klar gewesen, dass es so viele Zufälle nicht geben konnte.

5

Während Lucy im dämmrigen Zwielicht dem Wind lauschte, der um den klapprigen VW-Bus pfiff, und dabei krampfhaft versuchte zu vergessen, was sie gerade gelesen hatte, saßen rund hundert Kilometer weiter südwestlich Maureen und die anderen in Roísíns Pub, um einen der abgewetzten Tische versammelt, und lauschten ebenfalls dem Wind, der hier bereits an Stärke zugenommen hatte.

»Wir hätten sie nicht einfach so fahren lassen dürfen«, sagte Maureen und warf einen auffordernden Blick in die Runde. Keiner gab eine Antwort. Der Sturm hingegen heulte wie zur Bestätigung von Maureens Worten und drückte den Torfrauch durch den Kamin zurück in den kargen Gastraum des Pubs, sodass es einen Moment lang aussah, als sei Nebel aufgezogen. Alle, die am Vormittag Lucy auf der Schafweide verabschiedet hatten, waren versammelt, sogar Gracie war dabei. Sie knibbelte mit ihren gichtigen Fingern an einem losen Faden ihrer Strickjacke und summte leise ein Lied.

»Was schert dich eigentlich diese englische Tussi?«, fragte Flynn nach einer Weile, aber es klang nicht recht überzeugt. Immerhin war der von ihm über alle Maßen verehrte Geordie auch Engländer gewesen. Zumindest ein halber. Da wollte es nicht so recht passen, Lucys Nationalität als Entschuldigung für seine scheinbare Gleichgültigkeit anzuführen. Nach einer Weile fügte er daher noch hinzu: »Die wollte so schnell wie möglich weg von hier. Nicht mal den Bus wollte sie mitnehmen.« Er schüttelte den Kopf. »Geordies Bus. Sein Ein und Alles.«

Maureen nickte betrübt. »Ich weiß. Aber versetz dich doch mal in ihre Lage. Sie kannte uns bis vor ein paar Tagen gar nicht. Hatte keine Ahnung von George und dass er ihr Vater war.«

Roísín lachte heiser auf, sagte aber nichts. Von Flynn zu verlangen, sich in die Lage eines anderen zu versetzen, war in etwa so erfolgversprechend, wie Gracie danach zu fragen, welcher Tag heute war.

»Warum, zum Teufel, wusste sie das nicht?«, ließ sich jetzt Flynn wieder vernehmen. »Warum hat ihr ihre Mutter das nie gesagt?« Er kippelte mit dem Stuhl vor und zurück. »Das ist doch scheiße.«

»Eben.« Maureen ließ nicht locker. »Das arme Ding ist völlig durch den Wind gewesen. Wer weiß, wie sie sich jetzt fühlt, ganz allein auf dem Weg zur Fähre. Noch dazu bei diesem Sturm.« Wie um ihre Worte zu bestätigen, heulte eine besonders heftige Windböe ums Haus. Irgendwo vor der Tür krachte es laut. Roísín sprang auf. »Gott verdammt, was war das?«

Sie liefen alle nach draußen, außer Gracie, die singend am Tisch sitzen blieb. Der Wind hatte das Pubschild über der Tür aus der Verankerung gerissen. Fluchend lief Roísín auf die Straße, um es aufzuheben. Flynn und Séamus halfen ihr. Der Wind zerrte an den drei Gestalten, als ob er sie mitnehmen wollte, und sie hatten Mühe, darauf zu achten, dass ihnen das große Schild nicht wieder aus den Händen gerissen wurde.

»Das habe ich noch nie erlebt«, keuchte Roísín und strich sich die langen Haare aus dem Gesicht, als sie wieder zurück im Gastraum waren. »Was für ein Sturm. Der weht einen glatt von der Straße.«

Im Radio kamen gerade die Nachrichten, und sie drehte lauter. Der Sprecher verkündete die höchste Sturmwarnung für die gesamte Küste und die Einstellung des Fährverkehrs zwischen England und Irland. Sie schauten sich an.

»Sie ist doch längst drüben«, sagte Séamus, als er Maureens alarmierten Blick sah. »Sie ist rechtzeitig vor dem Sturm losgefahren.«

»Und wenn nicht? Wenn sie eine Panne hatte? Einen Unfall? Wenn sie irgendwo gestrandet ist, ganz allein?«

»Skye ist erwachsen, Maureen. Sie kann gut auf sich selbst aufpassen«, sagte Roísín.

»Aber sie kommt aus der Stadt. Sie hat keine Ahnung von unserem Wetter hier.« Maureen schüttelte eigensinnig den Kopf. »Ich rufe sie an und frage, ob alles in Ordnung ist.« Sie zückte ihr Handy, wählte Lucys Nummer und lauschte eine Weile, bevor sie das Telefon wieder sinken ließ. »Ausgeschaltet.«

Als Mr Cullen Lucy abholte, um mit ihr ins Pub zu gehen, hatte der Sturm auch hier an Stärke zugenommen. Er rüttelte in so heftigen Stößen an dem alten VW-Bus, als gälte es, ihn umzuwerfen. Vorsichtig schob Lucy die Schiebetür auf und trat nach draußen. Die Böen nahmen ihr fast die Luft zum Atmen.

»Gale Force!«, schrie Liam Cullen gegen den Wind. »Machen wir, dass wir ins Pub kommen, bevor es noch schlimmer wird.« Lucy stülpte sich die grüne Wollmütze auf den Kopf und zog sie sich so weit wie möglich über die Ohren. In letzter Sekunde hatte sie sich dazu entschlossen, statt ihres eigenen, leichten Blousons die schwere Wachsjacke aus George Millers Schrank überzuziehen. Ihre Jacke, die zwar den pompösen Namen »Windbreaker« trug, hatte sich in den letzten Tagen als ziemlich nutzlos erwiesen und sie ganz nebenbei gelehrt, dass Stadtkleidungsstücke, mochten sie auch noch so funktionale Bezeichnungen haben, für »richtiges« Wetter gänzlich untauglich waren. George Millers Wachsjacke reichte ihr bis zu den Knien, doch das störte sie nicht. Wie Patrick Mulligans viel zu großer Pullover und die grüne Wollmütze schien auch dieses Kleidungsstück dafür gemacht, ihr Schutz zu bieten, in einer Situation, an einem Ort, an dem sie sich schutzlos und ausgeliefert fühlte. Sie konnte darin verschwinden, sich von der seltsamen, unverständlichen Realität um sie herum verabschieden, die so plötzlich auf sie hereingestürzt war. Die schwere, vom Alter steife Jacke hielt den Wind ab wie ein Schild, und während sie sich mit hochgezogenen Schultern und aufgestelltem Kragen mühte, den langen Schritten ihres Begleiters zu folgen, fühlte sie, wie ihr warm wurde, trotz des schneidenden Windes, der eisig kalte Regentropfen mit sich brachte. Die unbehandelte, noch mit dem schützenden Wollwachs versehene, eng verstrickte Schafwolle des Pullovers und die in vielen Jahren immer wieder neu gewachste Baumwolle der Jacke begannen ihren Dienst zu tun und wärmten und schützten sie.

Sie trabten mit gesenkten Köpfen und in den Taschen vergrabenen Händen nebeneinander her und bogen schließlich in die menschenleere, fast stockdunkle Dorfstraße ein. Es gab nur eine einzige Lampe, die an zwei schwankenden Seilen über der Straßenkreuzung hing und von den wütenden Stößen des Windes ordentlich durchgeschüttelt wurde. Ihr flackerndes, unsicheres Licht verfolgte sie, während sie die Straße entlanggingen, und zog dabei ihre schwankenden Schatten lang und länger. Diese unruhige Beleuchtung ließ die Szenerie noch unwirklicher erscheinen, als sie Lucy ohnehin schon vorkam. Als Stadtmensch war sie es gewohnt, dass die Nacht nie wirklich dunkel war, doch hier erstreckte sich die tintenschwarze Finsternis ins Unendliche, schien die umliegenden Häuser ebenso verschluckt zu haben wie Autos, Straßenschilder, Bäume, und nicht einmal die fernen Hügel hoben sich noch von der undurchdringlichen Dunkelheit des Himmels ab. Die Luft war erfüllt vom Heulen des Windes. Wie ein wütendes Tier tobte der Sturm über das Land, die Häuser versuchten vergeblich, sich in die flachen, baumlosen Senken zu ducken. Gerade als sich Lucy, ganz gegen ihre rationale Natur, irritiert zu fragen begann, ob der Sturm womöglich alles längst mit sich genommen hatte und sie nun für immer in einem lichtlosen, windumtosten Zwischenreich, das nur aus dieser einsamen Straße in einem Dorf im Nirgendwo bestand, umherirren müssten, tauchte in der Ferne ein schwaches Licht auf. Es fiel durch zwei kleine Fenster in Vierecken auf die Straße und verhieß Vertrautes. Menschen, Wärme, Zivilisation. Das stierblutrote Blechschild des Pubs über der Tür schwang klappernd hin und her, und als sie näher kamen, versuchte Lucy, den Namen zu entziffern: »The Nag's Head?«, fragte sie Mr Cullen verblüfft. »Der Kopf der Nervensäge?«

Liam Cullen schmunzelte, zumindest deutete Lucy das winzige Kräuseln seiner Oberlippe so. »Ryan O'Tooles Schwiegermutter. Sie war unausstehlich. Eine richtige alte Hexe.«

Lucy sah nach oben, und tatsächlich war dort unter dem Schriftzug eine griesgrämig dreinblickende Frau mit einem grauen Dutt zu erkennen.

»Ryan hat ihr immer prophezeit, nach ihrem Tod sein Pub nach ihr zu benennen, und als sie in die Grube gefahren ist, hat es keine zwei Tage gedauert, und das neue Schild hing da. Früher hieß das Pub nur Ryan's.« Er schüttelte den Kopf. »Hätt ich mir an seiner Stelle zweimal überlegt. Am Ende kommt sie noch als Banshee zurück. Wär ihr jedenfalls zuzutrauen …«

»Banshee?«, fragte Lucy irritiert nach.

»Jetzt sagen Sie nur, Sie kennen keine Banshees. Was wisst ihr eigentlich da drüben in Manchester?« Angesichts so großer Unwissenheit schnalzte Liam Cullen mit der Zunge. »Das sind die Geisterfrauen aus den Hügeln«, erklärte er dann. »Meistens kündigen sie den nahen Tod desjenigen an, der sie sieht. Wenn jemand stirbt, kreischen und heulen sie ums Haus wie der Wind heute Nacht. Man sagt, jede alte Familie hier auf der Insel hat ihre eigene Banshee. Die alte Meg Clancy wäre perfekt dafür geeignet. Hat als Lebende schon so ausgesehen.«

Lucy starrte ihn an. »Davon habe ich noch nie etwas gehört«, murmelte sie leise. Normalerweise ließen sie Grusel- und Gespenstergeschichten vollkommen kalt, und auch entsprechende Filme entlockten ihr meist nur ein Gähnen, doch hier draußen, in dieser allumfassenden Dunkelheit, war das etwas anderes. Man benötigte nicht viel Fantasie, um aus dem Heulen des Windes ein geisterhaftes Kreischen herauszuhören.

Liam Cullen lächelte, und Lucy bemerkte, dass er Grübchen hatte.

»Ich habe Sie hoffentlich nicht erschreckt?«, fragte er.

»Ach nein …« Lucy winkte ab. »Nicht wirklich.« Und das war fast die Wahrheit. Seit George Millers Totenwache hatte sie sich an den makabren Humor und die seltsamen Geschichten der Iren gewöhnt. Wobei man sagen musste, dass ihr gar keine andere Wahl geblieben war.

Das Pub empfing sie trotz des abschreckenden Namens freundlich. Zwar war es nicht gerade gut besucht, lediglich ein paar Männer in groben Pullovern und Arbeitsschuhen saßen an der Bar und starrten schweigend in ihre Biergläser, doch immerhin war es warm. Die holzgetäfelten Wände, die lange Theke mit den sich im milden Licht alter Milchglaslampen spiegelnden Whiskeyflaschen und die leise Musik boten einen willkommenen Kontrast zu der wilden, stürmischen Einsamkeit draußen vor der Tür. Ryan, der Wirt, war ein kleiner Mann mit Glatze und einem freundlichen Lachen. Sein Angebot an Abendessen beschränkte sich auf Clubsandwich und Pommes frites. Lucy entschied sich für Clubsandwich, während Liam Cullen lediglich mit einem stummen Nicken seine Bestellung aufgab und kurze Zeit darauf ein Glas Stout vor sich stehen hatte. Ab und zu richtete Ryan ein paar wenige Worte an ihn, die er ebenso knapp beantwortete. Es ging um Schafe und das Wetter und ihre Autopanne, soweit Lucy, die auf ihr Essen konzentriert war und dem irischen Singsang nur mit einem halben Ohr zuhörte, ihnen folgen konnte. Als sie gegessen hatte, stellte der Wirt ihr ungefragt ein Glas Whiskey hin. Liam Cullen hatte ebenfalls einen Whiskey vor sich stehen und meinte: »Den können Sie sicher brauchen, nach diesem Tag.«

Bevor Lucy S. Harper zu ihrer Reise nach Irland aufgebrochen war, hatte sie nur viermal in ihrem Leben etwas Stärkeres als Bier getrunken: An ihrem achtzehnten Geburtstag, der ihr deshalb nur sehr verschwommen in Erinnerung geblieben war, zu ihrem bestandenen Examen, nach ihrer Scheidung und erst kürzlich, als sie vom Schuldienst suspendiert worden war. Seit sie sich im Flugzeug einen Whiskey gegönnt hatte, schien es jedoch zur Gewohnheit zu werden. Die Totenwache hätte sie ohne Whiskey wohl nicht überstanden, und auch heute kam es ihr nicht so vor, als könne sie den Abend nüchtern beenden.

… Nur dann könnte ich Lilly vergessen …

George Millers Tagebucheintrag stand ihr wie in Leuchtschrift vor Augen und würde sich nicht so einfach vertreiben lassen. Sie kippte den Whiskey in einem Zug hinunter und spürte, wie der starke Alkohol eine glühende Spur durch ihre Speiseröhre bis in ihren Magen grub. Unwillkürlich seufzte sie auf.

»Was treibt dich hierher, in dieses gottverlassene Nest, Mädel?«, wollte Ryan leutselig wissen, und Lucy dachte, dass sie wohl seit hundert Jahren keiner mehr Mädel genannt hatte. »Eine Totenwache«, antwortete sie wahrheitsgemäß. »Das war das mit Abstand Verrückteste, was ich in meinem ganzen Leben erlebt habe.«

Hier hätte Lucy S. Harper hinzufügen können, dass sie überhaupt noch nicht viel Verrücktes in ihrem Leben erlebt hatte. Im Grunde waren Pippa und ihr Schwager mit ihrem Rudel Kinder, den Hunden und ihrem immer am Rande des Chaos entlangschlitternden Leben schon das Verrückteste, was sie sich vorstellen konnte. Und auch das kannte sie nur aus zweiter Hand. In ihrem eigenen Leben herrschte Ordnung. Nun ja. Hatte bisher Ordnung geherrscht. Bis Maureens Anruf gekommen und sie auf Séamus' Schafweide gelandet war.

Nachdem die gesamten Trauergäste oder Totenwächter oder wie man die seltsame Gesellschaft, die sich versammelt hatte, um George Miller das letzte Geleit zu geben, nennen mochte, das tieftraurige Lied zu Ende gesungen hatten, hatte es Suppe für alle gegeben. Sie setzten sich auf die in der Wiese verteilten Stühle, und Maureen und Roísín teilten aus. Kartoffelsuppe, heiß und sämig, mit großen Brocken Fleisch darin. Jeder bekam dazu ein dickes Stück graues, krümeliges Brot. George Millers Leiche lag völlig selbstverständlich zwischen ihnen auf seinem Tisch, und Lucy hätte es nicht gewundert, wenn man ihm auch eine Tasse mit Suppe hingestellt hätte. Seltsamerweise spürte Lucy trotz George Millers Anwesenheit und der ganzen damit verbundenen Aufregung großen Appetit, was im Grunde auch kein Wunder war, denn außer einem kleinen, belegten Matschbrötchen im Flugzeug und den ungewohnten drei Gläsern Whiskey hatte sie seit dem Frühstück nichts mehr zu sich genommen. Auch alle anderen aßen mit Genuss. »Echt schade, dass du die Suppe nicht mehr kosten kannst, Geordie«, sagte der alte Murphy nach einer Weile zu der Leiche auf dem Tisch. »Roísíns Kartoffelsuppe ist die beste. Hast du selbst immer gesagt.«

»George hat doch alles geschmeckt«, erwiderte Roísín. »Er hat mehr gegessen als wir alle zusammen. Weiß der Himmel, wo er das hingesteckt hat, dürr, wie er war.«

»Bist nach ihm geraten, Skye«, fügte sie nach einem prüfenden Blick an Lucy gewandt hinzu. »Du hast seine Augen.«

»Alle sagen, ich hätte die Augen meiner Mutter«, gab Lucy steif zurück.

»Deine Mutter kennen wir nicht. Aber Geordie haben wir gekannt. Und er hatte die gleichen Augen wie du. Blau wie das Meer und der Himmel«, sagte Roísín, und die anderen nickten. Plötzlich war es still geworden, und Lucy fühlte sich von allen betrachtet, geprüft. »Nun, das kann ich ja nicht mehr nachprüfen, nicht wahr?«, sagte Lucy schroff und senkte den Blick. Sie wollte dieses Gespräch nicht führen. Sie wollte nicht so angesehen werden. Sie wollte weg von hier.

Roísín kramte in den Tiefen ihrer weiten Gewänder herum und beförderte schließlich ein kleines Farbfoto mit gezahnten Ecken zutage. Es war ein ziemlich verblichener Schnappschuss und zeigte sie selbst, um einiges jünger als jetzt, und einen schwarzhaarigen, bärtigen jungen Mann mit einer Hornbrille, die ihm etwas leicht Intellektuelles gab. Beide lachten ausgelassen. Ihre Haare flatterten im Wind, und im Hintergrund war das Meer zu sehen. Die Augen des Mannes hatten die gleiche Farbe wie das Meer hinter ihnen.

»Das ist George Miller?«, fragte Lucy fast widerwillig. Wenn man von der etwas seltsamen Brille einmal absah, sah der Mann auf dem Bild geradezu unverschämt gut aus.

Roísín nickte, und als Lucy ihr das Bild zurückgeben wollte, sagte sie: »Behalte es. Das ist alles schon so lange her. Es war Anfang der Siebziger. Ich war siebzehn, George schon über dreißig. Ich habe ihn in Galway getroffen …«

»Du warst mit ihm zusammen?«, fragte Lucy erstaunt. Sie hatte nicht gedacht, dass die beiden sich bereits so lange kannten.

Roísín nickte. »Wir waren … er war …« Sie verstummte und schüttelte den Kopf. »Egal. Noch Suppe?«

Als Lucy verneinte, stand Roísín auf und ging ohne ein weiteres Wort. Lucy sah der schwarzhaarigen Frau mit den weiten Gewändern nach und bedauerte, so abweisend gewesen zu sein. Im Grunde wollte sie doch etwas von diesem unbekannten Toten neben ihr erfahren, wollte wissen, wer er gewesen war. Und was ihn mit ihr verband. Andererseits: Wollte sie das wirklich?

»Eine Totenwache?« Ryans überrascht klingende Stimme riss sie aus ihren Gedanken. »Wird das überhaupt noch gemacht?«

Lucy zuckte mit den Schultern. »Keine Ahnung. Ich war jedenfalls bei einer.«

Ryan wurde von einer Gruppe junger Leute abgelenkt, die wie ein Windstoß in das Pub geweht kamen und den Wirt mit Hallo begrüßten. Lucy und Liam sahen schweigend zu, wie sie sich aus ihren Jacken schälten und sich lachend und scherzend um einen der leeren Tische verteilten. Ryan brachte ihnen eine Runde Lager und eine Schüssel Chips mit Salz und Essig.

»War es ein Verwandter?«, ließ sich Liam plötzlich vernehmen.

»Wie?«

»Die Totenwache.«

»Ja … nein … ich weiß nicht.« Lucy schüttelte widerstrebend den Kopf und wünschte, sie hätte nicht davon angefangen. »Ich weiß, das klingt ziemlich dumm, aber es ist so. Ich weiß nicht, wer dieser Mann war.«

Liam Cullen schwieg.

Lucy warf ihm einen Blick zu. Jeder andere hätte nach dieser seltsamen Antwort verwundert nachgefragt, hätte mehr wissen wollen, doch dieser, trotz offensichtlicher Dusche und Rasur noch immer recht zerknautscht und zerzaust wirkende, große Mann schwieg einfach. Und es schien nicht so, als müsse er sich dafür besonders anstrengen. Im Gegenteil. Es war, als fühlte er sich im Schweigen zu Hause.

Und vielleicht war es diese Selbstverständlichkeit, dieses friedliche Schweigen, das weder erwartungs- noch vorwurfsvoll war, das Lucy dazu brachte, ihm ihre Geschichte zu erzählen.

Und Liam Cullen, der am liebsten nur mit seinen Schafen sprach und deshalb gut zuhören konnte, hörte zu.

6

Als Lucy am nächsten Morgen aufwachte, wusste sie im ersten Moment nicht, wo sie sich befand. Nichts war ihr vertraut. Das Licht, das von allen Seiten zu kommen schien, schmerzte in ihren Augen, ihr Kopf fühlte sich schwer an, und ihr Mund war pelzig. Erst als sie sich mühsam aufrichtete und mit dem Kopf an die Decke des VW-Busses stieß, fiel ihr alles wieder ein. George Millers Bus. Der Unfall. Der Sturm. Das Pub.

Liam Cullen.

Sie blinzelte und wischte sich über die geschwollenen Augen. Es war entschieden zu viel Whiskey gewesen, gestern, in dem Pub mit dem seltsamen Namen. Sie war noch vollständig bekleidet, hatte sich nach ihrer Rückkehr nur Schuhe und Jacke ausgezogen und war eingeschlafen. Die Schamröte stieg ihr ins Gesicht. Was mochte sie Liam Cullen alles erzählt haben? War sie peinlich gewesen? Aufdringlich gar? Eine ungebetene Erinnerung schmuggelte sich plötzlich in ihre verschlafenen Gedanken. Eine Umarmung, stürmisch, heftig, ein kratziger Pullover, Tränen … er hatte sie festgehalten. Irgendwo auf dem Heimweg, auf dieser dunklen Straße. Sie war gestolpert. Er hatte sie festgehalten. Dieser wildfremde, schweigsame, zerzauste Schaffarmer hatte sie festgehalten. Minutenlang. Mitten auf einer Straße im Nirgendwo? Und sie? Lucy S. Harper? Himmel noch mal, sie war Mathematiklehrerin. Mathematiklehrerinnen taten so etwas nicht. Sie umarmten niemanden mitten in der Nacht auf offener Straße. Betrunken noch dazu.

Stöhnend kroch sie aus dem Bett. Diese Insel tat ihr nicht gut. Ein Land voller Kurven und Umwege, abstruser Geschichten und unerwarteter Ereignisse. Nirgends eine gerade Straße, keine Linie, die verlässlich in eine Richtung wies, keine Gleichung, die aufging. Stattdessen Schafe und Regen und Straßengräben, Pubs, die nach bösen Schwiegermüttern benannt worden waren, Orte, die sogar Google nur mit Mühe fand und in denen es lediglich eine einzige, flackernde Straßenlaterne gab, Stürme, die einem das Hirn wegfegten, seltsame Käuze, schweigende Schaffarmer und nirgends irgendetwas Verlässliches zum Festhalten. Kein Baum, kein Geländer, nirgendwo. Ein einziges Durcheinander. Kein Wunder, dass ihr schwindlig war.

Sie blieb eine ganze Weile sitzen und wartete, bis das Karussell in ihrem Kopf sich wieder beruhigt hatte. Die Morgensonne schien durch die kleinen Autofenster und tauchte die bunten, abgenutzten Möbel des Busses in freundliches Licht. Offenbar hatte der gestrige Sturm das schlechte Wetter vertrieben. Sie stand auf und betrachtete sich eine Weile voller Grauen in dem kleinen Spiegel über dem Waschbecken. Ihre langen, haselnussbraunen Haare waren zerzaust und ihre Augen klein und geschwollen. Sie sah blass, unglücklich und ziemlich zerknittert aus. Genau so, wie sie sich fühlte. Es war ein Albtraum. Sie war aus ihrer Welt gefallen und an einem Ort gelandet, der irgendetwas mit ihr anstellte, das sie nicht begreifen konnte. Sie musste nach Hause. So schnell wie möglich. Doch zuerst musste sie etwas essen. Ihr Magen fühlte sich flau an und ihre Beine zittrig. Nachdem sie sich etwas Wasser ins Gesicht gespritzt, sich die Zähne geputzt und ihre Haare zu einem halbwegs ordentlichen Pferdeschwanz gebunden hatte, wagte sie sich nach draußen. Der Wind hatte sich in eine sanfte Brise verwandelt, die Luft war noch kühl, und der Himmel sah wie frisch gewaschen aus. Endlos blau, ohne eine Wolke. Es war still um sie herum, kein Laut war zu hören. Fröstelnd und auf wackeligen Beinen ging sie über den Hof, auf der Suche nach Liam Cullen. Es war noch früh am Morgen, womöglich schlief er noch? Doch aus dem Kamin des Cottages stieg eine feine Rauchsäule, und weil Lucys Magen unbedingt ein besänftigendes Frühstück benötigte, überwand sie ihre Scham und ihre Unsicherheit angesichts des gestrigen Abends und klopfte zaghaft an die Tür.

»Kommen Sie rein.« Es klang völlig unverfänglich, weder verlegen noch irgendwie zweideutig. Erleichtert ließ Lucy die Hand sinken. Vielleicht waren sie sich gestern Abend doch nicht so nah gekommen, wie sie befürchtet hatte. Sie war nur gestolpert. Das konnte passieren. Zögernd trat sie ein und stand direkt in der Küche. Liam Cullen stand am Fenster, neben ihm am Boden saß Bran und sah sein Herrchen erwartungsvoll an. Der Mann hielt einen Teebecher in der Hand und nickte ihr ohne besondere Regung zu. »Guten Morgen. Gut geschlafen?«

»Geht so«, murmelte Lucy verlegen. »Schlecht geträumt.«

Liam Cullen stellte seinen Becher ab und schaltete das Gas am Herd an. »Ich mache uns Frühstück, und dann kümmere ich mich um Ihr Auto. Tee?«

»Gern.«

»Die Kanne steht auf dem Tisch. Er ist noch heiß.«

Lucy ließ sich auf einen der Küchenstühle sinken. Liam Cullen hatte für sie gedeckt. Ein schlichter Teebecher stand am Tisch bereit, dazu Teller, Messer, Gabel und ein Papierküchentuch als Serviette. Sie goss sich eine Tasse Tee ein und legte ihre kalten Finger langsam um die heiße Tasse. Auf dem Herd brutzelten Speck und Blutwurst, und ihr Gastgeber schlug noch Eier in eine zweite Pfanne.

»Irisches Frühstück«, sagte er. »First heart attack.«

Lucy lächelte schwach. Sie war sich sicher, keinen Bissen davon hinunterzubekommen, hatte aber keine Kraft zu widersprechen. Mit dieser speziellen Art von Frühstück, das neben Würstchen, Bohnen und Speck noch Black Pudding, also Blutwurst, und oft auch zusätzlich Kartoffelkuchen, Porridge und Brathering vorsah, und somit noch gehaltvoller war als die englische Variante, hatte sie bei Maureen schon Bekanntschaft gemacht. Heute Morgen hätten ihr Tee und Toast gereicht. Sie nahm eine der großen Scheiben, die auf dem Tisch lagen, und biss ein Stück davon ab. Der Toast war bereits kalt, doch das war ihr egal. Wenn sie ihren Magen nicht ein wenig beruhigte, würde sie den Geruch von gebratener Blutwurst, Speck und Eiern nicht mehr lange ertragen können. Liam Cullen briet schweigend die Eier und kam dann mit einem Berg Speck, Würsten und dunklen Blutwurstscheiben in der einen Hand und einem Teller mit Spiegeleiern in der anderen zu ihr an den Tisch. »Ketchup?«

»Nein. Bitte nicht.« Sie schluckte.

Er betrachtete sie einen Moment prüfend, dann lächelte er. »Sie sehen ein bisschen blass um die Nase aus.«

»War wohl zu viel Alkohol gestern …«, gab Lucy peinlich berührt zu.

Er zuckte gleichmütig mit den Schultern. »Sie hatten guten Grund, sich zu betrinken. Nach dem Frühstück wird es Ihnen gleich besser gehen.« Ohne sie zu fragen, legte er zwei Spiegeleier, Speck und einige der aufgeplatzten, fast schwarzen Wurstscheiben auf ihren Teller und begann dann, schweigend seinen Anteil zu essen, ohne sich die Mühe einer Konversation am Frühstückstisch zu machen.

Lucy war ihm dafür unendlich dankbar. Kein anzügliches Grinsen, keine spöttische Bemerkung, nichts. Vorsichtig pickte sie ein Stückchen Ei auf ihre Gabel und stellte überrascht fest, dass ihr Magen nichts dagegen einzuwenden hatte. Noch nicht einmal gegen Blutwurst, die sie als Nächstes probierte. Nachdem sie drei Viertel des Tellers leer gegessen und zwei weitere Tassen Tee getrunken hatte, fühlte sie sich fast wiederhergestellt. Liam

Cullen, der ungefähr das Doppelte verdrückt hatte und ohnehin keine Anzeichen von alkoholbedingter Unpässlichkeit zeigte, deutete auf den dritten Stuhl, wo einige Handtücher lagen, und stand dann auf. »Ich zeig Ihnen die Dusche.« Lucy wollte widersprechen. Er hatte gestern recht deutlich zu erkennen gegeben, dass er nicht auf Gäste eingestellt war, und sie wollte ihn nicht mehr belasten als unbedingt notwendig, doch die Aussicht auf eine heiße Dusche ließ ihren Widerstand verpuffen, noch bevor sie einen Ton gesagt hatte. »Es wird eine Weile dauern, bis ich mit Ihrem Wagen fertig bin«, sagte er, nachdem er ihr das Badezimmer im ersten Stock des Hauses gezeigt hatte. »Sie könnten bis dahin einen Spaziergang machen. Gleich hinter dem Hof gibt es einen hübschen Rundweg über die Felder hinunter zum Bach. Das dauert ungefähr eine Stunde, bis dahin bin ich fertig.«

Lucy nickte. Er wollte sie so schnell wie möglich loswerden. Sie konnte das gut verstehen. Ihr würde es auch nicht gefallen, wenn jemand ungefragt in ihr Leben einbrach. Hilfsbereitschaft – gut und schön, aber dann reichte es auch wieder. Der Mann lebte allein hier, das war nicht zu übersehen. Die Küche, das Badezimmer, alles war zweckmäßig und von kaum zu unterbietender Schlichtheit. Keine Schnörkel, keine Dekorationen, nirgendwo. Und keinerlei Anzeichen dafür, dass es hier eine zweite Person gab. Anscheinend war das Cottage, das von außen recht alt wirkte, vor nicht allzu langer Zeit innen umfassend renoviert worden. Die Dielen waren abgeschliffen, die Wände frisch gestrichen, die schlichten, offenbar geschreinerten Möbel wirkten relativ neu. Und doch strahlte das Ganze eine Atmosphäre aus wie die Kate eines Einsiedlers, der schon seit ewigen Zeiten allein lebte.

»Wohnen Sie schon lange hier?«, fragte Lucy, als Liam Cullen sich zum Gehen wandte.

Er blieb stehen. »Ich bin hier geboren.«

»Und nie weg gewesen?«

»Doch. Ich habe eine Weile in New York gelebt. Acht Jahre.«

»New York?« Lucy schaute ihn erstaunt an. Damit hatte sie nicht gerechnet. Liam Cullen sah nicht wie jemand aus, der sich in einer Stadt wie New York wohlfühlte.

»Drei meiner vier Schwestern wohnen mit ihren Familien dort.« Er zögerte, dann sagte er wie zu sich selbst: »Hat mir nicht gutgetan. Diese Stadt. Inmitten all der bunten Lichter habe ich mich immer wie ein dunkler Stein gefühlt. Einer dieser Menhire, die bei uns in der Gegend herumstehen. Ich war nie wirklich weg von Irland.«

Lucy nickte. Als dunklen Stein konnte sie sich diesen schweigsamen, großen Mann gut vorstellen.

»Deshalb sind Sie wieder zurückgegangen?«

»So in etwa. Als meine Eltern es nicht mehr allein schafften und niemand da war, der den Hof übernehmen wollte, war das die Gelegenheit, New York den Rücken zu kehren. Inzwischen sind beide tot.«

»Waren Sie nie verheiratet?«, fragte Lucy und klappte

dann erschrocken den Mund zu. Das war eine entschieden zu persönliche Frage, um sie zwischen Treppe und Badezimmertür zu stellen. Doch Liam Cullen zuckte nur mit den Schultern. »Hat sich nie ergeben«, sagte er knapp. Dann deutete er mit einer Kopfbewegung in Richtung Badezimmer und sagte: »Passen Sie mit dem Wasser auf. Es kann sehr heiß werden.« Er ging die Treppe hinunter, und kurz darauf hörte sie, wie die Haustür ins Schloss fiel. Bran bellte. Lucy starrte auf die Handtücher in ihrer Hand, die einen schwachen, tröstlichen Geruch nach Waschpulver verströmten, und ihre Finger drückten den rauen Frotteestoff, der mit Sicherheit noch nie einen Wäschetrockner von innen gesehen hatte, zusammen. Sie war aufdringlich gewesen. Hatte Grenzen überschritten. Das war eigentlich der Part ihrer Schwester Pippa. Sie tat so etwas nicht. Wusste sich zu benehmen. Eigentlich.

Wie Liam Cullen vorhergesagt hatte, war Lucys Auto fertig, als sie erhitzt und einigermaßen atemlos von ihrem Ausflug über die Felder zurückkam. Der Weg war zwar nicht besonders steil gewesen, doch sehr uneben und stellenweise moorig und schwierig zu gehen, sodass es mehr und mehr eine handfeste Wanderung über Stock und Stein geworden war, und Lucy hatte dafür statt einer fast zwei Stunden gebraucht. Ihre weißen Sneakers waren nun endgültig hinüber, voller Schlamm, innen und außen durchweicht, und die Hosenbeine ihrer alten Jeans, die sie nach ihrer gestrigen Bekanntschaft mit dem Straßengraben nur notdürftig sauber gebürstet hatte, waren wieder bis über die Knöchel dreckverkrustet. Es wurde Zeit, dass sie nach Hause kam. Allmählich hatte sie nichts mehr zum Anziehen.

Liam Cullen gab ihr zum Abschied seine Telefonnummer und meinte, falls etwas mit dem Auto sei, könne sie ihn jederzeit anrufen. Sie bedankte sich mehrmals, und nach kurzem Zögern schrieb sie ihm ihre Handynummer ebenfalls auf, auch wenn sie nicht genau wusste, warum eigentlich. Warum sollte dieser Mann sie anrufen wollen? »Für alle Fälle«, sagte sie verlegen. Liam nickte, faltete den Zettel so sorgfältig, als handele es sich um eine Schatzkarte, und steckte ihn in die Brusttasche seines Hemdes. Dann standen sie sich eine Weile unschlüssig gegenüber, bis Lucy sagte: »Ja, dann …«

Liam hielt ihr die Tür auf. Als Lucy sich noch einmal aus dem Fenster beugte und ihm zuwinkte, sagte er: »Gute Heimreise, Skye.«

Lucy fuhr zusammen, und es hätte nicht viel gefehlt, und sie hätte den Wagen abgewürgt. Doch sie gab sich Mühe, sich nichts anmerken zu lassen. Natürlich wusste er von ihrem zweiten Namen, sie hatte ihm ja gestern die ganze irre Geschichte von George Millers Totenwache erzählt. Doch warum musste er sie jetzt plötzlich so nennen? Ohne Vorwarnung und ohne erkennbaren Grund? Hastig kurbelte sie das Fenster nach oben und fuhr ohne ein weiteres Wort los. Im Rückspiegel sah sie, wie er ihr nachblickte, die Hände in den Taschen seiner Jacke vergraben und die fast schwarzen, von einigen grauen Fäden durchzogenen Haare bereits wieder windzerzaust. Bran lief dem Auto ein paar Meter nach, dann blieb er hechelnd stehen. Sie schaute rasch nach vorn und sagte laut und in einem Ton, der keinen Widerspruch duldete: »Jetzt aber ab nach Hause.« George Millers Urne, die noch immer auf dem Beifahrersitz stand, schien keine Einwände zu haben. Vorerst.

Die Fahrt von Achadh Cairn nach Dublin verlief nicht zuletzt dank Liam Cullens detaillierter Wegbeschreibung ohne Zwischenfälle. Als Lucy sich dem Fährhafen näherte, war es später Nachmittag, und noch immer strahlte die Sonne von einem fast wolkenlosen Himmel. Das Hafenbecken glitzerte friedlich im Licht, als ob es nicht erst gestern höchste Sturmwarnung gegeben hätte. Der Fährhafen war recht belebt. Zahllose Autos, Wohnmobile, Motorräder standen in langen Reihen und warteten auf die nächste Fähre. Es herrschte eine Atmosphäre angespannter Betriebsamkeit, die Lucy vor allem deshalb so stark auffiel, weil die letzten Tage das genaue Gegenteil davon gewesen waren. Am Schalter erhielt sie die Auskunft, dass sie erst am nächsten Morgen fahren könne, da man durch den gestrigen Sturm zunächst die Passagiere befördern müsse, die gestern Abend hier gestrandet waren.

Auf ihre drängende Frage hin, ob man nicht eine Ausnahme machen könnte, schnalzte die Frau unwillig mit der Zunge. »Wir haben Ende August, das ist immer noch Hochsaison, und Sie haben schließlich nicht gebucht. Da können Sie froh sein, wenn Sie morgen früh einen Platz bekommen.«

Während Lucy zurück zu dem alten Bus ging, der ein wenig abseits des Gedränges auf einem Parkplatz direkt am Pier stand, überkam sie ein seltsames Gefühl von Unwirklichkeit. Ihr war einen Moment lang so, als verlöre sie den Boden unter den Füßen. Seit sie auf dieser verfluchten Insel gelandet war, schien sich alles gegen sie und die Dinge, die ihr vertraut waren, verschworen zu haben. Sie wollte doch nichts weiter als nach Hause. Warum wurde ihr das so schwer gemacht? Sie stieg wieder in den Wagen, ratlos, was jetzt zu tun war. Sollte sie sich irgendwo ein Zimmer für die Nacht suchen oder hier am Hafen im Bus schlafen? Nach einigem Hin und Her entschied sie sich für Letzteres. Sie hatte keine Lust mehr, sich erneut durch die Straßen von Dublin zu wühlen, auf der Suche nach einem Hotel oder einem Bed & Breakfast, nur um sich dann am nächsten Morgen in aller Frühe wieder hierher auf den Weg zu machen und womöglich im Stau stecken zu bleiben und die Fähre zu verpassen. Auf dem Parkplatz standen bereits mehrere Wohnmobile, die man offenbar ebenfalls auf den nächsten Tag vertröstet hatte. Sie waren alle neueren Datums, schicke weiße Caravans, die teilweise zwei Parkplätze benötigten und gegen die sich ihr alter Bully wie ein verschrammtes altes Spielzeug ausnahm. Ihre Besitzer schienen unterwegs zu sein, die Jalousien und Vorhänge vor den Fenstern waren zugezogen und die Frontscheiben mit silbernen Abdeckungen versehen, die in der Nachmittagssonne wie Spiegel glänzten. Lucy war dankbar dafür und hoffte, auch später keinem von ihnen zu begegnen. Sie wollte mit niemandem sprechen, keinen Small Talk, keine Erklärungen und schon gar keine Verbrüderungen zwischen Wohnmobilfahrern, die ihr so fremd waren wie der Mond. Sie zog die Vorhänge ebenfalls zu und sperrte so das Sonnenlicht und diese ganze unerfreuliche Insel aus. Die Überfahrt morgen würde ungefähr siebeneinhalb Stunden dauern, hatte auf dem Fahrplan gestanden. Von Liverpool nach Tottington waren es dann noch etwa vierzig Meilen, das war sogar mit diesem alten Auto in einer guten Stunde zu schaffen. In ein bisschen mehr als vierundzwanzig Stunden wäre sie also zu Hause. So lange würde sie es wohl oder übel noch aushalten müssen.

Auf ihrem Weg nach Dublin hatte sie bei einem Supermarkt gehalten und ein wenig Proviant für die Fahrt eingekauft. Sie musste also nicht einmal essen gehen. Zwar hatte sie am anderen Ende des Parkplatzes zwischen kahlen alten Backsteingebäuden ein kleines Pub entdeckt, doch es sah nicht besonders einladend aus, und im Übrigen befürchtete Lucy, dort womöglich ihren Campernachbarn zu begegnen und doch noch Small Talk machen zu müssen. Langsam packte sie die Tüte aus, stellte Brot, Butter, Cheddarkäse, Schinken, Mineralwasser und drei Schokoriegel auf die Ablage neben dem Gaskocher und kramte in den Fächern nach Geschirr und Besteck. Als sie dabei einen verbeulten Aluminiumteekessel und eine Dose Darjeeling fand, beschloss sie, sich Tee zu kochen.

Es gab zwar keine Milch, aber immerhin Zucker. Sogar braunen. Und Tee war immer eine gute Sache, vor allem dann, wenn man sich so fühlte, als bräuchte man etwas, um sich daran festzuhalten. Während sie an dem grün gestrichenen Klapptisch saß, mit kleinen Bissen an ihrem Sandwich herumknabberte und George Millers Tee trank, fiel ihr Pippa wieder ein. Sie musste sie anrufen. Wahrscheinlich war sie außer sich, nachdem Lucy sich nach ihrem gestrigen, etwas rätselhaften Gespräch nicht mehr gemeldet hatte. Sie hatte außerdem angekündigt, heute zurückzukommen. Pippa war imstande und alarmierte von der Feuerwehr über Scotland Yard alle verfügbaren Kräfte, um nach ihr zu suchen, wenn sie nicht bald ein Lebenszeichen von ihr bekam. Lucy begann, nach ihrem Handy zu suchen, fand es jedoch nicht. Zunehmend beunruhigt wühlte sie in allen Jackentaschen, durchsuchte den Fußraum der Fahrerkabine und das Bett, doch das Telefon blieb verschwunden. Schließlich musste sie sich eingestehen, dass sie es vermutlich irgendwo verloren hatte. Lucy Harper war keine große Freundin von Smartphones und derartigen Dingen, deshalb war ihr Handy auch kein besonderes Modell. Es war alt und hatte ein gesprungenes Display, sie machte keine Fotos damit und benutzte es im Grunde nur zum Telefonieren, wenn sie nicht gerade irgendwo in der irischen Einöde versuchte, via Satellit einen Ort zu finden, an dem sie unfreiwillig gestrandet war. Doch jetzt, in diesem Moment, schien es ihr, als wäre dieses Smartphone ihr wertvollster Besitz, ihre einzige Verbindung zu ihrem bisherigen Leben. Sie spürte, wie die Erkenntnis, es irgendwo verloren zu haben, ohne zu wissen, wo und wann, ob gestern im Pub, bei Mr Cullen oder heute im Supermarkt, an der Tankstelle oder wo auch immer, Panik in ihr auslöste. War es ihr beim Bezahlen der Lebensmittel aus der Tasche gefallen? Als sie dort in dem schmuddeligen Café neben dem Supermarkt auf der Toilette gewesen war? Oder schon vorher? Bei ihrem Spaziergang rund um Liam Cullens Dorf? Am Vorabend im Pub? Sie glaubte, sich zu erinnern, es nach ihrem Telefonat mit Pippa in die Hosentasche geschoben zu haben. Doch dann? Dann hatte sie George Millers Koffer und das Tagebuch entdeckt. Und dann waren der Sturm gekommen, das Pub, der Whiskey, und sie hatte nicht einen Moment mehr an ihr Handy gedacht. Sie atmete ein paar Mal tief durch und vergegenwärtigte sich zur Beruhigung die Zahl Pi. Sie konnte die Zahl bis zur zwanzigsten Stelle nach dem Komma auswendig, was natürlich nichts war im Vergleich zu dem, was wirkliche Pi-Enthusiasten aufsagen konnten, denn sie memorierten hundert und mehr Stellen, doch darum ging es nicht. Es ging ihr nicht um einen Wettstreit, sondern es beruhigte sie. Immer, wenn sie in den letzten Monaten vor ihrer Suspendierung morgens in die Schule gegangen war, hatte sie sich diese Zahlenfolge vergegenwärtigt, um ihr Bauchgrimmen zu besänftigen.

3,14159265358979323846 sagte sie sich in Gedanken auf und wiederholte flüsternd das Ganze mehrmals wie ein Gedicht in einer fremden Sprache. Oder ein Gebet. Letzteres mochte es sogar besser treffen. Zahlen beruhigten sie, flößten ihr Vertrauen ein, boten Halt in einer Welt, die ihr oft fremd vorkam. Vor allem in letzter Zeit. Anders als das Leben änderten sie sich nie. Sie waren konstante Koordinaten in einer unsicheren Welt. Pi war unendlich und unveränderlich … Dabei fiel ihr ein, dass sie mit Liam Cullen im Pub ebenfalls über Zahlen gesprochen hatte. Sie hatte ihm erzählt, dass sie Mathematiklehrerin sei, und Liam hatte erwidert, dass er nie gut im Rechnen war und mehr als einmal sein Abschluss deswegen auf der Kippe gestanden hätte.

Lucy, ungläubig wie immer, wenn jemand von Schwierigkeiten in Mathematik berichtete, hatte sofort nachgefragt: »Woran lag es denn?«

»Ich habe Zahlen gehasst. Ich fürchtete mich regelrecht vor ihnen.«

»Aber Sie haben den Abschluss dann doch geschafft?«

»Ja. Dank meines Großvaters.«

»Hat er Ihnen Nachhilfe gegeben?«

»Nein. Er hat mir die Augen geöffnet. Er hat mir erklärt, dass Zahlen gar nicht existieren und dass ich vor etwas, was nicht existiert, keine Angst zu haben brauche.«

Lucy hatte voller Empörung den Kopf geschüttelt: »Das ist doch Unsinn. Natürlich existieren Zahlen. Es gibt keine größere Gewissheit auf der Welt, als dass eins und eins zwei ergibt!«

Doch Liam hatte nur gelächelt und den Gedankengang seines Großvaters erklärt: »Er hat mich aufgefordert, die Augen zu schließen und mir vorzustellen, die

Menschen würden aufhören zu existieren. Alle, ohne eine einzige Ausnahme. Was bliebe dann? Die ganze Welt. Alles wäre noch da, Vögel, Bäume, der Himmel, das Meer, aber keine Zahlen. Mit der Existenz der Menschen hört auch die Existenz der Zahlen auf. Es gibt sie nicht wirklich. Nur in unseren Köpfen, in unserer Vorstellung.«

Lucy hatte ihn angestarrt wie eine Erscheinung. Noch nie in ihrem Leben hatte sie so einen Blödsinn gehört, und auch jetzt, als ihr dieses Gespräch wieder einfiel, hielt sie es für kompletten Unsinn. Die Welt bestand aus Zahlen. Alles, was existierte, baute auf mathematischen Gesetzen auf. Wie konnte jemand so einfältig sein und glauben, dass dem nicht so wäre? »3,14159265358979323846…«, wiederholte sie zur Sicherheit noch einmal laut und kramte in ihrem Geldbeutel nach Kleingeld. Sie würde Pippa vom Pub aus anrufen und ihr sagen, dass alles in Ordnung sei und sie morgen Abend nach Hause käme.

»Wo, um Himmels willen, steckst du, Lucy?« Pippas Stimme klang tief besorgt. Im Hintergrund tobte das übliche Pippachaos, Kinder schrien, ein Hund bellte, und im Fernseher lief offenbar ein Film mit viel Geballere. Es war fast noch lauter als in dem düsteren Pub voller Dockarbeiter, von dem aus Lucy telefonierte. Sie presste den Hörer an ihr Ohr und hielt sich das andere zu, während die Centstücke durch den Automaten rasselten.

»In Irland!«, schrie sie in die Sprechmuschel. »Das sagte ich doch schon. Ich komme morgen.«

»Du sagtest auch, du kämst heute«, erwiderte Pippa,

und der Vorwurf in ihrer Stimme war noch stärker als ihre offenkundige Sorge. Um Pippa herum wurde es leiser, und ihre Stimme war deutlicher zu vernehmen, offenbar war sie in die Küche gegangen. »Was ist los mit dir, Lucy?«, fragte sie jetzt, leise und eindringlich. »Brauchst du Hilfe?«

»Wieso sollte ich Hilfe brauchen?«, fragte Lucy irritiert zurück. »Ich bin nur für ein paar Tage in Irland. Das ist doch kein Weltuntergang.«

»Die Lucy, die ich kenne, macht so etwas nicht«, sagte Pippa. »Niemals würde ihr einfallen, einfach so abzuhauen. Mum und Dad meinen auch, dass …«

»Ich bin nicht abgeh…«, wollte Lucy sich gerade rechtfertigen, doch dann unterbrach sie sich, weil ihr klar wurde, was Pippa gerade gesagt hat. »Mum und Dad? Du hast mit ihnen über mich und meine Fahrt nach Irland gesprochen?«

»Ja, natürlich. Ich habe mir Sorgen gemacht. Sie erzählten, du wärst bei deinem letzten Besuch seltsam gewesen. ›Durch den Wind‹, hat Dad gemeint.«

»Durch den Wind?« Lucys Stimme überschlug sich fast vor Empörung. »Er hat gesagt, ich wäre durch den Wind gewesen? Und was sagt Mum? Meint sie etwa auch, ich sei übergeschnappt?« Lucy war noch lauter geworden, und einige der Pubgäste drehten sich neugierig zu ihr um. Sie wandte sich ab und starrte die graugrüne schmutzige Wand neben dem Telefon an.

»Nein! Beruhige dich doch! Niemand meint das. Mum hat gesagt, es könnte sein, dass …« Sie verstummte.

»Was?«, rief Lucy in den Apparat und warf die letzten Münzen ein, die sie auf dem Telefonkasten deponiert hatte. »Was?«

»Sie meinte, es könnte an den Wechseljahren liegen«, sagte Pippa vorsichtig, eingeschüchtert von Lucys Zorn. »Du bist ja jetzt auch schon bald fünfzig …«

»Ich bin gerade zweiundvierzig geworden«, erklärte Lucy konsterniert.

»Das könnten schon die Vorläufer sein. Vor allem Menschen, die immer sehr ruhig und ausgeglichen waren, werden dann leicht hysterisch, meint Mum. Der Vorfall in der Schule kam ja auch nicht von irgendwoher …«

»Der Vorfall in der Schule kam daher, dass mich einer meiner Schüler eine alte, stinkende Fotze genannt hat«, sagte Lucy.

»Aber du hast einen Schuh nach ihm geworfen«, erinnerte Pippa sie an den dunkelsten Moment ihrer beruflichen Karriere. »Das war … ziemlich … nun ja, ziemlich unbeherrscht.«

»Hysterisch, willst du damit sagen.«

»Lucy, ich verstehe es ja, diese kleinen Kröten können einen durchaus reizen, aber du bist doch eigentlich nicht so.«

»Wie bin ich denn?« Lucy hörte, wie die Münzen durchrutschten, und sah, wie die Anzeige am Telefon zu blinken begann.

»Du bist beherrscht. Kontrolliert. Nun ja, sogar ein bisschen spießig, vielleicht. Jedenfalls machst du nichts Unvorhergesehenes, und schon gar nichts Verrücktes.

Hast du noch nie gemacht. Und dann wirfst du plötzlich einen Schuh nach einem Schüler? Nach fast zwanzig Jahren Schuldienst? Und fährst einfach so, wegen eines dummen Anrufes, Hals über Kopf nach Irland? Ich bitte dich, wenn das nicht verrückt ist.«

»Du weißt von dem Anruf?«, fragte Lucy leise. In ihrem Kopf begann es zu pochen.

»Dad meinte, da hätte sich irgendwer einen Scherz erlaubt und du seist prompt drauf reingefallen …«

Lucy schwieg.

»Lucy? Bist du noch dran?« Die Stimme ihrer Schwester schien plötzlich weit entfernt zu sein. Zu weit, um noch eine Antwort zu geben. Das Blinken auf dem Display wurde drängender, und dann fiel die letzte Münze, und die Verbindung brach ab. Langsam legte Lucy den Hörer auf die Gabel.

»Brauchen Sie noch Kleingeld?«, rief ihr der Wirt von der Theke her zu. Er war groß, kahlköpfig, und jede sichtbare Stelle an ihm außer dem Gesicht war tätowiert.

Lucy schüttelte den Kopf. »Ich habe mehr gehört, als ich hören wollte.«

»Liebeskummer?«, mischte sich eine Frau ein, die an der Bar saß und den Eindruck vermittelte, als säße sie schon seit Anbeginn der Zeiten an diesem Platz. Ihre Hände hielten einen Drink umklammert, als gälte es, ihn gegen Cromwells Truppen zu verteidigen. »War nich zu überhörn, dass du Stress hast, Herzchen.«

Lucy lachte bitter. »Nein. Nur Familiengeschichten.«

Der Wirt verdrehte die Augen. »Familiengeschichten sind die schlimmsten Geschichten. Da hab ich lieber zehnmal Liebeskummer. Möchten Sie'n Drink?«

Lucy war so dankbar für die Ansprache, dass sie fast gegen ihren Willen nickte. »Einen Whiskey, bitte.«

Er schenkte ihr ein großzügiges Glas Jameson ein, und die dürre Frau prostete ihr zu. »Auf das Pack, das sich Familie nennt.«

Lucy lächelte freudlos und erwiderte den Toast mit einer eigenen Interpretation. »Darauf, dass mich meine Schwester gerade in einem Atemzug spießig und verrückt genannt hat.«

»Verrückt zu sein, ist nich das Schlechteste, Herzchen«, sagte die Frau und tätschelte Lucy den Arm. Ihre Finger waren knochig und die Nägel feuerrot lackiert. Der Wirt nickte voller Überzeugung. »Besser jedenfalls als spießig.«

»Dann nehme ich das mal als Kompliment«, sagte Lucy und trank ihr Glas leer. Als sie bezahlen wollte, mischte sich erneut die Frau ein. »Den übernehm ich. Wir Verrückte müssen zusammenhalten.« Sie grinste und entblößte eine Reihe ziemlich schiefer Zähne.

»Danke …« Lucy steckte ihren Geldbeutel wieder ein und wandte sich zum Gehen. Die Frau rief ihr nach: »Vergiss nich, Mädchen, besser verrückt als spießig …« Ihr krächzendes Lachen verfolgte Lucy, während sie sich den Weg durch das immer voller werdende Pub zur Tür bahnte.

Zurück in ihrem Bus, atmete Lucy tief durch und schloss die Augen. Pippas Worte hallten in ihr nach wie ein unangenehmes Geräusch, das sich hartnäckig im Gehörgang festsetzt, gleichgültig, wie sehr man versucht, es zu ignorieren. Kreide, die quietschend über eine Tafel kratzt… hysterisch. Ein Bohrer beim Zahnarzt… in den Wechseljahren. Eine Mücke am Ohr… verrückt. Und zuletzt ein dröhnender, alles übertönender Laubsauger… spießig. Voller Wut nahm sie George Millers Urne vom Beifahrersitz und stellte sie vor sich auf den Tisch. »Was fällt dir ein, auf diese Weise in mein Leben zu platzen, du Arschloch!«, schrie sie das unförmige Tongefäß an. Dann, etwas leiser, aber nicht minder zornig, fügte sie hinzu: »Wer, verdammt noch mal, warst du, George Miller?«

Es war totenstill im Bus. Lucy wusste, zumindest auf ihre zweite Frage gab es eine Antwort. Sie hatte es nur noch nicht gewagt, sich ihr zu stellen. Jetzt, nach diesem Telefonat, wurde ihr klar, dass sie nicht mehr warten konnte, bis sie zu Hause war. Sie hatte wider alle Vernunft gehofft, sich in vertrauter Umgebung und in Ruhe damit auseinandersetzen zu können. Gewissermaßen in Sicherheit. Doch diese Sicherheit war trügerisch. Das hatte ihr Pippas Reaktion gezeigt. Ihre Eltern verschwiegen ihnen beiden etwas, und sie musste endlich wissen, warum. Jetzt, sofort. Nach einem weiteren vorwurfsvollen Blick in Richtung Urne stand sie auf, stemmte die Matratze hoch, hob den Koffer heraus und stellte ihn vorsichtig auf den Tisch. Leise flüsterte sie noch einmal ihr Mantra, »3,14159265358979323846«, bevor sie den steifen Gürtel entfernte und George Millers Koffer ein zweites Mal aufklappte.

7

Maureen Mulligan hielt es nicht mehr aus. Die vorige, so elend stürmische Nacht und den ganzen Tag danach war sie schon unruhig gewesen, hatte an nichts anderes denken können als an Skye und ob es ihr gut ging. Mindestens zehnmal hatte sie versucht, sie auf ihrem Handy zu erreichen, zehnmal vergeblich. Am späten Nachmittag fasste sie sich dann ein Herz und rief bei P&O in Dublin an. Es dauerte eine Weile, bis sie den Mitarbeiter der Fährlinie davon überzeugen konnte, in seinem Computer nachzusehen, ob eine Ms Skye Harper oder, wie sie sich rasch verbesserte, Lucy Harper, irgendwann seit gestern die Fähre nach Liverpool genommen hatte. Die Antwort war negativ. Niemand dieses Namens, weder Skye noch Lucy und schon gar kein antiker, orangefarbener VW-Bus, hatte in den letzten Tagen bei ihnen eingecheckt. Aufs Höchste beunruhigt legte Maureen auf. P&O war die einzige Linie, die die Verbindung Dublin-Liverpool fuhr, sodass es keinen Sinn machte, andere Fähren anzurufen. Sie war nicht gefahren. Was war passiert? In dieser Nacht fand Maureen keinen Schlaf. Sie wälzte sich in ihrem großen, seit dem Tod ihres Mannes vor einer halben Ewigkeit leer gebliebenen Doppelbett hin und her und lauschte dem Wind, der zwar abgenommen hatte, aber noch immer hörbar war. Die Nacht war sternenklar, und der Mond schien durch das Fenster. Maureen hatte in ihrem Leben schon einige Fehler gemacht und mehr Menschen verloren, als eine Seele aushalten konnte, so sagte es jedenfalls Gracie O'Malley, wenn sie einen ihrer lichteren Momente hatte, und Maureen musste ihr recht geben. Es gab ein Maß an Verlust im Leben, das irgendwann erfüllt war. Und was danach kam, war zu viel. Maureen hatte drei Kinder geboren, die einmal ihr ganzer Stolz gewesen waren. Aidan, Patrick und Caitlin. Aidan, der Älteste, war in die USA ausgewandert, kaum dass er achtzehn Jahre alt geworden war, und seitdem sah sie ihn nur noch selten, in letzter Zeit hatten sie lediglich ein paar Mal telefoniert. Er arbeitete in einer Bank, hatte dort einen wichtigen Job und angeblich nur eine Woche Urlaub im Jahr, die er jedes Mal mit seinen Schwiegereltern in deren Ferienhaus auf Long Island verbrachte. Seine Frau Cynthia stammte aus einer der reichsten Familien von Boston und war Anwältin. Sie hatten zwei Söhne, die ihre irische Großmutter kaum kannten. Ganz offensichtlich schämte sich Aidan für seine Mutter. Er schämte sich, aus einem so armseligen Kaff wie Knocknabarra zu kommen, er schämte sich, von einer Frau aufgezogen worden zu sein, die anderen Leuten die Haare machte und mit einem heruntergekommenen Taxi durch die Gegend fuhr. Als seine Kinder noch klein gewesen waren, hatten sie sie ein paar Mal zu Weihnachten besucht, doch Maureen hatte es irgendwann nicht mehr ertragen mitanzusehen, wie verkrampft er neben seiner blonden, eleganten, immer lächelnden Frau auf dem Sofa saß, die geblümte Tapete, die vergilbten Bilder und die gerafften Spitzenvorhänge ansah und dabei den Eindruck vermittelte, nichts lieber tun zu wollen, als aufzuspringen und den nächsten Flieger zurück in sein Hochglanzleben zu nehmen. Einmal hatte Maureen versucht, ihm ein wenig entgegenzukommen. Sie hatte sich die Haare dunkler getönt, damit sie nicht so schreiend rot waren, hatte sie mit großen Wicklern in ordentliche Wellen gelegt, um ihre krausen Locken zu bändigen, einen Hosenanzug angezogen, sich die Nägel lackiert und ihre echt goldenen Ohrringe angelegt. Sie hatte eine neue roséfarbene Husse für das alte Sofa und passende Kissen gekauft und die alten Bilder an der Wand durch neue ersetzt, die nichtssagende abstrakte Krakeleien zeigten, mit schwarz lackierten Rahmen, die an ihrer geblümten Wand wie Fremdkörper aussahen. Im Möbelhaus hatte man ihr jedoch versichert, dass solche Bilder momentan der angesagte Style waren. Sogar ein neues Kaffeegeschirr hatte sie gekauft, damit Aidan und seine reiche Frau nicht immer aus den gesprungenen Tassen des altmodischen Geschirrs trinken mussten, das sie von ihrer Mutter als Aussteuer bekommen hatte. Das neue Geschirr war eckig und sah sehr edel aus, wie sie fand, obwohl es ein Sonderangebot im Tesco Supermarkt in Tipperary gewesen war. Es hatte nichts gebracht. Im Gegenteil, im Grunde genommen war dieser Nachmittag der schlimmste von allen gewesen. Aidan hatte sie angesehen wie ein fremdartiges Insekt und peinlich berührt gemurmelt: »Wie siehst du denn aus, Mutter?«

Sie hatte nichts zu erwidern gewusst, doch in einem unbeachteten Moment hatte sie ihre Ohrringe abgelegt und unter dem Rand ihres Kuchentellers versteckt. Über das Geschirr und die Husse hatten beide kein Wort verloren, doch Aidans Blick war immer wieder an den abstrakten Bildern hängengeblieben, und er hatte dabei so gequält ausgesehen, dass Maureen fast Mitleid mit ihm bekommen hatte. Nach diesem Treffen hatte Maureen nicht mehr nachgefragt, wann sie denn wieder zu Besuch kämen. Sie hatte überhaupt nichts mehr gefragt. Die Bilder und die Husse waren auf dem Müll gelandet, und das Tesco-Geschirr hatte sie dem alljährlichen Wohltätigkeitsbasar gespendet. Ihre Haare waren nach kurzer Zeit wieder so feuerrot wie eh und je geworden, und Maureen ließ sie sich kringeln, wie sie es nun einmal wollten.

Ihre Tochter Caitlin hatte ihre roten Haare geerbt, doch bei ihr waren sie nicht kraus, sondern lang, glatt und schimmernd. Sie zog sie jeden Morgen mit einem Glätteisen glatt, vermutete Maureen, denn als Kind hatte Caitlin wie sie den Kopf voller Locken gehabt. Caitlin lebte in London, sie sahen sich jedoch auch nicht viel öfter als Maureen und Aidan. Sie war Künstlerin geworden, was immer das heißen mochte. Maureen hatte viele Jahre zu verstehen versucht, was genau sie tat, doch sie hatte aufgeben müssen, und manchmal beschlich sie der Verdacht, Caitlin könnte es selbst nicht so genau wissen. Es ging um Aktionen, um sogenannte Performances, und offenbar musste es immer mit viel Kunstblut oder irgendwelchen ekligen Dingen zu tun haben wie Schweinedärme oder Hasen, denen man das Fell abgezogen hatte. Maureen wusste kaum etwas vom Leben ihrer Tochter, sie wusste nicht, mit wem sie zusammenlebte, mal war es ein Musiker, mal ein Fotograf, einmal, als Maureen sie besuchte, hockten zwei Typen bei ihr am Boden, die aussahen wie Obdachlose. Doch sie konnte nicht fragen, denn Caitlin wurde sofort aggressiv, verbot sich jegliche Einmischung, und deshalb schwieg Maureen, um sie nicht ganz zu verlieren. Bei ihren seltenen Besuchen versuchte sie, einfach nur da zu sein, ihrer Tochter schweigend zu vermitteln, dass sie sich ihr anvertrauen konnte, und bemühte sich dabei vergeblich, die Verzweiflung zu ignorieren, die hinter Caitlins stark geschminkten Augen lauerte. Mit Patrick, ihrem Jüngsten, war es anders gewesen. Er war ein ausgesprochen fröhlicher Kerl, kam ganz nach Danny, ihrem verstorbenen Mann, der groß und kräftig und immer guter Dinge gewesen war. Patrick hatte in einem guten Hotel in Tipperary Koch gelernt, und Maureen war der Meinung gewesen, damit hätte er seine Berufung gefunden. Er liebte Essen und Kochen von klein auf, hatte immer neben seiner Mutter am Herd gestanden und in jeden Kochtopf geschaut. Doch dann hatte der große Aufschwung in Irland Fahrt aufgenommen, und der keltische Tiger, wie man Irlands boomende Wirtschaft in diesen Jahren bewundernd nannte, verschlang ihren jüngsten Sohn. Patrick konnte sich diesem Sog nicht entziehen. Koch, dieser Beruf, den er immer geliebt hatte, schien ihm plötzlich nicht mehr genug zu sein. Er kündigte, ging nach Dublin, bekam einen Job in einer der großen Firmen, die sich mit ihren Spiegelpalästen dort am Fluss niederließen. Irgendwann erzählte er ihr, dass er neuerdings als Immobilienmakler arbeitete, doch da verstand sie ihn schon nicht mehr. Er, der leidenschaftliche Koch aus Knocknabarra, ihr großer, lieber, lustiger Junge, der an den Wochenenden am liebsten zum Fischen ging, kaufte sich plötzlich schicke Anzüge, handgemachte Schuhe und ein Cabriolet. Mehr als alles andere schien Maureen dieses Cabriolet den ganzen Wahnsinn dieser Zeit widerzuspiegeln: ein Auto ohne Dach auf einer windgebeutelten Insel im Atlantik, auf der es jeden Tag mindestens einmal regnete. Und dann war alles so plötzlich vorbei, wie es begonnen hatte, und Patrick stand vor dem Nichts wie so viele andere auch. Doch im Gegensatz zu den vielen anderen kam er nicht mehr auf die Füße. Das Letzte, was sie von ihm hörte, war ein Anruf mitten in der Nacht, kurz vor Weihnachten vor vier Jahren. Er war betrunken, stand irgendwo im Gedränge von Temple Bar, kaum zu verstehen, weinte. Am nächsten Tag informierte die Polizei sie, dass man ihren großen, kräftigen Jungen tot aus dem Liffey gefischt hatte. Er hatte fast drei Promille im Blut gehabt.

Man könnte es sich leicht machen, und Danny die Schuld an allem geben. Caitlin und Aidan taten das, beide auf ihre eigene unversöhnliche Art. Zugegeben, ihr Mann war nicht sehr alltagstauglich gewesen. Faul, könnte man sagen. Unpraktisch. Mehr Ideen im Kopf, als man in einem Leben umsetzen konnte, und gleichzeitig unfähig, eine Arbeit zu finden und sie zu behalten. Und er hatte zu viel getrunken. Bis er eines Tages auf dem Heimweg von seinem Stammpub in Ballycrusha in einen der Gräben, die überall entlang der Straße verliefen, gefallen und ertrunken war. Das Wasser dort war nur knapp zehn Zentimeter tief gewesen. »Nur unser Vater schafft es, in einer elenden Pfütze zu ertrinken«, hatte der damals fünfzehnjährige Aidan gesagt, kaum dass Gowan McCready, der Polizist, der mit der Nachricht zu ihnen gekommen war, das Haus verlassen hatte. Caitlin war damals zehn Jahre alt gewesen, und Patrick acht. Als Maureen Jahre später die Nachricht von Patricks Tod erhielt, kam ihr als Erstes dieser bittere Ausspruch ihres ältesten Sohnes in den Sinn, und die böse Ironie des Schicksals nahm ihr fast den Atem. Wie der Vater, so der Sohn, nur mit dem Unterschied, das sich Patrick nicht auf eine Pfütze beschränkte. Es musste schon der Liffey sein, dieser traurige, dunkle Hauptstadtfluss, der alles gesehen hatte, was Dublin und dieser Insel im Laufe der Jahrhunderte widerfahren war – die Gewalt und die Armut, die Auswanderer und die Heimkehrer, die Sehnsucht und die Verzweiflung –, und der deswegen trotz der funkelnden Spiegelpaläste an seinem Ufer doch immer ein dunkler, trauriger Fluss geblieben war. Noch einen Verlust würde Maureen nicht ertragen. Sie wusste das, auch wenn sie es niemandem erklären konnte. Dieses etwas steife englische Mädchen – sie nannte Skye in Gedanken immer Mädchen, obwohl sie nur gut zehn Jahre jünger war als sie selbst, war ihr von dem Moment ans Herz gewachsen, als sie sie am Flughafen gesehen hatte. Blass, zart und zu Tode erschrocken, was ja genau genommen kein Wunder war, wie Maureen sich selbst gegenüber ehrlich zugeben musste. Sie hatte mit ihrem Anruf das Leben dieser Frau komplett auf den Kopf gestellt. Ein Leben, das sie im Grunde gar nichts anging. Wobei, Letzteres stimmte nicht ganz. Skye war immerhin Geordies Tochter, und George Miller war es gewesen, der ihr, die sie nach dem Tod von Danny und den Zukunftssorgen um ihre drei Kinder kaum noch den Blick heben und in die Sonne schauen konnte, nach so langer Zeit wieder Lebensfreude gegeben hatte. George Miller war ein rastloser Streuner gewesen, sein Leben lang auf der Suche nach irgendetwas, aber er hatte sich auch gekümmert. Nicht nur um das Dach, das repariert werden musste, was er zusammen mit Séamus, ohne zu zögern, anpackte, oder um eine defekte Klospülung, er hatte sich auch um sie als Frau gekümmert, hatte Dinge in ihr gesehen, die sie längst vergessen hatte. Mit ihm zusammen war es leicht gewesen, sich wieder jung zu fühlen, sich an das Mädchen zu erinnern, das sie einmal gewesen war, und an die Träume, die sie einmal gehabt hatte. Wie ein unerwartetes Geschenk war George Miller eines Tages einfach da gewesen. Er hatte zunächst nur Roísín besuchen wollen, die er noch von früher kannte, und Séamus hatte ihm erlaubt, den Bus auf seiner Weide abzustellen. Doch er war geblieben. All die Jahre. Bis zum Schluss. Deshalb fühlte sich Maureen für Skye mehr verantwortlich, als es vielleicht erforderlich war. Auf eine gewisse Weise war sie wie eine Tochter für sie, auch wenn sie sie erst vor wenigen Tagen kennengelernt hatte. Eine heimgekehrte Tochter. Etwas, das sie von den eigenen Kindern nicht mehr erhoffen konnte. Es war halb sechs, als Maureen sich ächzend aus ihren zerwühlten Laken schälte und, fröstelnd in ihrem Schlafzimmer mit Blick auf die menschenleere Hauptstraße von Knocknabarra stehend, einen Entschluss fasste. Einen weitreichenden Entschluss, der, wie sie zu diesem Zeitpunkt allerdings nicht ahnen konnte, weitere Ereignisse nach sich ziehen würde. Doch so etwas kommt bei plötzlichen Entscheidungen nun einmal vor, vor allem bei solchen, die um sechs Uhr morgens nach einer langen, schlaflosen Nacht getroffen werden.

Auch Liam Cullen schlief nicht gut in dieser Nacht, und auch seine Gedanken kreisten um Skye Harper, diese seltsam verloren wirkende Frau mit den langen haselnussbraunen Haaren, die unvermutet in sein Leben getreten und schon wieder verschwunden war. Wie eine Fee, hatte er einen Moment lang gedacht, als er sie dort an der Brücke hatte stehen sehen. Auch Feen kamen und verschwanden wieder, und der Grund ihres Erscheinens blieb rätselhaft. Doch das hieß nicht, dass es keinen Grund gab, er wurde nur nicht sofort offenbar. Im Erscheinen einer Fee steckte immer eine Botschaft für denjenigen, der ihr begegnete. Liam Cullen war klar, dass das alles nur alte Geschichten waren, solche von der Sorte, die ihm seine Großmutter früher erzählt hatte. Andererseits lebte er schon zu lange an diesem abgelegenen Ort, war hier groß geworden und hatte sich nie wirklich davon gelöst, um diese überlieferten Geschichten völlig ins Reich der Märchen zu verweisen. Auch wenn ihn seine vier Schwestern deswegen ausnahmslos belächelten und seine amerikanischen Schwager ihn für einen naiven Hinterwäldler hielten, war er überzeugt davon, dass in den alten Geschichten immer auch ein Körnchen Wahrheit verborgen lag, und es galt, diese Wahrheit, diese eine, ganz persönliche Wahrheit für sich selbst herauszufinden. Was dies im Fall von Skye Harper sein sollte, war ihm noch nicht klar. Sie war gekommen und gegangen, und sie würden sich nicht wiedersehen. Doch Liam Cullen war ein geduldiger Mensch, und er wusste, manche Dinge brauchten ihre Zeit. Es war wie mit den Schafen. Die ließen sich auch zu nichts drängen. Die meisten hielten Schafe ja für ziemlich dumme Tiere, aber Liam Cullen wusste es besser. Schafe hatten ein hervorragendes Gedächtnis, sie kommunizierten miteinander, und ihre sprichwörtliche Sanftmut war Zeichen ihrer Klugheit. Es kam ohnehin immer darauf an, wie man Dummheit definierte. Er kannte eine Menge Menschen, die um vieles dümmer als jedes Schaf waren. Doch solche Dinge besprach man lieber nicht mit seinen Nachbarn. Ebenso wenig wie die Sache mit den Feen. Man dachte allein darüber nach. Am Ende hielten einen die Leute noch für einen Spinner. Was für sich gesehen nicht schlimm wäre, wenn es nicht weiteres Gerede nach sich gezogen hätte. Und womöglich Erklärungen notwendig machte. Liam Cullen mochte Erklärungen nicht, er verabscheute Gerede, und er ging Gesprächen mit Leuten, die nur heiße Luft produzierten, grundsätzlich aus dem Weg. Er wollte seine Ruhe haben. Und deshalb schwieg er am liebsten. Und in Achadh Cairn, wo es außer Schafen, ein paar Häusern und dem *Nag's Head* nichts gab, war das sehr oft möglich.

Maureen packte ein bisschen Proviant in ihre große Handtasche, kochte Tee für ihre Thermoskanne und zog sich ihr lilafarbenes, geblümtes Lieblingskleid an. Wenn man auf Reisen ging, musste man sich wohlfühlen, das war ihre Devise, und da spielte es keine Rolle, ob man in die USA flog oder nur von Knocknabarra nach Dublin fuhr. Dann rief sie Roísín an, um ihr die Sache zu erklären. »Ich fahre sie suchen«, sagte sie und wartete Roísíns Einwände nicht ab. »Ich muss das tun. Ich kann hier nicht sitzen und hoffen, dass es ihr gut geht.«

Entgegen Maureens Erwartungen hatte Roísín keine Einwände. Sie kannte ihre Freundin gut genug, um zu wissen, wann es keinen Sinn machte, sie von etwas abbringen zu wollen. Und so sagte sie nur: »Ist gut. Ich komme mit.«

Auch wenn sie es nicht so zeigen konnte wie Maureen, lag ihr George Millers Tochter ebenso am Herzen. Skyes Leben war in Turbulenzen geraten, und sie alle trugen dafür die Verantwortung. Roísín, deren Wahrnehmung mitunter weiter reichte, als man von einer Pubwirtin in einem Ort wie Knocknabarra erwarten würde, hatte, wie auch Maureen, gespürt, dass die von Georges Tod verursachten Verwerfungen, die Lucy Skye Harpers bisheriges Leben durchrüttelten, die Gefahr mit sich brachten, sehr viel tiefer zu gehen, als Skye es womöglich aushielt. Roísín wusste, wovon sie sprach, sie kannte sich mit Verwerfungen aus. Und mit George Miller.

Sie hatte ihn in Galway getroffen, vor so vielen Jahren, dass sie kaum noch wusste, was für ein Mensch sie damals gewesen war. Er las sie buchstäblich aus der Gosse auf, ein zorniges und trotz allem noch immer erschreckend naives Mädchen von siebzehn Jahren, das geglaubt hatte, alles wäre besser, als im Pub ihrer Eltern in Knocknabarra zu verschimmeln, und deshalb in einer stürmischen Nacht nach einem üblen Streit mit ihrem Vater davongelaufen war, um nie wieder nach Hause zurückzukehren. Die Realität hatte ihr gezeigt, dass es durchaus Schlimmeres gab als ein Pub in einem Ort, der nur aus einer Straßenkreuzung und einer Kirche bestand. Dublin hätte sie fast umgebracht, und es war ihr Glück, dass sie auf krummen Wegen, und ohne wirklich ein Ziel zu haben, in Galway gelandet war. Sie hatte sich einer Gruppe Musiker angeschlossen, für die die zahllosen, damals schon legendären Pubs dieses kleinen Ortes an der zerklüfteten Westküste eine Art Verheißung bedeuteten. Ganz große Namen träten dort auf, hieß es immer wieder. Roísín, die eine schöne Singstimme hatte, ungewöhnlich tief und warm für ein so junges Mädchen, dies jedoch nicht für etwas Besonderes hielt, weil in den Pubs mangels anderweitiger Unterhaltungsmöglichkeiten ständig gesungen und

Musik gemacht wurde, trat nun hin und wieder zusammen mit lokalen Folkbands auf. Doch die Gagen waren miserabel und beschränkten sich meist auf ein Essen und ein paar freie Getränke. Große Namen traf sie nie. Als sie George begegnete, war sie drauf und dran, ernüchtert und abgemagert wie eine räudige Straßenkatze wieder nach Hause zurückzukehren, um ihr vorherbestimmtes Schicksal auf sich zu nehmen. Sie würde erneut unter den vorwurfsvollen Blicken ihrer Mutter in der winzigen Küche Irish Stew kochen, Sandwichs schmieren und sich an den Wochenenden mit Tabletts voller Lager und Stout durch die engen Reihen der Männer drängen, sich so lange an Hintern und Brüste fassen lassen, bis endlich irgendeiner dieser Kerle um ihre Hand anhielt, ihr fünf Kinder machte und schließlich auf Nimmerwiedersehen nach London oder Amerika verschwand.

George Miller war ein Herumtreiber gewesen wie sie, ein Rastloser, schmerzhaft Getriebener, doch im Gegensatz zu ihr hatte er etwas gehabt, an dem sein Herz hing: seine Musik, sein ungeheures Talent, das er kaum bezwingen konnte. Er hatte Roísín beigebracht, selbst auf die Suche zu gehen, um das zu finden, woran ihr Herz hing. Letztendlich hatte ihre Suche sie wieder zurück nach Knocknabarra und in das Pub ihrer Eltern geführt, doch da war es ihr eigener Entschluss gewesen. Und auf diese Weise hatte sich ein Kreis geschlossen, wo vorher nur lose Fäden, Tränen und Scherben gewesen waren. Und Kreise waren gut. Weil Roísín das alles wusste, kam es für sie gar nicht infrage, Maureen auf der Suche nach Skye Harper allein zu lassen. Sie war es George Miller schuldig sicherzustellen, dass mit seiner Tochter alles wieder ins Lot kam, dass das Schlamassel, das sie in seinem Auftrag angerichtet hatten, ein gutes Ende fand, und sich so ihr Leben, wenn möglich, irgendwann auch zu einem Kreis schließen konnte.

Sie hängte ihr Schild für alle Fälle ins Fenster des Pubs:

Heute geschlossen und morgen vielleicht auch.

und wählte Séamus Owens Nummer.

8

Lucy ahnte von all der Unruhe, die sie verursacht hatte, nichts. Sie war zu beschäftigt. Sogar zu beschäftigt, um sich über sich selbst Gedanken zu machen. Seit sie den Koffer geöffnet hatte, voller Angst, noch mehr Dinge zu finden wie diesen einen entlarvenden Satz aus dem Tagebuch, befand sie sich nicht mehr einsam und frustriert auf jenem dunklen Parkplatz im Fährhafen von Dublin. Sie war kopfüber in eine andere Welt, ja, in eine andere Zeit gestürzt.

Es begann ganz harmlos. Als Erstes schlug sie das Tagebuch auf, las jenen verhängnisvollen Satz noch einmal … *nur dann könnte ich Lilly vergessen* … und spürte, wie ihr Herz dabei heftiger zu klopfen begann. Dann blätterte sie beklommen weiter und überflog die Einträge zunächst flüchtig auf der Suche nach ihrem oder dem Namen ihrer Mutter, doch sie fand nirgends einen Hinweis. George Miller berichtete in großen zeitlichen Abständen über Alltäglichkeiten, die sich im Laufe der Zeit von seiner Ankunft in Irland bis … Lucy blätterte auf die letzte Seite … 1991 ereigneten. Dazwischen hoben sich ein paar Passagen vom Textfluss ab, die eingerückt waren und mit »Ich erinnere mich …« begannen und die Lucy irgendwie bedeutsamer erschienen. Sie waren in sorgfältiger Schrift geschrieben, immer nur kleine Abschnitte, kurze Sätze, und sie beschloss, sich diesen Passagen, wie dem ganzen Tagebuch, später in Ruhe zu widmen. Die Einträge endeten abrupt und ohne erkennbaren Abschluss auf der vorletzten Seite, und soweit sie erkennen konnte, gab es in dem Koffer kein zweites Tagebuch. Warum hatte er aufgehört? War alles gesagt gewesen? Hatte er die Lust verloren? Lucy legte das Tagebuch zur Seite, nahm die restlichen Gegenstände aus dem Koffer und breitete sie vor sich auf dem kleinen Klapptisch aus. Es waren vor allem Fotos, eine Menge alter, kleiner Fotos, auf der Rückseite ordentlich mit Jahreszahlen beschriftet, und sie zeigten vor allem Auftritte aus den Siebzigern und Schnappschüsse von offensichtlich recht feuchtfröhlichen Partys. Immer wieder erkannte sie auf den Fotos Roísín. Sie stand singend auf einer Bühne inmitten einer matschigen, grünen Wiese; in bunten Schlaghosen, Ledermantel und Nickelbrille vor einem heruntergekommenen Backsteingebäude; Arm in Arm mit George Miller auf einer Klippe, am Strand, auf einer Straße in einem Dorf; lachend inmitten einer Schafherde; oder sie saß mit einem Joint in der Hand an einem Tisch voll leerer Gläser und überquellender Aschenbecher, daneben ein Typ, der mit offenem Mund schlief. Einmal glaubte Lucy, in einem geckenhaft gekleideten Typen mit Hut jenen Raymond wiederzuerkennen, der ebenfalls bei der Totenwache dabei gewesen war. Maureen hatte ihr erzählt, dass er Musikproduzent sei. Und immer wieder George, am Klavier, am Bass, an der Gitarre, die langen, damals noch dunklen Haare zurückgebunden, die Augen hinter der strengen, schwarzen Hornbrille, die ihn zwischen seinen bunt gemischten Bandkollegen ein wenig wie einen verschrobenen Professor aussehen ließ, in höchster Konzentration oder womöglich Ekstase geschlossen. Unter den Fotos lagen eine Menge altmodischer Musikkassetten, selbst aufgenommen und ebenso sorgfältig mit der Hand beschriftet wie die Fotos. Als Lucy eine der Kassetten aus ihrer Plastikhülle nahm, lächelte sie zum ersten Mal an diesem Tag. Vielleicht war es auch das erste echte Lächeln überhaupt, seit sie in Irland gelandet war. Sie erinnerte sich an die eigenen Kassetten ihrer Kindheit und Jugend, an Abende vor dem Radiorekorder, den Finger gleichzeitig auf der REC- und der START-Taste, in Erwartung eines Lieblingssongs, der, wenn er dann endlich kam, mit Sicherheit viel zu früh von der nervtötenden Stimme eines Moderators unterbrochen wurde, was die gesamte Aufnahme wieder zunichtemachte. Sie erinnerte sich an Musikkassetten, die man sich in der Schule gegenseitig geschenkt hatte, mit Liedabfolgen, die, sofern es sich bei dem Beschenkten um einen heimlichen Schwarm handelte, eine besondere Botschaft enthielten. Eine sorgfältig ausgewählte Reihenfolge, die beim Hören eingehalten werden musste, um am Ende, so hoffte man, sein Inneres in einer Art preisgegeben zu haben, die nur ein Seelenverwandter verstand und die ihm keine andere Möglichkeit ließ, als sofort und für immer in unsterblicher Liebe für die Schenkende oder den Schenkenden zu entbrennen. Eddie Lamb fiel ihr plötzlich ein, ein Freund aus der Schule, der inzwischen ihr Kollege geworden war. Er hatte ihr einmal eine solche Musikkassette aufgenommen. Genauer gesagt war er der Einzige gewesen, von dem sie jemals ein so bedeutungsvolles und beziehungsreiches Geschenk erhalten hatte. Sie war schon damals nicht wirklich ein Mädchen gewesen, auf das die Jungs geflogen wären. Zu ernst. Zu klug. Ein bisschen unheimlich. Nur Eddie Lamb hatte sich davon nicht abschrecken lassen. Er hatte in der Grundschule zwei Klassen übersprungen, war eine Art Überflieger und litt entsprechend unter seinen Mitschülern, die ihn einen Freak und Streber nannten und ihm mit zahlreichen Gemeinheiten das Leben schwer machten. Eddie Lambs Leidenschaft galt der Physik, und, sofern daneben noch Platz war, auf eine schüchterne, sehr zurückhaltende Weise Lucy. Die Kassette, die er ihr zu ihrem fünfzehnten Geburtstag schenkte, war von vorn bis hinten ein Statement seiner Liebe zu ihr, und Lucy wusste die Lieder heute noch auswendig: *Caravan of Love*, gefolgt von *Take my breath away, There must be an Angel,* dann natürlich *Foreigner, I want to know what love is*, und so ging es weiter, immerfort um Liebe, und endete mit *You'll never walk alone*, was Lucy damals jedes Mal zu Tränen rührte. Dieses Lied wurde so etwas wie ihr gemeinsamer, heimlicher Song, auch wenn sie es nie schafften, sich ihre Liebe zueinander zu offenbaren. Nach der Schule trennten sich ihre Wege, um sich einige Jahre später erneut zu kreuzen, als Lucy ihre ersehnte Anstellung am hochangesehenen Saint-Paul's-College in Bury bekam und feststellte, dass Eddie Lamb dort seit einem Jahr Physik unterrichtete. Sie war damals frisch verheiratet gewesen, und Eddie Lamb hatte kurz danach geheiratet. Inzwischen waren sie beide längst wieder geschieden und nach wie vor gute Freunde. Eddie, der schüchterne Freak aus ihren Schulzeiten, war der einzige ihrer Kollegen gewesen, der sich nach dem Vorfall mit dem Schuh für sie eingesetzt hatte, und ihr fiel ein, dass sie sich dafür nie richtig bedankt hatte. Sie war zu aufgelöst, so voller Scham und Wut gewesen, als Mr Parker, der chauvinistische Schuldirektor, sie mit den Worten »bringen Sie erst mal Ihr überbordendes Gefühlsleben in Ordnung, bevor Sie sich wieder den abstrakten Dingen zuwenden, Miss Harper« auf unbestimmte Zeit nach Hause geschickt hatte. Sie würde es nachholen, sich bei Eddie zu bedanken, sobald sie wieder zu Hause war und sich der Sturm, der in ihr wütete, gelegt hatte.

Lucy nahm eine der Musikkassetten aus der Hülle, auf der ein Foto der Beatles klebte, und steckte sie in das Kassettendeck des Busses. *Eleanor Rigby* erklang, und auch wenn die Tonqualität gemessen an heutigen Maßstäben eher bescheiden war, hörte es sich sehr viel besser an als die Radiomusik, die sie auf ihrer Fahrt von Knocknabarra in Richtung Dublin gehört hatte. Das lag an den Boxen, die George Miller im Wohnraum seines Busses eingebaut hatte und die einen wunderbar warmen, klaren Sound erzeugten, den man allerdings während der Fahrt nicht hatte hören können. »*Ah, look at all the lonely people, where do they all come from …*«, sang Lucy leise den Refrain mit, und vielleicht zum ersten Mal wurde ihr klar, was für einen todtraurigen Text dieses Lied hatte. Sie bekam Mitleid mit der einsamen Eleanor, die am Fenster stand und vergeblich auf jemanden oder etwas wartete und zu deren Beerdigung niemand kam. George Miller war nicht einsam gestorben. Er hatte Freunde gehabt. Menschen, die er offenbar seit Jahren oder sogar Jahrzehnten gekannt hatte, wie die Fotos zeigten. Lucy summte den nächsten Song mit, *Norwegian Wood*, und ihr fiel auf, dass sie auch dieses Lied sehr gut kannte. Die Beatles waren ein untrennbarer Bestandteil ihrer Kindheit und Jugend gewesen. Ihre Eltern, die eine große Plattensammlung hatten, hörten sie heute noch gelegentlich auf ihrem alten Schallplattenspieler im Wohnzimmer und weigerten sich trotz zahlreicher Überredungsversuche durch Pippa und ihren Mann, sich eine moderne Anlage anzuschaffen. CDs und digitale Musik gab es im Haus ihrer Eltern nicht, da waren sie auf eine seltsam störrische Weise altmodisch. Lucy hatte sich aus diesen Diskussionen, die mit Vorliebe zu Weihnachten geführt wurden, immer herausgehalten. Sie verstand Pippa und Rob in diesem Punkt nicht, die der Meinung waren, ihre Eltern müssten unbedingt »mit der Zeit« gehen. Andererseits hatte sie diese Sturheit, die schon fast an Verbissenheit grenzte, mit der ihre Eltern an den alten Schallplatten festhielten, auch nie ganz verstanden. Das Ganze war doch nur eine Frage der Technik, die sich in den Jahrzehnten eben weiterentwickelt hatte, kein Teufelszeug. Es gab keinen vernünftigen Grund, sich dermaßen dagegen zu sperren. Jetzt, während sie mit *Nowhere Man* im Ohr in diesem aus der Zeit gefallenen Bus hockte und sich die alten Fotos ansah, begann sie zu ahnen, dass das Ganze mit Vernunft rein gar nichts zu tun hatte. Nach einer Weile stillen Lauschens versuchte sie, sich zu erinnern, ob wohl Eddie Lambs Kassette noch irgendwo auf dem Speicher ihrer Eltern zwischen den alten Schulsachen lag. Zwar besaß sie längst keinen Kassettenrekorder mehr, aber sie hatte ja jetzt diesen Bus. Sie könnte sich die Kassette hier im Auto bei einer Tasse Tee anhören, einschließlich aller hastig weggedrückten Ansagen der Radiosprecher, von denen immer ein Fitzelchen zu hören war, egal, wie schnell man die Pausetaste drückte, und einschließlich des leisen Kratzens der Nadel bei den Liedern, die Eddie direkt von einer Schallplatte aufgenommen hatte. Und auf diese Art könnte sie ein wenig in die Achtzigerjahre zurückkehren. Würde sie noch einmal weinen müssen, wenn sie *You'll never walk alone* hörte? Sie bezweifelte das. Das Lied war damals von The Crowd aufgenommen worden, einem Zusammenschluss von Sängern und Bands, als Reaktion auf die Brandkatastrophe in einem Fußballstadion in Bradford, bei der eine Menge Menschen ums Leben gekommen waren. Allein der Gedanke daran hatte sie schon immer zu Tränen gerührt. Mitte der Achtzigerjahre, das war die Zeit von *We are the World* und *Do they know is Christmas?* gewesen, von *Band Aid* und *USA for Africa* und eben auch *The Crowd*. Wenn sie später an diese Zeit zurückgedacht hatte, waren ihr ihre Begeisterung für dieses Lied wie auch ihre Gefühle für Eddie Lamb immer ein wenig lächerlich vorgekommen, sentimentale Schwärmereien eines pubertierenden, viel zu ernsthaften Teenagers. Es waren andere Zeiten gewesen. Heutzutage gaben sich die Jugendlichen nicht mehr sentimental, nicht mehr schwärmerisch, und sie brachen beim Hören eines Liedes ganz sicher nicht mehr in Tränen aus. Ihre Schüler, zwischen sechzehn und neunzehn Jahre alt, waren bereits jetzt abgeklärter, als sie es je sein würde. Das vermutete sie zumindest. Denn im Grunde, und das wurde ihr erst jetzt klar, wusste sie überhaupt nichts von ihren Schülern, nichts von den Dingen, die ihnen wichtig waren, nichts von ihren Träumen, Sehnsüchten und Hoffnungen. Ihre Aufgabe war es gewesen, ihnen Mathematik beizubringen, und sie hatte versucht, ihnen dabei auch etwas von der Leidenschaft zu vermitteln, die sie selbst für dieses Fach empfand, allerdings meist vergeblich. Und es war nun einmal so: Mathematik hatte mit Hoffnungen, Sehnsüchten und Träumen einfach absolut nichts zu tun, und da spielte es auch keine Rolle, ob man fünfzehn, sechzehn oder zweiundvierzig Jahre alt war. Lucy besah sich die restlichen Kassetten und fand darunter auch noch eine Single von den Beatles: *Lucy in the Sky with Diamonds.* Sie nahm sie in die Hand, und es berührte sie seltsam, ihre eigenen beiden Vornamen auf dem Plattencover zu lesen. Obwohl sie das Lied kannte, war ihr das bisher noch nie aufgefallen. Sie begann zu überlegen, ob dieses Lied womöglich die Inspiration ihrer Mutter gewesen sein könnte, ihr ihren ungewöhnlichen Zweitnamen zu geben? Und wenn es so war, hing der Grund dafür in irgendeiner Weise mit George Miller zusammen? Auf der Rückseite der Single war etwas mit Kugelschreiber gekritzelt, und Lucy entzifferte es nur mühsam: *Ein Stück vom Himmel für meinen Freund George. O'Donnell's Bar, Galway, 1976.* Lucy kniff überrascht die Augen zusammen, als sie die Unterschrift las, und ließ dann die Single langsam sinken. Das durfte nicht wahr sein. Das war nicht möglich. Sie musste sich täuschen. Noch einmal las sie den Schriftzug, der jedoch im Grunde so unverkennbar war, dass kein Zweifel bestand: Es war die Unterschrift von John Lennon.

9

Als Maureen an diesem Vormittag, ihrem frühmorgendlichen Entschluss folgend, auf den Parkplatz des *The Witch Way* fuhr, um Roísín abzuholen, sah sie überrascht, dass sich dort eine kleine Menschenmenge versammelt hatte. Alle ihre Freunde, einschließlich Gracie und sogar Raymond Campbell im schicken Zwirn, standen dort und warteten auf sie.

»Wir fahren mit«, verkündete Flynn in einem Ton, der keinen Widerspruch duldete, und Séamus nickte. »Wir alle zusammen hatten beschlossen, sie hierherzuholen, jetzt suchen wir sie auch gemeinsam.«

Maureen stieg aus und umarmte jeden Einzelnen von ihnen. Dann warf sie einen Blick auf Gracies Wäscheständer und meinte trocken: »Ich hoffe, den unterzukriegen bleibt unser einziges Problem auf dem Ausflug.«

Glücklicherweise verfügte Maureens Van über acht Sitzplätze einschließlich der Fahrerin. Roísín setzte sich wie üblich nach vorn auf den Beifahrersitz, Séamus und Erin nahmen Gracie in die Mitte, und auf die hintersten Plätze kletterten Murphy, Flynn und Raymond. Der Wäscheständer, den man praktischerweise zusammenklappen konnte, kam in den Kofferraum. Es gab noch eine kleine Diskussion, weil Murphy seine Fiedel dabeihatte und Maureen meinte, das bräuchte es nun wirklich nicht, woraufhin Murphy aufgebracht erwiderte, wenn man Platz genug für einen Wäscheständer und einen abgehalfterten Musikproduzenten hätte, dann doch wohl auch für seine Fiedel. Das wiederum leuchtete allen ein, sogar dem abgehalfterten Musikproduzenten selbst, der schon mit verrückteren Typen als dem alten Murphy zusammengearbeitet hatte. Als das geklärt war und alle gut verstaut im Bus saßen, fiel Flynn ein, dass er, wenn in dem Auto Platz für eine Fiedel, einen abgehalfterten Musikproduzenten und einen Wäscheständer war, auch seine Gitarre mitnehmen könne. Nach einigem Hin und Her fuhr Maureen also noch zu Séamus' Hof, und Flynn holte den Gitarrenkoffer und verstaute ihn mit einiger Mühe ebenfalls im Kofferraum. Dann endlich konnte die Fahrt losgehen. Sie wussten nicht genau, wo und wie sie Skye zu finden hofften, ob es überhaupt irgendeinen Sinn ergab, sich auf den Weg nach Dublin zu machen, um sie dort zu suchen, aber allen war klar, dass es darum eigentlich gar nicht ging. Das Entscheidende war, sich überhaupt auf den Weg zu machen, gleichgültig, wohin er sie führen würde.

Während die Truppe auf dem Weg zur Autobahn war, packte Murphy seine Fiedel aus, um sich und seinen Reisegefährten mit ein paar Reels und Jigs die Fahrt zu verkürzen. Gracie, die aus den weit verzweigten, immer stiller werdenden Kammern ihres Gehirns ein Gedicht hervorgekramt hatte, begann, in den musikalischen Pausen mit überraschend fester Stimme zu deklamieren: »I will arise and go now, and go to Innisfree …« Jenes weltberühmte, von schmerzhaftem Heimweh getränkte Gedicht von William Butler Yeats, das jedes irische Kind in der Schule gelernt hatte und das wohl jedem der zahllosen, auf der ganzen Welt verstreuten Iren aus der Seele sprach, selbst wenn sie es nicht wie Gracie O'Malley auswendig kannten. »So weit fahren wir nicht, Gracie«, sagte Séamus lächelnd und tätschelte Gracie O'Malleys alte runzlige Hand. »Nur nach Dublin.«

Gracie O'Malley sah ihn einen Augenblick lang verwundert an. »Nach Dublin? Aber nein. Wir fahren ans Meer.«

»Dublin liegt am Meer, Tante Gracie«, sagte Erin.

»Blödsinn!« Gracie O'Malley machte eine ungeduldige Geste. »*Das* Meer meine ich nicht. Wir fahren in den Westen.« Ihre Augen begannen zu leuchten. »Wohin denn sonst?«

Von hinten kicherte Murphy. »Da hast du recht, Gracie. Wohin denn sonst?« Und er begann, ein bekanntes gälisches Volkslied zu spielen, das an die Heimkehr von Gracies berühmter Namensvetterin, der Piratin Gráinne O'Malley aus dem Gefängnis zurück an die Westküste erinnerte und das alle mitsingen konnten.

Es wurde immer wieder behauptet, Gracie sei tatsächlich eine Nachfahrin jener berühmten Grace, oder Gráinne O'Malley, die im sechzehnten Jahrhundert nicht nur als einzige Frau einen Clan geführt, sondern auch Elisabeth

I. erfolgreich die Stirn geboten hatte. Wie jedoch genau diese Verwandtschaft zurückzuverfolgen war, hatte bisher niemand herausgefunden, und Grace selbst äußerte sich dazu nicht. Was man wusste, war, dass sie aus einer alten irischen Familie stammte, die ihren Stammsitz unweit von Knocknabarra hatte, also denkbar weit entfernt von Grace O'Malleys Clangebiet an der Westküste. Zusammen mit ihrer Schwester Ruthie war sie dort in Knocknabarra House, einem riesigen düsteren alten Kasten, aufgewachsen und geblieben. Die beiden unverheirateten Schwestern hatten es sich zur Lebensaufgabe gemacht, den Stammsitz der O'Malleys und den dazugehörenden Park zu erhalten und damit einen Lebensstil zu bewahren, der schon zu Zeiten ihrer Kindheit dem Untergang geweiht gewesen war. Vor allem Ruthie O'Malley, von Kind an ein wenig seltsam – böse Zungen nannten sie auch zurückgeblieben –, neigte dabei zum Einsiedlertum, während Gracie in jungen Jahren recht lebenslustig gewesen war. Die Landpartien und Gesellschaften, die damals in Knocknabarra House stattgefunden hatten, waren heute noch legendär. Mit den Jahren wurde es jedoch stiller dort, der Park verwilderte, und am Ende bewohnten die beiden Schwestern lediglich zwei Räume und die Küche im Erdgeschoss, weil sie es sich nicht leisten konnten, mehr Zimmer zu heizen. Nach Grace O'Malleys Tod würde das gesamte Anwesen an den Irish National Trust fallen, so hatten es die beiden Schwestern entschieden, doch solange Gracie noch am Leben war, blieb sie dort wohnen. Als ihre Schwester starb, sah es kurz so aus, als würde sich dieser Vorsatz nicht umsetzen lassen. Gracies Gehirn hatte zu dem Zeitpunkt bereits beschlossen, sich langsam, aber sicher aus dieser Welt zurückzuziehen, und in ihrem Kopf gab es längst mehr unbewohnte Zimmer als in Knocknabarra House. Maureen und die anderen Nachbarn halfen ihr nach Kräften, doch auch sie konnten nicht rund um die Uhr bei Gracie sein, und so kam es hin und wieder vor, dass der Gasherd nicht ausgeschaltet war, die Badewanne überlief oder dass sie Gracie frühmorgens im Nachthemd barfuß und halb erfroren im Park antrafen, wo sie Lieder sang oder den von ihr so verehrten Yeats zitierte. Nachdem sie ein paar Mal gestürzt war, versuchte Maureen, ihr einen Rollator schmackhaft zu machen, was Gracie jedoch empört zurückwies. Sie sei keine von diesen alten Schachteln, die sich nur noch auf Rollen vorwärtsbewegten, antwortete sie. Es war Séamus, der schließlich die Idee mit dem Wäscheständer hatte. Er ließ ihn wie zufällig in der Küche stehen, und es dauerte keine zwei Tage, da hatte Gracie ihn als ihre Stütze akzeptiert. Und zwar so nachdrücklich, dass es mitunter schwerfiel, die beiden wieder voneinander zu trennen. Es schien, als sei ihr der feste Halt im Leben, dessen Verlust sie lange ignoriert hatte, nun, da sie ihn zumindest teilweise wiedergefunden hatte, umso wichtiger geworden. Dennoch wurde es immer schwieriger, und als schließlich Maureen und die anderen einsehen mussten, dass Gracies Umzug in ein Altersheim unumgänglich war, schickte die Vorsehung, oder wer auch immer seine Hand dabei im Spiel hatte, Erin. Sie kam wie aus dem Nichts und blieb wie selbstverständlich bei Gracie. Über sich selbst ließ sie verlauten, sie sei eine Nichte von Gracie und warte auf einen Studienplatz, und bis es so weit war, wolle sie ihr ein wenig zur Hand gehen. Aber so ganz überzeugend klang das nicht. Welches junge, hübsche Mädchen Anfang zwanzig vergrub sich schon freiwillig irgendwo in der Provinz, um auf einen Studienplatz zu warten? Erin machte auch nicht den Eindruck, als sehnte sie sich danach, endlich mit einem Studium beginnen zu können, eher das Gegenteil. Sie wirkte, als wüsste sie nicht, wonach sie sich sehnte, und als warte sie darauf, dass das Leben ihr eine Richtung vorgab. Sie schwebte durch den Tag, als sei sie in Gedanken ganz woanders, und manchmal hatte man den Eindruck, sie sei gar nicht real, sei nur eine Idee, die darauf wartete, Wirklichkeit zu werden. Dies hinderte sie jedoch nicht daran, sich umsichtig und verantwortungsvoll um ihre Tante zu kümmern, und gerade weil sie nicht ganz von dieser Welt zu sein schien, strahlte Erin auf alle, die mit ihr zu tun hatten, eine seltsam beruhigende Wirkung aus. Besonders Flynn, reizbar und gefährlich wie eine Klapperschlange, spürte diese Wirkung, und auch wenn er es niemals zugegeben hätte, suchte er Erins Nähe. Seit George krank geworden war, hatte Flynn zunehmend den Halt verloren, einen Halt, den er sich nach den Schrecken seiner Kindheit erst mühsam hatte zusammenschustern müssen. George Miller hatte ihn vor einigen Jahren von einem seiner selten gewordenen Auftritte in Dublin mitgebracht, einen jungen Mann, explosiv wie eine Stange Dynamit, die an beiden

Enden brannte. George hatte Séamus überredet, Flynn, der in seinem ganzen Leben noch nichts Ordentliches gearbeitet hatte, eine Arbeit auf seiner Farm zu geben und ihn dabei nicht zu schonen. Flynn war als Baby von seiner Mutter in einem Anfall von Wahnsinn und Verzweiflung aus dem Fenster geworfen worden und hatte den Sturz nur um Haaresbreite überlebt. Was folgte, war das Übliche in solchen Fällen: Heim, Drogen, Gewalt, keine Perspektive. Niemand wusste so genau, was George in Flynn gesehen hatte, das ihn veranlasste, ihn nach Knocknabarra mitzunehmen. Vielleicht hatte ihn etwas an dem Jungen an ihn selbst erinnert. Einmal darauf angesprochen erwiderte er, er habe es aus Dankbarkeit gemacht. Womöglich ahnte er, dass er selbst, wenn die Weichen seines Lebens nur ein ganz klein wenig anders gestellt worden wären, wie Flynn geworden wäre. Vielleicht hatte es auch in seinem Leben eine Situation gegeben, in der er nur um Haaresbreite einem Wurf aus dem Fenster, einem Akt der Gewalt, einem plötzlichen Verlassenwerden entgangen war. In der Folge trat ein, was niemand zu hoffen gewagt hatte: Flynn erwies sich des in ihn gesetzten Vertrauens als würdig. Er arbeitete hart auf Séamus' Hof, was ihm, der bisher nichts anderes als die schäbigen Siedlungen, Hinterhöfe und trostlosen Ecken Dublins gekannt hatte, denkbar schwerfiel. Zwar fluchte und schimpfte er dabei in einer in der Gosse gelernten Sprache, die sogar der abgebrühten Roísín die Schamesröte ins Gesicht trieb, aber er erledigte seine Aufgaben. Er bemühte sich, pünktlich und mitunter sogar höflich zu sein,

Verhaltensweisen, die ihm bisher vollkommen fremd gewesen waren, und verlor nach und nach seine Reizbarkeit und Aggressivität. Stattdessen lernte er Gitarre spielen. Jeden Abend hockte er bei George im Wohnwagen, und man hörte ihn spielen, zunächst ungelenk, dann immer besser. Als er Séamus einmal dabei half, ein Lamm auf die Welt zu bringen, war es tagelang um ihn geschehen. Er erzählte den anderen die Geschichte dieser Geburt und der heldenhaften Rolle, die er dabei gespielt hatte, so lange, bis es niemand mehr hören konnte, und Murphy spottete, man könnte meinen, Flynn habe bei Christi Geburt persönlich die Hebamme gespielt.

Das kleine Lämmchen wurde ihm zu Ehren auf den Namen Flynn getauft, obwohl es ein Mädchen war, doch Flynn erklärte, das spiele keine Rolle. Er besuchte sein Patenkind, sooft es ging, auf der Weide, und das Tier gewöhnte sich an ihn und kam sogar angelaufen, wenn er rief. Oft sah man ihn neben dem jungen Schaf auf der Weide hocken und mit ihm sprechen. Und nicht nur Séamus fragte sich, was Flynn, der, wenn es um ihn selbst ging, verschlossen wie der Schoß einer alten Jungfer war, dem Tier wohl anvertrauen mochte. Als George zu krank wurde, um ihm weiter Gitarrenunterricht geben zu können, hörte auch Flynn zu spielen auf. George hatte ihm seine Gitarre geschenkt und ermutigte ihn immer wieder weiterzumachen, doch es brachte nichts. Die Gitarre blieb unberührt in der Ecke von Flynns Kammer über dem Stall stehen und setzte Staub an. Wäre Erin nicht gewesen, wäre es Flynn ähnlich gegangen. Auch er begann wieder, sich zurückzuziehen, noch verschlossener und mürrischer zu werden, als er normalerweise schon war. Eines Tages besuchte Erin ihn und überredete ihn, mit ihr spazieren zu gehen. In den nächsten Tagen bat sie ihn immer wieder um Hilfe, er sollte Dinge in Gracies Haus reparieren, Besorgungen machen, ihr Bücher aus der Bücherei der Kirche mitbringen oder nach Tipperary fahren, um ein Kabel für ihr Laptop zu kaufen. Irgendwann schlug sie ihm vor, mal am Abend mit seiner Gitarre vorbeizukommen und Gracie, die angeblich oft zu unruhig und nervös war, um einschlafen zu können, etwas vorzuspielen. Nach einigem Zaudern ließ sich Flynn überreden und kam nach Einbruch der Dunkelheit mit George Millers altem, mit Aufklebern übersätem Gitarrenkoffer über die Felder nach Knocknabarra House gestiefelt, um Gracie all jene irischen Volkslieder vorzuspielen, die er von George gelernt hatte. Gracie kannte sie alle und sang jedes einzelne davon in ihrer dünnen, hohen Altfrauenstimme mit. Von da an wurde es wieder besser. Man wusste nicht genau, welcher Art die Beziehung zwischen Erin und Flynn war, doch das spielte keine Rolle. Flynn kam wieder in die Spur, und nicht einmal Georges Tod, der sie alle, obwohl längst erwartet, tief erschütterte, änderte etwas daran.

10

Während sich Maureen und ihre Freunde in *Maureen's Cab & Haircutter* samt Wegzehrung, Fiedel, Gitarre und Wäscheständer auf den Weg nach Dublin machten, stand George Millers orangefarbener Bully noch auf dem Parkplatz der Fährlinie. Lucy saß, zum Schutz gegen die Morgenkühle in Patrick Mulligans großen Schafwollpullover gehüllt, auf der Steinmauer am Pier und ließ ihren Blick über den langsam erwachenden Hafen wandern. Möwen hockten verschlafen auf den Pollern, und die kleinen grün-weißen Lotsenboote dümpelten im stillen Wasser. Über den Dockanlagen hing der Morgennebel. Der Ort strahlte eine Mischung aus Sehnsucht, Abenteuerlust und Traurigkeit aus, die allen großen Häfen der Welt zu eigen ist, und die Atmosphäre ließ auch Lucy nicht unberührt. Wobei das gewaltig untertrieben ist. Die Sehnsucht traf sie, ohne Umwege über Kopf, Hirn, Vernunft oder Verstand, mitten ins Herz. Sie hatte George Millers Tagebuch auf dem Schoß liegen und strich hin und wieder fast zärtlich darüber, während sie die Sonne betrachtete, wie sie langsam höher stieg.

Als ich Kind war, vielleicht fünf, sechs Jahre alt, gab es eine Zeit, in der ich Angst vor Regen hatte … Mit diesem

Satz begann einer der besonderen Einträge darin, und Lucy hatte schnell begriffen, dass all jene hervorgehobenen Passagen Erinnerungen aus George Millers Zeit vor seiner Abreise nach Irland waren. Er hatte an diesem stürmischen Dezembertag im Jahr 1974 seinem Leben eine radikal neue Wendung gegeben und versucht, ein anderer oder vielleicht er selbst zu werden, wer wusste das schon. Doch es gab Erinnerungen, die er für so wichtig hielt, dass er sie dennoch notierte, in sein neues Leben hinüberretten wollte. Sie durchbrachen seine normalen Einträge in loser Folge, zufällig eingestreut wie Konfetti zwischen Aufregungen und Alltäglichkeiten. George Miller hatte Angst gehabt. Vor dem Regen und wohl noch vor einigem anderen. Und er war losgezogen, um diese Angst zu überwinden. Lucy verstand, warum ihm diese Erinnerung wichtig gewesen war. Mit Ängsten kannte sie sich aus.

Es war etwas geschehen mit Lucy S. Harper in dieser Nacht. Sie hatte es nicht gleich bemerkt, war irgendwann weit nach Mitternacht erschöpft eingeschlafen, mit zahllosen, überbelichteten Bildern vor Augen, Stimmen, Gesichter, die ihr fremd und doch vertraut waren, grauweiße Cottages und bunte Häuser an leeren Straßen, krumme Wege durch Schafweiden, Eddie Lamb mit seiner Strickkrawatte, Mr Parker, ihre Eltern, Pippa … Melodien von den Beatles und den Eurythmics vermischten sich zu einem seltsamen Gebräu, und über allem schwebte The Crowd, *You'll never walk alone*. Während sie schlief, unruhig, sich hin und her wälzend, erhob sich in ihrem Kopf ein Sturm, der so mächtig war, dass er jedes Geländer, jede Mauer, jedes schützende Dach, unter dem sie sich je sicher gefühlt hatte, einfach wegriss und weit hinaus ins Meer wehte. Lucy hatte das Meer immer gefürchtet. Es war das absolute Gegenteil von geraden Linien, Straßen, die sicher in eine Richtung führten, Berechnungen, an denen man sich festhalten konnte. In ihren Augen war das Meer pures Chaos. Dunkle, unberechenbare, grenzenlose Tiefe, bereit, sie und alles, was sicher war, zu verschlingen. Als Kind wollte sie nie an die Küste fahren, und wenn ihre Familie sie überstimmte, was so gut wie immer der Fall war, dann blieb sie, all den Überredungsversuchen ihrer Eltern und allem Spott ihrer Schwester Pippa zum Trotz, meist in sicherer Entfernung am Strand sitzen und malte mit einem Stöckchen geometrische Muster in den Sand, die sie mit Muscheln und Steinen zu einem Gemälde verzierte. Hin und wieder überwand sie sich, ging nach vorn an den Saum des Meeres, ließ zu, dass das Wasser ihre nackten Füße bis zu den Knöcheln umspülte. Sie spürte die Kraft, die in den heranrollenden Wellen lag, und wartete ängstlich und fasziniert zugleich darauf, wie leichter Schwindel sie erfasste, wenn sie zu dem endlosen Horizont blickte und sich die unfassbaren Mengen an Wasser vorstellte, die in kleinen, harmlos sich kräuselnden Wellen ihre Füße benetzten und zur gleichen Zeit irgendwo an eine ferne Küste brandeten, vor und zurück, unablässig, unaufhaltsam, ewig. Vielleicht ging es ihr als Kind mit dem

Meer ähnlich wie George Miller mit dem Regen, dachte sie und trank einen Schluck von dem lauwarm gewordenen Tee. Und vielleicht war das der eigentliche Grund, warum sie hier gelandet war, auf dieser Insel. Wie er. Sie sah nach oben in den Himmel. Eine Möwe hatte sich aufgerafft, und ihre ausgebreiteten Schwingen glänzten im Licht der Morgensonne. Skye hatte ihre Mutter sie genannt. War nicht die Farbe des Himmels eigentlich die des Meeres? Oder war es umgekehrt? Sie wusste es nicht mehr. Aber es spielte im Grunde auch keine Rolle. In der Ferne tauchte ein großes Schiff aus dem Dunst auf. Die Fähre nach Liverpool. Sie sah ihr zu, wie sie langsam näher kam, und wusste mit absoluter Klarheit, dass sie nicht mit diesem Schiff nach Hause fahren würde. Nicht jetzt. Sie würde hierbleiben und die Wege erkunden, denen George Miller damals, nach seiner Ankunft, gefolgt war. Diese Wege hatten ihn nach Galway geführt. War er dort tatsächlich John Lennon begegnet? War das möglich? Und was bedeutete die Widmung auf der Single? Bedeutete sie überhaupt irgendetwas? Manch einer würde meinen, das sei nur so ein dahingeworfener Satz, eine Widmung aus einer Laune heraus, die ein weltbekannter Künstler sozusagen aus dem Handgelenk, ohne weiter darüber nachzudenken, auf das Plattencover gekritzelt hatte. Wie oft mochte John Lennon wohl irgendetwas mit seinem Autogramm versehen haben? Lucy glaubte jedoch, dass mehr dahintersteckte. Sie ahnte, dass sich hinter diesem Satz eine Geschichte verbarg und dass diese Geschichte womöglich auch für sie eine Bedeutung haben könnte. Stand nicht eigentlich ihr Name auf dem Cover? Ihre beiden Namen. Bevor sie nach Hause fahren würde, um ihr altes Leben, das Leben der Lucy Harper, wieder aufzunehmen, wollte sie versuchen, diese Geschichte zu enträtseln und vielleicht die Wahrheit über Skye herausfinden. Ja, es war etwas geschehen mit ihr in dieser Nacht. Etwas hatte sich verändert. Sie konnte noch nicht mit Sicherheit sagen, wohin diese Veränderung führen würde, eines war jedoch schon mal sicher: Sie führte in jedem Fall weg von den geraden Wegen, die sie bisher so sehr geschätzt hatte.

Lucy stand auf, schüttete den Rest Tee aus ihrer Tasse ins Wasser und ging zum Fahrkartenschalter, um ihre Reservierung zu stornieren. Die Frau, es war dieselbe wie am Abend zuvor, erkannte sie wieder. »Ach. Sie fahren nicht mit? Und gestern konnte es Ihnen nicht schnell genug gehen«, sagte sie mürrisch und tippte etwas in ihren Computer.

Lucy ging nicht darauf ein, sondern fragte: »Wie weit ist es nach Galway?«

Die Frau schnaubte. »Bin ich Ihr verdammtes Navi oder was? Kaufen Sie sich eine Straßenkarte.«

Lucy überlegte einen Moment, dann lächelte sie breit. »O ja, das ist eine gute Idee. Vielen Dank und einen wunderschönen Tag noch!« Sie nickte der schlecht gelaunten Frau so begeistert zu, als habe sie ihr den Tipp des Jahrhunderts gegeben. Die Fahrkartenverkäuferin sah ihr kopfschüttelnd nach.

Unweit des Schalters entdeckte Lucy ein Geschäft, das neben Souvenirs und Snacks auch Straßenkarten verkaufte und überdies auch noch über ein öffentliches Telefon verfügte. Sie tätigte zwei Anrufe. Der erste galt ihrer Schwester, der sie kurz und bündig mitteilte, dass sie sich – ganz entgegen ihrer Natur – »spontan« dazu entschlossen habe, noch eine Weile in Irland zu bleiben. Sie ließ Pippa keine Zeit zu antworten, versprach, sie würde sich wieder melden, und legte auf, bevor Pippa auch nur eine einzige Frage stellen konnte. Der zweite Anruf ging an ihre Tochter Chloé, und er dauerte um einiges länger. Sie gestand der überraschten Chloé, dass sie nicht zum Wandern in den Cotswolds war, erzählte ihr von Maureen Mulligans Anruf und von ihrer überstürzten Abreise und meinte abschließend, sie wolle über die ganze Geschichte noch ein wenig mehr herausfinden. Chloé fand das Ganze eher spannend als besorgniserregend, was Lucy innerlich aufatmen ließ. »Du glaubst, Grandpa ist nicht mein richtiger Grandpa?«, fragte sie ungläubig. »Krass.«

»Doch. Natürlich ist er das. Aber …«

»Es gab noch einen? In Irland?«

»So in etwa. Zumindest hat dieser George Miller das behauptet.«

Lucy konnte ihre Tochter vor sich sehen, wie sie auf ihrer Unterlippe herumkaute und eine ihrer langen Haarsträhnen um den Finger wickelte. »Und warum hast du kein Handy mehr?«, fragte sie schließlich, fast noch ungläubiger. »Das geht doch nicht, Mum, ich kann dir ja nicht mal eine Nachricht schicken. Man kann Handys heutzutage an jeder Ecke kaufen, weißt du …«

Lucy versprach ihr, sich so bald wie möglich ein Prepaid-Handy zuzulegen und sie wieder anzurufen, was Chloé offensichtlich beruhigte. Als sie sich voneinander verabschiedeten, schien ihre Tochter mit ihren Gedanken bereits wieder woanders zu sein. Mit einem Seufzer der Erleichterung legte Lucy auf. Ihre Frage an den jungen Mann an der Kasse, wo man hier in der Nähe Handys kaufen konnte, wurde sehr viel freundlicher beantwortet als am Fahrkartenschalter, und als sie der Wegbeschreibung gefolgt und ein billiges Handy samt Autoladekabel erstanden hatte, konnte ihre Reise losgehen.

Lucy schaltete das Radio ein, und die Musik auf der alten Kassette von gestern erklang. Die Lieder der Beatles im Ohr, fuhr sie gemächlich durch die inzwischen belebten Straßen entlang der Docks in Richtung Stadtmitte und hatte das Gefühl, Dublin mit ganz anderen Augen zu sehen als noch gestern bei ihrer eiligen Hinfahrt. Während sie auf einer Brücke über dem Liffey im Stau stand und leise *Nowhere Man* mitsummte, versuchte sie, sich vorzustellen, wie die Stadt ausgesehen hatte, als George Miller hier zum ersten Mal angekommen war. 1974 war Dublin sicher noch um einiges ärmlicher und grauer gewesen. Lucy erinnerte sich an alte Fotos aus Manchester aus der Zeit, als sie ein kleines Kind gewesen war – endloser roter Backstein, rußgeschwärzte Häuser –, ähnlich mochte es auch hier ausgesehen haben. Die Siebzigerjahre, das war die Zeit des Nordirland-Konflikts. *The Troubles* nannte man das damals, und sie hatte später in der Schule davon erfahren so wie auch über andere Konflikte irgendwo in der Welt, aus einer längst vergangenen Zeit. Bloody Sunday und Bloody Friday, Sinn Féin und die IRA. Es hatte damals auch in Dublin Anschläge gegeben, glaubte sie, sich zu erinnern. Autobomben, brennende Häuser, Tote, Verletzte. Das Bild verängstigter Schulkinder stand ihr plötzlich vor Augen, die in Nordirland, von Polizisten eskortiert, in die Schule gehen mussten und dabei von grölenden Erwachsenen mit Steinen und Flaschen beworfen wurden, nur weil sie angeblich die falsche Religion hatten. Als diese Bilder Anfang 2000 durch die Presse gegangen waren, war ihr klar geworden, dass dieser Konflikt noch immer nicht gelöst war und wohl nie gelöst werden würde, auch wenn es heute vermeintlich ruhig war. In den Siebzigern, als George Miller hierherkam, war es gefährlich, nicht nur im Norden, auch hier im republikanischen Irland konnten Bomben explodieren, Autos brennen. Maureen hatte Lucy erzählt, dass George Millers Mutter Nancy katholische Irin gewesen war, die einen protestantischen Engländer geheiratet hatte. George trug also beide Seiten in sich. War es das gewesen, das er hier gesucht hatte? Seine Wurzeln? Oder aber war er vor etwas geflüchtet? Vor einer Familie? Vor einer schwangeren Frau, einem Kind, das er nicht gewollt hatte? Lucys Blick wanderte von der Straße zu der Urne, die sie wieder neben sich auf dem Beifahrersitz platziert hatte und die jetzt die ausgebreitete Straßenkarte, in der sie ihre Route überprüft hatte, beschwerte. »Warum hast du dich nie bei mir gemeldet, verdammt noch mal, George Miller?«, sagte sie wütend. »Nichts erklärt? Warum lässt du mich hierherkommen und stirbst dann einfach?«

He's a real nowhere man, sitting in his nowhere land, making all his nowhere plans for nobody… sangen die Beatles, und die Urne blieb erwartungsgemäß stumm. Lucy seufzte. Es hatte keinen Zweck. Sie bekam keine Antwort. Von niemandem. Sie musste die Dinge selbst herausfinden. Auf krummen Wegen. So viel hatte sie begriffen. Und deshalb bog sie, nachdem sie die Stadt durchquert hatte, auch nicht auf die Autobahn ab, sondern nahm die Landstraße in Richtung Tullamore, das sie bisher nur als Whiskymarke kannte.

Es war ungefähr zur gleichen Zeit, als Liam Cullen zusammen mit seinem Hund die Straße ins Dorf hinunterging. Nach Tagen schlechten Wetters, das auch die Stimmung des umtriebigen Border Collies gedrückt hatte, war Bran an diesem Vormittag aufgekratzt und sprang übermütig über die moorigen Wiesen. Sie waren bereits fast an der Hauptstraße angelangt, als er mit einem Satz in dem von Brombeergestrüpp überwucherten Straßengraben verschwand. Liam musste nach ihm rufen, und als Bran wiederauftauchte, hatte er etwas im Maul, das er, stolz mit dem Schwanz wedelnd, seinem Herrchen vor die Füße fallen ließ. Es war ein Handy. Liam betrachtete es erst eine Weile, bevor er sich bückte, um es aufzuheben. Es war ein älteres Modell, etwas angeschlagen und schmutzig. Ohne große Hoffnung drückte er auf den Power-Knopf, und zu seiner Überraschung schaltete sich das Handy ohne Weiteres ein. Fünfzehn entgangene Anrufe teilte ihm das Display vorwurfsvoll mit. Unschlüssig wog Liam Cullen das kleine Ding in seinen Händen. Konnte es sein, dass es ihr gehörte? Der Engländerin? Hier irgendwo war sie gestolpert, vorgestern Nacht, als der Sturm tobte. Und er hatte sie festgehalten. Etwas zu lange vielleicht, wie er sich danach voller Scham hatte eingestehen müssen. Er hatte sich gesagt, es war einfach zu lange her, dass er eine Frau im Arm gehalten hatte, doch natürlich wusste er, dass das nicht der einzige Grund war. Etwas an Lucy Harper hatte ihn angerührt, tiefer, als er es sich eingestehen mochte, und am liebsten hätte er sie gar nicht mehr losgelassen.

Dafür, dass es tatsächlich ihr gehörte, sprach, dass der Akku noch aufgeladen war, es also noch nicht sehr lange dort liegen konnte und dass die Straße hier nicht wirklich belebt war. Andererseits hatte sie am nächsten Tag nichts davon gesagt, dass sie ihr Telefon vermisste. Hatte sie es etwa gar nicht bemerkt? Konnte das sein? Die meisten Menschen, die so ein Ding besaßen, würden das innerhalb von Minuten feststellen. Seine Schwestern zum Beispiel. Er vermutete, dass sie ihre Smartphones sogar mit ins Bett nahmen. Und aufs Klo. Liam Cullen besaß auch ein Handy, aber er benutzte es kaum. Er hatte es vor allem für Notfälle angeschafft, falls er den Tierarzt schnell erreichen musste. Seine Schwestern schickten ihm darauf regelmäßig Fotos von den Kindern oder von ihren Reisen, und hin und wieder schickte er ihnen auch Fotos zurück. Meistens von seinen Schafen. Annie, seine jüngste Schwester, die in Los Angeles lebte und ihm, nebenbei gesagt, noch die Liebste war, schickte dann Kommentare zurück wie: O mein Gott, ein Schaf, wo hast du das denn gefunden, Liam?, und dazu eine Menge Smileys, die Tränen lachten. Sie hatte recht. Es war auch irgendwie zum Lachen. Immer nur Schafe. Aber er mochte Schafe nun mal.

Liam war kein Mensch der schnellen Entschlüsse. Alles musste eingehend bedacht werden. Es konnte sein, dass dieses Handy Lucy Harper gehörte. Es sprach einiges dafür. Doch auch einiges dagegen. Und das war nicht alles. Man musste auch berücksichtigen, was es bedeutete, wenn es tatsächlich ihr gehören sollte. Durfte er nachsehen, wer angerufen hatte? Durfte er in ihrem Privatleben herumstöbern und dabei womöglich Dinge erfahren, die ihn nichts angingen? Oder aber musste er es sogar tun? Fest stand, sie war nicht gekommen, um es wieder zu holen. Musste er sich also überhaupt darum kümmern, wer dieses Handy verloren hatte? Wäre es nicht vielleicht sogar besser, es einfach dort im Straßengraben liegen zu lassen und so zu tun, als habe Bran es nie gefunden? Nein. Das ging nicht. Liam schüttelte den Kopf. Man konnte nicht so tun als ob. Alles, was passierte, passierte. Egal, was man davon halten mochte. Man konnte es sich nicht wegdenken. Konnte sich nicht selbst etwas vormachen. Das führte zu nichts. Zumindest zu nichts Gutem. Das Wissen war ja trotzdem da, und es setzte sich fest wie Kletten im Fell der Schafe. Er schob das Handy in die Tasche seiner Jacke und pfiff nach Bran. Das Ganze musste noch eine Weile bedacht werden.

Ryan O'Toole staunte nicht wenig, als Liam Cullen sein Pub betrat und ein Pint Guinness bestellte. »Ist was passiert?«, fragte er alarmiert.

»Wieso sollte was passiert sein?«

»Du warst noch nie vor Feierabend bei mir im Pub«, sagte Ryan und warf einen Blick auf den Hund. »Und noch nie mit Bran.«

Liam Cullen zuckte mit den Schultern. »Uns beiden war heut eben danach.« Er zog die Jacke aus und hängte sie an den Haken neben der Tür. »Kann ja mal vorkommen, oder?«

»Ja ja, schon…« Ryan hob die Brauen, aber er sagte weiter nichts dazu. Wortlos stellte er Liam sein Bierglas auf die Theke. Tatsächlich kam so etwas nicht vor. Zumindest nicht bei dem Liam Cullen, den er kannte. Er war der geradlinigste Typ, den man sich vorstellen konnte. Hatte nichts anderes im Kopf als seine Schafe. Und vielleicht noch Bran. Und nach ihnen richtete sich sein Tagesablauf. Trinken am helllichten Tag kam bei ihm nicht infrage. Noch nicht einmal zu Beerdigungen oder Hochzeiten, und das mochte schon etwas heißen. Liam Cullen hielt sich aus allen gesellschaftlichen Ereignissen heraus. Er war so etwas wie ein Einsiedler im Dorf, obwohl er immer freundlich zu allen war, und auch wenn man Hilfe brauchte, konnte man auf ihn zählen. Doch ansonsten wollte er seine Ruhe haben. Ryan akzeptierte das. Er fand, jeder durfte sein Leben leben, wie es ihm gefiel, und manchmal, wenn er an seine eigene, ebenso umfangreiche wie gesellige Verwandtschaft dachte, an all die Tanten, Onkel und Cousinen, dazu die Freundinnen seiner Frau, deren Männer und Kinder, die alle mit Vorliebe sein Haus heimsuchten und die Küche und das Wohnzimmer belagerten, beneidete er Liam sogar ein wenig. Andererseits fragte er sich, warum Liam keine Frau hatte. Er war jünger als er selbst, noch keine fünfzig, und ein recht stattlicher Kerl. Seine Frau Tilda behauptete sogar, er sei gut aussehend. Auf eine etwas raue Art zwar, aber dennoch. Das konnte Ryan nicht beurteilen, doch auch ihm war klar, dass weitaus hässlichere Männer als Liam Frauen fanden, wenn sie sich ein wenig Mühe gaben. Er selbst, zum Beispiel, den noch nie jemand, noch nicht einmal Tilda, gut aussehend genannt hatte. Und an Letzterem mochte es wohl liegen. Liam schien keinerlei Interesse daran zu haben zu heiraten. Man wusste rein gar nichts über sein Liebesleben, und allein das war in einem kleinen Dorf wie diesem schon verdächtig. Es gab Gerüchte, das er während der Jahre, die er in New York gelebt hatte, wohl mal verlobt gewesen sei, doch etwas Genaues wusste man nicht, und es brauchte nicht viel Fantasie, um sich vorzustellen, wie die Sache geendet hatte. Er war als ein anderer zurückgekommen, damals, vor über zehn Jahren. Wie ein geprügelter Hund, der sich nach einem sicheren Ort sehnt, um seine Wunden zu lecken. New York hatte ihm nicht gutgetan. Und wenn er damals tatsächlich eine Frau gehabt haben sollte, dann hatte auch sie ihm nicht gutgetan. Ganz und gar nicht. Ryan wurde heute noch wütend, wenn er daran dachte, wie er Liam zum ersten Mal nach Jahren wiedergesehen hatte. Er war nur noch ein Schatten seiner selbst gewesen. Es hatte über ein Jahr gedauert, bis er zum ersten Mal ins Pub gekommen war. Und da hatte er sich nur ein kleines Lager bestellt, ein halbes Pint. Ryan hatte extra in den Keller gehen müssen, um ein kleines Glas zu holen, denn das brauchte hier nie jemand. Kein Mensch in Achadh Cairn trank halbe Pints, noch nicht einmal die alte Penny O'Doherty, die jeden Sonntag nach der Kirche kam und schon vierundachtzig Jahre alt war. Zwei Stunden war Liam Cullen vor seinem halben Pint gesessen und hatte ins Leere gestarrt. Niemand hatte es an diesem Abend gewagt, ihn anzusprechen, so undurchdringlich, ja, verzweifelt schien sein Schweigen. Am Ende hatte er sein Glas ausgetrunken und war wortlos gegangen. Doch die Geister, mit denen er gekämpft hatte, hingen noch eine ganze Weile wie Schatten im Raum. Ryan hatte sie gespürt, er spürte sie noch heute, wenn er daran dachte. Aber Liam war wiedergekommen. Nicht jeden Abend wie so viele andere, nur ab und zu. Und immer erst nach Feierabend. Auch wenn er inzwischen keine halben Pints mehr trank, war er doch im Vergleich zu den meisten Dorfbewohnern ein äußerst zurückhaltender, vorsichtiger Trinker geblieben, was Ryan zu der Vermutung veranlasste, dass ihm seine Zeit in New York nicht nur im Hinblick auf die Liebe einige heftige Schläge verpasst hatte, die er nicht so leicht hinter sich lassen konnte. Ohnehin war Ryan der festen Überzeugung, dass es letztendlich die Schafe gewesen waren, die Liam Cullen gerettet hatten – vor New York, den Frauen, Gespenstern und Dämonen, was auch immer. Und weil er all dies wusste, erstaunte es Ryan, ja, es beunruhigte ihn geradezu, dass Liam heute bereits am Vormittag zu ihm ins Pub kam, um ein Guinness zu trinken. Das bedeutete nichts Gutes, vermutete er. Andererseits kam Liam ihm nicht wirklich anders vor als sonst. Er war schweigsam wie immer, nippte langsam an seinem Bier und schien sehr angestrengt über etwas nachzudenken. Nach einer Weile sagte er: »Wenn man was gefunden hat, was tut man dann damit am besten?«

Ryan überlegte. Liams Frage schien ihm irgendwie bedeutsam, obwohl er keine Ahnung hatte, worauf sein Freund – ja, das war er auf seine schweigsame, zurückhaltende Weise wohl – hinauswollte.

»Kommt drauf an«, sagte er vorsichtig.

»Worauf?«

»Ob es wertvoll ist, zum Beispiel.«

Liam schüttelte den Kopf. »Nein. Ist es nicht…« Er unterbrach sich und hob den Kopf. »Wertvoll«, wiederholte er nachdenklich. »Wenn man etwas Wertvolles findet, dann…« Er sprach den Satz nicht zu Ende, sondern stand auf und griff nach seiner Jacke. Bran, der neben dem Barhocker am Boden gelegen hatte, war augenblicklich auf den Beinen und sah sein Herrchen erwartungsvoll an.

»Ich schätze, man sollte es demjenigen zurückgeben, dem es gehört, vorausgesetzt, man weiß, wer es ist«, meinte Ryan noch, doch Liam hörte ihn schon nicht mehr. Er und Bran waren bereits an der Tür. Ohne ein weiteres Wort verließ Liam Cullen das Pub, und Ryan sah ihm verblüfft nach. Er hatte das Gefühl, dass sie gerade komplett aneinander vorbeigeredet hatten, und konnte nicht einschätzen, ob das gut oder schlecht war. Dann fiel sein Blick auf das Guinness, das noch nahezu unberührt auf dem Tresen stand, und beschloss, zumindest das als gutes Zeichen zu werten.

Liam ging auf dem schnellsten Weg nach Hause. Im Gegensatz zu Ryan O'Toole wusste er, dass er von seinem Freund gerade einen Hinweis bekommen hatte, der sehr viel mehr beinhaltete als das, was er eigentlich hatte wissen wollen. Zu Hause angekommen nahm er das fremde Handy aus der Jackentasche, wischte es mit einem Lappen behutsam sauber und legte es auf den Küchentisch. Dann griff er nach dem Zettel mit der Telefonnummer, den Lucy Harper ihm vor ihrer Abreise gegeben und den er mit einem Magneten am Kühlschrank befestigt hatte, und tippte sorgfältig die Nummer in sein eigenes Telefon. Prompt begann das Handy, das auf dem Küchentisch lag, zu klingeln. Liam legte auf und sah aus dem Fenster. Ein paar kleine Wolken zogen über den klaren Himmel. Es war also tatsächlich ihr Handy. Jetzt galt es, mit Bedacht zu handeln. Nichts überstürzen. Er setzte Wasser auf, um sich Tee zu kochen, und gab Bran sein Futter, bevor er sich mit der Tasse in der Hand wieder am Tisch niederließ und das Handy erneut einschaltete. Die fünfzehn entgangenen Anrufe beschränkten sich auf drei Nummern, zwei mit englischer und eine mit irischer Vorwahl. Welche sollte er anrufen? Was sollte er sagen? Er trank einen Schluck heißen Tee und schaute eine Weile seinem Hund zu, der eifrig sein Futter fraß. Als er vor über zehn Jahren zurück nach Irland gekommen war, hatte er sich geschworen, sich auf nichts mehr einzulassen. Nichts, was so kompliziert wie die Liebe war. Nicht zuletzt der Liebe wegen war er damals in einen Sog geraten, aus dem er sich um ein Haar nicht mehr hatte befreien können, und es hatte ihn nahezu alles gekostet, an das er einst geglaubt hatte. Wäre er in New York geblieben, wäre er heute nicht mehr am Leben, dessen war er sich sicher. Er wäre unter die Räder gekommen, wie seine Mutter es früher immer so schön formulierte, wenn von jemandem die Rede war, der den Absprung nicht geschafft und sich totgesoffen hatte oder im Gefängnis gelandet war. Es war natürlich zu einfach, Marla die ganze Schuld für sein Scheitern zu geben, genauso, wie es nicht richtig war, diese verzweifelte Besessenheit, mit der er versucht hatte, sie zu halten und mit ihr Schritt zu halten, Liebe zu nennen. Es waren diese Stadt, ihre Geschwindigkeit, ihre Gnadenlosigkeit und seine eigene Dummheit, der Versuch, etwas zu sein, was er nie war, die ihm das Genick gebrochen hatten. Marla hatte ihn ausgenutzt, sie hatte mit ihm gespielt, doch er war es gewesen, der um jeden Preis mitspielen wollte. Aber das war eine andere Geschichte. Sie war vorbei. Lange schon. Er wusste nicht, was aus Marla geworden war, und wollte es auch nicht wissen. Seine Schwestern schwiegen sich aus, und er war ihnen dankbar dafür. Wahrscheinlich taumelte sie noch immer mit schlafwandlerischer Sicherheit durch diese riesige Stadt, die, wenn man nicht aufpasste, so eng sein konnte, dass sie einem die Luft abschnürte. Marla war genauso wie New York selbst, glitzernd und betörend, immer auf der Suche nach den Sternen, die nicht einmal sie erreichen konnte. Er jedenfalls hatte sie ihr nicht vom Himmel holen können. Mehr noch, er hatte sich beim Versuch fast tödlich verbrannt und scheute daher seitdem das Feuer wie der Teufel das Weihwasser.

Liam Cullen gab sich innerlich einen Ruck. Im Grunde wusste er nicht, warum er ausgerechnet jetzt wieder an diese alte, längst vergangene Geschichte dachte. Er hatte ein Handy gefunden und würde dafür sorgen, dass die Besitzerin es wieder zurückerhielt. Mehr nicht. Alles andere – seine Gedanken über Feen, die kamen und gingen, wertvolle Dinge, die man fand und nicht mehr loslassen sollte – waren nur Hirngespinste, die einem einfielen, wenn man zu viel Zeit allein verbrachte und mit niemand anderem als mit seinem Hund und seinen Schafen sprach. Er suchte sich eine der drei Nummern heraus, diejenige, die ihm am vielversprechendsten erschien, und drückte die Wähltaste.

II

Der Weg nach Tullamore führte Lucy durch die Midlands, weites grünes Land, das, anfangs noch leicht hügelig, flacher wurde, je näher sie dem kleinen Städtchen kam. Immer wieder durchzogen Kanäle die stille Landschaft. Im Norden stieg der Rauch von Torffeuern in den klaren Himmel und brachte einen beißenden, intensiv würzigen Geruch in Lucys Wagen. Sie fuhr gemächlich, die Straße war schmal und kurvig und wurde meist von niedrigen Steinmauern und Büschen begrenzt. In Tullamore parkte sie in der recht belebten Hauptstraße vor einem Supermarkt und kaufte Brot, Käse, Lammkoteletts, ein Glas grüner Bohnen, Kuchen, Speck, Orangenmarmelade, Butter, Milch, Eier, Mineralwasser und Kekse. Nachdem sie die Tüten ins Auto geladen hatte, beschloss sie, noch ein wenig durch die Straße zu bummeln. Als sie ein Bekleidungsgeschäft entdeckte, ging sie kurz entschlossen hinein und erstand eine neue Jeans, einen hübschen, dunkelblauen Pullover mit V-Ausschnitt, zwei T-Shirts und nach einigem Zögern noch einen leuchtend grünen Rock. Letzteren legte ihr die Verkäuferin, ein junges blondes Mädchen mit großen Zähnen und ansteckendem Lachen, dringend ans Herz. »Der sieht toll aus«, erklärte sie. »Die Farbe passt zu Ihren Haaren.«

»Aber so grün?«, fragte Lucy zweifelnd. »Ist das nicht ein wenig auffallend?« Sie besaß kaum Röcke und Kleider, und schon gar keine in bunten Farben. Ihre Farben bisher waren dunkelblau, grau, beige gewesen. Lehrerinnenfarben eben.

»Ja, klar ist es das. Aber auffallend ist doch gut«, sagte das Mädchen und lachte. Sie selbst trug einen violett-orange karierten Faltenrock und Schnürstiefel, die ihr fast bis zum Knie reichten.

Mehr der jungen Frau zuliebe als aus Überzeugung probierte Lucy den Rock, zusammen mit dem blauen Pullover, an, und zu ihrer Überraschung gefiel er ihr. Als sie sich im Spiegel betrachtete, barfuß, in dem schillernden Rock, der die gleiche Farbe hatte wie die Wollmütze, die Maureen ihr geschenkt hatte, kam sie sich vor wie eine andere Lucy. Eine neue Lucy. Vielleicht aber auch mehr wie eine Skye. »Im Grunde brauche ich keine Lehrerinnenfarben mehr tragen«, sagte sie leise zu ihrem Spiegelbild und drehte sich langsam um die eigene Achse. »Ich bin keine Lehrerin mehr.«

Die Verkäuferin kam zu ihr und nickte zustimmend. Offenbar hatte sie nur das Wort Lehrerin verstanden, denn sie sagte: »Sie sind Lehrerin? Da werden Ihre Kids Augen machen.«

Lucy lächelte und warf einen letzten Blick auf ihr Spiegelbild. »Ich nehme ihn.« Dann deutete sie auf die Schuhe der Verkäuferin und fragte: »Gibt es auch einen Schuhladen in der Nähe?«

Eine halbe Stunde später hatte sie robuste Wanderstiefel und ein Paar Chelsea-Boots aus dunkelbraunem Wildleder erstanden, die sie gleich anbehielt. Auf dem Weg zurück zum Auto warf sie ihre ramponierten weißen Sneakers in einen Müllcontainer. Der Verkäufer des Schuhladens hatte ihr noch den Tipp gegeben, Charleville Castle zu besuchen, das offenbar neben der ehemaligen Whiskeydestillerie die einzige Sehenswürdigkeit Tullamores darstellte, und sie beschloss, dort Mittagspause zu machen. Das Schloss, in dem es angeblich sogar spukte, war etwa drei Kilometer von Tullamore entfernt. Die Straße führte zunächst durch einen Wald voller mächtiger Eichen, der so verwunschen und entrückt wirkte, als sei er nicht von dieser Welt, und als sie schließlich am Schloss ankam, war Lucy geneigt, eher an ein Märchen als an die Spukgeschichten des Schuhverkäufers zu glauben. Das im neugotischen Stil erbaute Schloss lag am Waldrand, umgeben von einem Park, und wurde von einem Dornröschenturm überragt. Kein Mensch war zu sehen, kein Tourist hatte sich hierher verirrt, und ein Schild am Eingang verriet Lucy, dass das Schloss von Freiwilligen am Leben erhalten und der Öffentlichkeit zugänglich gemacht wurde. Im Augenblick war jedoch kein solcher Freiwilliger anzutreffen. Lucy störte das nicht, im Gegenteil. Sie parkte den Bus etwas abseits unter einer großen, knorrigen Eiche und begann, sich ihr Mittagessen zuzubereiten. Nach einigen Versuchen gelang es ihr, dem Gaskocher eine Flamme zu entlocken, und sie briet die Lammkoteletts mit den Bohnen und dem Speck in der Pfanne. Danach häufte sie alles auf einen von George

Millers bunten, nicht zusammenpassenden Tellern. Den Teller, das Besteck und einen Stuhl trug sie nach draußen und setzte sich unter die Eiche, den Teller auf dem Schoß. Mit Blick auf das verlassene Schloss begann sie zu essen. Die Sonne brach sich flirrend im Laub und warf tanzende Lichtflecken auf den Rasen. Irgendwo über ihr sang eine Amsel. Ansonsten war es vollkommen still. Lucy aß langsam, schmeckte das zarte Fleisch, das sie vergessen hatte zu würzen, die buttrigen Bohnen, dazu den salzigen Speck und hatte das Gefühl, noch nie in ihrem Leben etwas Köstlicheres gegessen zu haben. Mit einem Mal ahnte Lucy, was George Miller dazu bewogen haben mochte, das Leben in einem VW-Bus einem Zimmer auf Séamus Owens Hof vorzuziehen. Séamus hatte es ihm mehrfach angeboten, hatte er Lucy erzählt, doch Geordie habe immer abgelehnt. Selbst dann noch, als er schon krank geworden war und das Leben auf engstem Raum immer beschwerlicher für ihn wurde. Es war ein Gefühl von Freiheit, das Lucy in diesem Moment überkam, ja, man konnte fast sagen, überfiel, und das sie in dieser absoluten, allumfassenden, überwältigenden Weise noch nie zuvor verspürt hatte. Sie war unterwegs. Allein. Niemand wusste, wo genau sie sich befand, sie war niemandem eine Erklärung schuldig und konnte im nächsten Moment aufstehen, ihr Zeug zusammenpacken und weiterfahren. Irgendwohin. Ohne jemandem darüber Rechenschaft ablegen zu müssen. Lucy stellte ihren Teller ab und sprang auf, um George Millers Urne zu holen. Er sollte wissen, dass sie etwas gelernt hatte. Etwas verstanden hatte. Und vielleicht spürte er es ja auch noch immer. Dieses Gefühl. Vielleicht überdauerte es den Tod. Was wusste man schon? Lucy platzierte die Urne neben sich, dort, wo ein Sonnenstrahl durch das dunkle Eichenlaub drang, sodass das bauchige Tongefäß in ein sanftes, goldengrünliches Licht getaucht wurde. Dann nahm sie ihren Teller wieder auf den Schoß und aß langsam weiter. Lamm, Bohnen, Speck.

Als *Maureen's Cab & Haircutter* am Fährhafen ankam, war es Mittag. Lucy war nicht mehr da, hatte keine Spur hinterlassen, keinen Hinweis, der Maureen und den anderen hätte sagen können, wohin sie sich auf den Weg gemacht hatte. Maureen stieg aus, hielt ihr breites, freundliches Gesicht eine Weile in den salzgetränkten Wind, der inzwischen aufgefrischt hatte und ihr die Haare zerzauste, ganz so, als ob sie Witterung aufnehmen wollte, und marschierte dann schnurstracks zum Fahrkartenschalter.

»Sagen Sie, hat hier gestern eine Lucy Skye Harper die Fähre nach Liverpool genommen?«, fragte sie die mürrische Frau hinter der Glasscheibe. »Sie fährt einen alten orangefarbenen VW-Bus?«

»Was geht Sie das an?«, schnauzte die Frau Maureen an.

Maureen atmete tief durch. Sie hatte die Sache falsch angepackt. Mit Menschen, die den ganzen Tag hinter einer verschmierten Glasscheibe saßen, während draußen das Leben an ihnen vorüberzog, musste man ganz anders umgehen. Verständnisvoller, unterwürfiger. Sie setzte ein Lächeln auf: »Entschuldigen Sie bitte, aber am Telefon hat man mir ohne Weiteres die Auskunft erteilt«, begann sie sanft, »daher dachte ich …«

»Mit mir hat niemand telefoniert«, blaffte die Frau und fügte dann hinzu: »Und überhaupt, wenn Sie's schon wissen, warum fragen Sie dann?«

»Es ging nur noch um gestern«, sagte Maureen. »Wir sind extra hierhergekommen, weil wir Ms Harper vermissen …«

»Dann gehen Sie zur Polizei«, sagte die Frau und widmete sich den Papieren auf ihrem Schreibtisch.

»Das geht nicht!«, rief Erin. Sie und die anderen waren inzwischen zu Maureen getreten und umringten den Fahrkartenschalter.

»So und warum nicht?«, fragte die Frau und heftete ihren Blick auf Erin, die sich blass und mit weit aufgerissenen Augen nach vorn gedrängt hatte und jetzt direkt vor der Scheibe stand. Sie wirkte plötzlich wie ein verängstigtes Mädchen, weitaus jünger, als sie tatsächlich war. »Weil das meine Mum ist.«

»Ach …«, kam es gedehnt von der Frau hinter der Scheibe. »Und warum sucht ihr sie?« Ihr Blick ging von Erin zu den anderen, blieb einen Moment bei Gracies Wäscheständer und dem fast zahnlosen Murphy hängen, und sie murmelte: »Was für Freaks …«

»Sie ist krank.« Erin riss ihre grünen Augen noch weiter auf, und ihr Kinn zitterte. »Sie hat eine ihrer schlechten Phasen, und vorgestern haben sich mein Bruder und mein Vater« – sie warf einen Blick auf den etwas verwirrt dreinblickenden Flynn und auf Séamus – »gestritten, wegen, wegen … des Frühstücks, und da ist sie einfach in unseren Bus gestiegen und weggefahren.«

»Sie haben sich wegen des Frühstücks gestritten?« Die Frau runzelte die Stirn.

»Ja, ich mag Bacon in Scheiben.« Séamus kam Erin zu Hilfe. »Zu den Eiern schmeckt er am besten ganz dünn geschnitten, und immer kauft meine Frau für Flynn den gewürfelten. Ich kann doch erwarten, dass ich in meinem eigenen Haus meinen Bacon bekomme, wie ich ihn möchte, und nicht dieser verzogene Bengel …«

»Hey, nenn mich nicht immer verzogen, nur weil du …«, brauste Flynn ganz und gar überzeugend auf, und die Ader unter seinem tätowierten Spinnennetz am Hals begann, gefährlich zu pochen.

»Hört auf!«, rief Erin und rang voller Verzweiflung die Hände. »Meine Mutter kann Streit nicht ertragen, wenn sie in dieser Phase ist. Sie ist Engländerin und sehr empfindlich, verstehen Sie?«

Die Frau hinter der Scheibe nickte vage.

»Ich habe Angst …« Jetzt schimmerten Tränen in Erins großen Augen, und sie flüsterte fast: »Ich habe Angst, dass sie sich etwas antut. Wir können sie nicht erreichen. Vielleicht springt sie von der Fähre aus ins Meer …«

Die Fahrkartenverkäuferin seufzte und schüttelte den Kopf. »Da kann ich dich beruhigen, Mädchen. Sie ist nicht mit der Fähre gefahren. Gestern nicht und heute auch nicht.«

»Nicht? Wissen Sie das sicher? Sie haben doch so viele Kunden, sicher haben Sie viel Stress …«, sagte Erin mit sorgfältig dosierter Ehrfurcht in der Stimme.

»Ich weiß es, weil ein Bus dieser Art hier auch nicht so häufig ist und eure Mutter gestern unbedingt wegwollte, aber keinen Platz mehr bekam und hier übernachtet hat.« Sie warf Séamus und Flynn einen vorwurfsvollen Blick zu. »Heute allerdings hat sie es sich wieder anders überlegt und ihre Reservierung storniert.«

»Heute erst? Wann genau war das?«, mischte sich Maureen wieder ein.

»Wer sind Sie eigentlich?«, fragte die Frau unwirsch.

»Ich bin ihre Schwester.«

»Ja. Tante Maureen. Sie kümmert sich um uns, wenn Mum ihre Zustände hat«, präzisierte Erin und lächelte schüchtern.

»Du meine Güte.« Die Frau schüttelte den Kopf. »Das war heute Morgen. Als die Fähre gerade reinkam. So gegen halb neun.«

»Und warum hat sie storniert?«, fragte Erin.

»Keine Ahnung. Sie hat mich gefragt, wie weit es nach Galway ist.«

»Galway?« Alle starrten sie überrascht an.

»Nun, mehr kann ich auch nicht sagen.« Die Fahrkartenverkäuferin verschränkte abschließend die Arme. »Ihre Familienangelegenheiten müssen Sie schon allein klären. Aber wenn ich Ihnen einen Rat geben darf: Kaufen Sie in Zukunft Ihren Bacon gewürfelt *und* geschnitten.«

»Du warst gut«, sagte Flynn zu Erin, als sie gemeinsam zurück zum Auto gingen. »Kannst ja sogar auf Kommando heulen. Wo hast du das denn gelernt?«

»Zu Hause«, sagte Erin und lächelte unbestimmt.

Flynn kicherte. »Am besten fand ich den Satz: Sie ist Engländerin und sehr empfindlich ... Die dumme Kuh hat genickt, als ob ihr das völlig klar wäre.« Er lachte auf. »Is ja auch klar: Engländerin und sehr empfindlich ...«

»Du warst auch nicht schlecht«, sagte Erin zu Flynn. »Ich dachte, du gehst Séamus gleich an die Gurgel, als er dich einen verzogenen Bengel genannt hat.«

»Ich auch«, bekannte Séamus grinsend.

Flynn warf sich in die Brust. »An mir ist ein Schauspieler verloren gegangen. Vielleicht sollt ich mal am Broadway vorsprechen. Für irgendso ’nen alten Schinken. Sein oder nicht sein ...«

»Hamlet wird am Broadway eher selten gespielt, glaube ich«, gab Erin zu bedenken.

»Ach ja? Musst du immer klugscheißern?«, maulte Flynn beleidigt und kickte einen Stein ins Hafenbecken.

»Geh lieber zum Abbey Theatre in Dublin, das ist nicht so weit weg«, sagte Erin und hakte sich bei Flynn unter. Seine Miene wurde ein klein wenig versöhnlicher. »Könnt ich echt machen.«

»Ja. Könntest du.«

»Was will Skye in Galway?«, ließ sich Maureen plötzlich vernehmen. »Das ist doch die Frage.«

Sie hatte recht. Keiner konnte sich einen Reim darauf machen, weshalb Lucy Harper plötzlich ihre Meinung geändert und sich aufgemacht hatte, in den Westen zu fahren, anstatt wie geplant zurück nach England.

»Und wo ist sie überhaupt bis gestern gewesen? Sie ist ja schon vorgestern von Knocknabarra weggefahren. Wir haben für die Strecke gerade mal zwei Stunden gebraucht«, überlegte Maureen laut weiter.

»Aber das alles geht uns eigentlich gar nichts mehr an«, meinte Roísín. »Wir wissen, dass der Sturm sie nicht ins Meer geweht hat und es ihr gut geht.«

»Nein, das wissen wir nicht«, widersprach ihr Maureen.

»Was?«

»Wir wissen nicht, ob es ihr gut geht.«

»Du bist nicht mehr zuständig«, mahnte Roísín. »Sie ist nicht deine Tochter.«

»Ich weiß das«, gab Maureen schärfer als beabsichtigt zurück.

»Vielleicht hat sie beschlossen, einfach noch ein bisschen Urlaub zu machen, wenn sie schon mal da ist«, sagte Séamus in betont gelassenem Ton. »Galway ist schön. Die ganze Westküste, der West Atlantic Trail …«

Maureen schnaubte und warf Roísín und Séamus einen vernichtenden Blick zu. »Das glaubt ihr doch selbst nicht. Es hat etwas mit George zu tun. Da bin ich mir sicher.«

»George war viele Jahre in Galway«, erklärte Raymond plötzlich. In seinem weißen Anzug, dem Borsalino und den schwarz-weißen, spitzen Lederschuhen wirkte er wie ein Paradiesvogel zwischen Murphy und Gracie, die für sich betrachtet eigentlich schon exotisch genug aussahen.

»Stell dir vor, das wissen wir«, gab Roísín spitz zurück. »Ich war schließlich auch dort.«

»Aber ich habe ihn dort entdeckt.«

»Entdeckt?« Roísín warf ihm einen verächtlichen Blick zu. »Ausnehmen wolltest du ihn.«

»Das ist nicht wahr. Ich hätte ihn ganz groß rausgebracht«, widersprach Raymond. »Aber er wollte nicht.«

»Er wollte sich nicht verbiegen. Wollte deinen kommerziellen Scheiß nicht mitmachen.«

»Aber er hätte viel Geld damit verdienen können. Geld, das es ihm ermöglicht hätte, sein Ding durchzuziehen«, wandte Raymond ein.

»Blödsinn. Es ging dir doch um das Geld, das du hättest mit ihm verdienen können«, fauchte die ansonsten stets gelassene Roísín wütend.

»Na und?« Raymond zuckte ungerührt mit den Schultern. »Geld ist nichts Schlimmes, weißt du, Roísín. Wenn man es hat. Wär nicht schlecht für uns beide gewesen. Und außerdem, so läuft nun mal das Geschäft. Du warst damals viel zu jung, um das zu verstehen.« Er zündete sich eine Zigarette an und blies den Rauch durch die Nase aus.

»Zumindest habe ich kapiert, dass du ihn ausnutzen wolltest.«

Raymond lachte freudlos. »Du warst ein kleines Mädchen, und du hast Geordie vergöttert, aber nicht gesehen, wie er wirklich war.«

Roísín blieb stehen und drehte sich direkt zu Raymond um. »So? Wie war er denn deiner Meinung nach?«

Ihre Stimme klang aggressiv, und ihre Miene sah angriffslustig aus.

Raymond musterte Roísín mit einem unergründlichen Blick, dann sagte er leise: »Du warst so schön damals, Roísín, ich hätte mir beide Hände abgehackt, um dich zu bekommen, wusstest du das? Und nebenbei gesagt, du bist es heute noch immer.«

»Lenk nicht ab!« Roísín funkelte ihn wütend an, aber ihre Wut hatte ein wenig nachgelassen. »Ich hab dich was gefragt.«

»Geordie war so unglaublich talentiert, er hätte eine wirklich große Karriere machen können.« Raymond sah aufs Wasser hinaus, betrachtete eine Möwe, die laut kreischend einem in den Hafen tuckernden Lotsenboot folgte, und seine Miene verdüsterte sich. »Aber er war auch unzuverlässig und launisch, hat sich nicht an Vereinbarungen gehalten und ständig Leute verprellt, die für ihn wichtig gewesen wären … irgendwie war er immer auf der Flucht.« Er nahm einen letzten Zug von der Zigarette und schnippte sie dann ins Hafenbecken. »Doch damit wären wir fertiggeworden, er und ich. Auch wenn du es nicht glauben magst, wir waren Freunde. Was ich ihm dagegen wirklich übel genommen habe, war, dass er sein Können nicht zu schätzen wusste. Und das, diese Missachtung, hat ihn letztendlich seine Karriere gekostet, nicht der ›kommerzielle Scheiß‹, wie du das nennst, was ich ihm vorgeschlagen hatte. Er selbst war es, der sein Talent vergeudet hat, in schäbigen Hinterzimmern und lauten Pubs, in denen ihm niemand zuhörte und alle nur auf die Gassenhauer warteten. Er hat sich auf lumpige Gagen eingelassen, sich mit ein paar Whiskeys am Abend, halb gefüllten Hutkassen, einem feuchten Händedruck abspeisen lassen. Dieser Dummkopf hat nie kapiert, dass er es seinem Talent schuldig gewesen wäre, eine angemessene Bezahlung für seine Auftritte zu verlangen. Er war in gewisser Weise selbstzerstörerisch, hatte keinen Respekt vor sich selbst, keine Ehrfurcht vor seiner Musik.« Raymond schüttelte den Kopf und klappte den Kragen seines Jacketts hoch, als sei ihm plötzlich kalt geworden. Als er weitersprach, lag hilfloser Zorn in seinen Worten: »Er hat sich immer zu klein gemacht, dieser gottverdammte Idiot. Und dafür würde ich ihm am liebsten noch heute einen Tritt in den Arsch verpassen!«

Was folgte, war eine fast atemlose Stille. Nicht einmal Flynn, der immer einen dummen Spruch losließ, wenn eine Situation seinem Gefühl nach zu emotional wurde, sagte ein Wort. Roísín wirkte erschrocken und schuldbewusst. Ihre Lippen waren ein dunkler Strich in ihrem blassen, ebenmäßigen Gesicht.

Es war Gracie O'Malley, die die Beklemmung dieses Moments auflöste. Mit ihrem Wäscheständer schob sie sich an Raymond vorbei und sagte laut, den Blick aufs Wasser gerichtet: »I will arise and go now, and go to Innisfree …«

Sie diskutierten eine Weile darüber, was nun zu tun sei. Maureen war unbedingt dafür, nach Galway zu fahren und weiter nach Lucy zu suchen, und fand überraschend

Unterstützung bei Flynn, der meinte, er wäre noch nie an der Westküste gewesen und so ein Ausflug könne ganz lustig werden. Roísín war der Ansicht, sie sollten sich nicht weiter einmischen, schließlich habe Lucy es auch nicht für nötig befunden, sie noch einmal anzurufen. Maureen hatte allerdings das Gefühl, dass Roísín hauptsächlich Angst davor hatte, nach Galway zu fahren, da sie dort zu vieles an George und sich selbst in jungen Jahren erinnerte, und sprach diesen Gedanken auch laut aus. Dies führte dazu, dass Roísíns Gesichtsfarbe von blass zu aschgrau wechselte und sie Maureen anfuhr, sie solle sich besser Gedanken darüber machen, weshalb sie glaubte, diese im Grunde ihr völlig unbekannte Frau unbedingt beglucken zu müssen, ein Vorwurf, der Maureen Tränen in die Augen trieb. Séamus Owens ungeschickte Versuche zu vermitteln, wurden von beiden Frauen ignoriert, und als Erin schließlich fragte: »Was würde George wollen?«, schauten die beiden die junge Frau an, als hätte sie sie soeben aus einem Albtraum aufgeschreckt. Erin hatte die einzig richtige Frage gestellt, das sahen am Ende alle ein. Es ging hier nicht um alte Geschichten und alte Wunden. Es ging um George Miller und Skye Harper. Deshalb waren sie hier. Würde er wollen, dass sie seiner Tochter nach Galway folgten? Sich davon überzeugten, dass sie mit der Geschichte zurechtkam, mit der sie auf seinen Wunsch hin so unerwartet konfrontiert worden war? Ohne es auszusprechen, war allen bewusst, dass es hierauf nur eine Antwort gab. Und so gingen sie wortlos zu Maureens Van, der sie mit einem vertraulichen Blinzeln seiner Blinker begrüßte, packten Gracies Wäscheständer wieder in den Kofferraum und kletterten auf ihre Plätze.

Sie schlugen zunächst den gleichen Weg ein, den Lucy am Morgen genommen hatte. Als sie ebenfalls über den Liffey fuhren und, wie auch Lucy schon, im Stau standen, stieß Maureen einen tiefen Seufzer aus. Mit dem Handrücken wischte sie sich eine Träne aus den Augenwinkeln und schniefte kurz. Alle kannten Maureens Geschichte, alle wussten vom Tod ihres jüngsten Sohnes in diesem Fluss, und deshalb sagte niemand etwas. Nur Séamus berührte von hinten etwas unbeholfen Maureens Schulter und drückte sie einen Moment. Roísín, die wegen ihrer scharfen Worte vorhin ein schlechtes Gewissen hatte, sagte schließlich leise: »Möchtest du, dass wir hinfahren?«

Maureen zögerte, dann nickte sie.

Sie fanden nicht weit von Temple Bar einen Parkplatz und stiegen alle aus. Erin nahm Gracie fest an der Hand, um zu verhindern, dass sie einfach auf die Straße lief. Bereits um diese Zeit war das Ausgehviertel am Ufer des Liffey recht belebt, man sah sogar schon einige schrill gekleidete Grüppchen junger Frauen mit Hasenohren oder wippenden, blinkenden Herzchen auf dem Kopf, die sich für die extrem beliebten Junggesellinnen-Abschiede mit einer Flasche Wodka oder Ähnlichem in Stimmung brachten. Maureen hatte jedoch kein Auge für die kichernden jungen Frauen, ihr Blick war auf den Fluss gerichtet. Nach ein paar Metern blieb sie am Kai stehen und sah auf das

Wasser. Der Liffey floss breit und träge dahin. Die anderen blieben ein paar Schritte hinter ihr. Als sie sich schließlich zu ihnen umwandte, blass und mit geröteten Augen, sagte Gracie zu ihr: »Es geht ihm gut, deinem Jungen.«

Dies entlockte Maureen ein Lächeln, und sie schloss die kleine alte Frau fest in die Arme. Als sie wieder zurück zum Auto gingen, schaute Maureen sich plötzlich um und sagte: »Wo ist Murphy?«

12

Es war nicht schwer zu erraten, wohin es Murphy gezogen haben könnte. Die unzähligen Pubs dieses Viertels übten eine unwiderstehliche Anziehungskraft auf den alten Haudegen aus. Was für Lucy Harper Zahlen waren, waren für James Murphy die Pubs. Sie bedeuteten für ihn Trost, Sicherheit, Geländer über dem Abgrund. Immer in Verbindung mit einem Glas Ale oder Whiskey, versteht sich. Man konnte in Murphy einen alten Säufer sehen, der aus seinem Leben nichts Rechtes gemacht hatte, und man lag nicht falsch damit. Man konnte aber auch noch ein wenig tiefer gehen und den jungen, durchaus stattlichen Mann in ihm sehen, was zugegebenerweise jetzt, da er alt, krumm und zahnlückig war, schon einer gewissen Anstrengung bedurfte. James Murphy hatte Träume gehabt, Hoffnungen, Zukunftspläne wie jeder andere junge Mann auch. Nur hatte er das Pech gehabt, als katholischer Ire in Derry aufzuwachsen, hatte 1972 den Bloody Sunday hautnah miterlebt, an dem bei einer Demonstration dreizehn unbewaffnete Menschen von englischen Fallschirmjägern erschossen und noch mehr verletzt wurden. Dieser Tag hatte aus dem Druckergesellen, der bald seine Verlobte heiraten wollte, einen vor Wut stummen, verbitterten Mann gemacht. Er kam der IRA zu nahe, lernte Leute kennen, die aus Zorn Ernst machten, und als es ihm gelang, sich aus deren Dunstkreis wieder zu befreien, war es bereits zu spät. Sein Name war registriert wie viele andere Namen auch, und als an einem Freitag im Juli des gleichen Jahres in Belfast innerhalb von zwei Stunden zweiundzwanzig Bomben explodierten, machte man keinen Unterschied zwischen zornigen jungen Männern und Terroristen. Als er nach einigen Jahren aus dem Gefängnis entlassen wurde, gab es keine Stelle in der Druckerei mehr für ihn und auch sonst nirgends, und seine Verlobte hatte den Postboten geheiratet. James Murphy gelang es nie mehr, Fuß zu fassen. Er ließ sich treiben, fort aus seiner Heimatstadt und aus Nordirland, wo schließlich Frieden geschlossen wurde, der jedoch mit Versöhnung nichts zu tun hatte, und landete irgendwann im Süden, in Knocknabarra. Dort blieb er hängen wie ein Stück Treibgut, ein Fetzen Papier, das einen Fluss hinunterschwimmt, bis ein Ast es zufällig aufhält. James Murphy klammerte sich an diesen Ast, kroch aus dem Wasser, blieb liegen, genau dort, wo er gestrandet war. Aber die Angst, der Ast, der ihn hielt, könnte eines Tages doch noch brechen und das Wasser ihn wieder mitnehmen, immer weiter, irgendwohin, wo es nichts mehr zum Festhalten gab, verließ ihn nie. Deshalb brauchte er die Pubs, das Ale und den Whiskey. Er hatte in all den Jahren nichts gefunden, das ihm besseren Schutz vor der Angst bieten konnte.

Séamus entdeckte ihn schließlich in einem Pub namens *The Foggy Dew*, wo er vor einem Stout saß und einer

Gruppe junger Amerikaner den kauzigen Iren vorspielte. Séamus ließ ihm seinen Auftritt und setzte sich dazu, bis Murphy sein Bier ausgetrunken hatte. Als der Wirt Murphys leeres Glas nahm und ihnen beiden einen fragenden Blick zuwarf, schüttelte er jedoch den Kopf.

»Maureen wartet auf dich«, sagte er leise, und Murphy nickte und stand widerspruchslos auf. Ohne sich wirklich darüber bewusst zu sein, waren längst Séamus, Maureen und die anderen zu dem Ast geworden, der ihn davon abhielt, noch einmal fortgespült zu werden.

Es dauerte eine Weile, bis sie sich alle wieder am Auto versammelt hatten. Flynn hatte gemault, er hätte Kohldampf, und Roísín befand, dass es ihnen allen nicht schaden würde, eine Kleinigkeit zu Mittag zu essen. Bevor sie wieder aufbrachen, kramte Maureen ihr Handy aus der Tasche und erklärte, sie würde zur Sicherheit doch noch einmal versuchen, Lucy telefonisch zu erreichen. Womöglich habe sie das Handy inzwischen wieder eingeschaltet. Es klingelte ein einziges Mal, dann meldete sich ein Mann. Maureen war so überrascht, dass ihr fast das Telefon aus der Hand fiel.

»Wer spricht da?«, rief sie so laut in den Apparat, dass man meinen konnte, ihre Stimme müsse bis nach Galway reichen.

»Liam Cullen«, kam es zwischen atmosphärischem Rauschen undeutlich zurück. »Die Verbindung ist hier schlecht.«

»Wo sind Sie?«

»In Achadh Cairn.«

»Wo, zum Teufel, ist das? Wo ist Lucy?«

»Das ist in den Slieve Mountains zwischen Kinnitty und Ballyhupahane. Ms Harper hatte eine Autopanne …«

»Aber was … hallo? Hallo?!?«, rief Maureen in ihr Handy, doch es kam keine Antwort mehr.

»Was ist los?« fragte Roísín.

»Aufgelegt. Dieser Mensch hat einfach aufgelegt!«, sagte Maureen fassungslos und tippte sofort noch einmal Lucys Nummer, doch eine sanfte Frauenstimme teilte ihr mit, dass der Anschluss vorübergehend nicht erreichbar sei.

»Welcher Mensch?«, wollte Séamus wissen. »Was ist passiert?«

»Da war ein Mann am Apparat, der behauptete, Lucy hätte eine Autopanne gehabt. In Achadh Cairn oder Kinnitty oder Ballyhupahane, was weiß ich. Und dann war die Verbindung weg.« Maureen warf das Handy auf die Ablage und raufte sich die Haare. »O mein Gott, da ist etwas passiert!«

»Achadh Cairn? Ballyhupahane? Wo bitte soll das denn sein?«, fragte Roísín irritiert.

»In den Slieve Mountains, hat er gemeint.«

Erin gab die Namen in ihr Handy ein. »Die Slieve Mountains liegen aber nicht gerade auf dem Weg nach Galway«, sagte sie, während sie mit ihren Fingern auf dem Display herumwischte. »Kinnitty kenne ich. Das ist viel weiter in Richtung Süden …«

Sie fanden schließlich einen winzigen Ort namens

Ballyhupahane etwa eine Stunde südwestlich von Dublin und nach einigem Suchen auch Achadh Cairn. »Was hat sie denn dort zu suchen?«, fragte Roísín. »Ich dachte, sie wollte nach Galway …«

»Sie ist verzweifelt. Verwirrt …«, vermutete Maureen.

»Bullshit. Sie ist Mathematiklehrerin, schon vergessen?«, ließ sich Flynn von hinten vernehmen. »Die verzweifeln nicht so schnell.«

»Vielleicht gerade die«, erwiderte Erin. »Ich würde jeden Morgen die Wände hochgehen.«

Flynn kicherte. »Ich würd mir gleich die Kugel geben.«

»Lasst uns doch mal vernünftig bleiben«, sagte Séamus. »Der Mann sagte, sie habe eine Panne gehabt. Das muss ja noch nichts Schlimmes heißen.«

»Aber warum hat er ihr Handy?«, fragte Maureen. »Vielleicht ist sie verletzt. Oder er hat sie überfallen …«

»Dann würde er wohl kaum ans Telefon gehen und auch noch seinen Namen nennen«, widersprach Roísín trocken.

»Lasst uns einfach hinfahren und nachsehen«, sagte Murphy. Alle drehten sich überrascht zu ihm um. Er grinste verlegen und zeigte dabei alle seine Zahnlücken. »Ist doch egal, ob wir nach Galway oder in dieses Kaff fahren, oder?«

Maureen nickte. »Murphy hat recht.« Sie startete den Wagen und drehte sich dann noch einmal zu Erin um. »Sag mir, wie ich fahren muss.«

Liam Cullen starrte fassungslos auf das Handy in seiner Hand, das sich sang- und klanglos mitten im Gespräch abgeschaltet hatte. Der Akku, natürlich, das war zu erwarten gewesen, nach zwei Tagen im Straßengraben. Und jetzt hatte er keine Möglichkeit, es wieder aufzuladen. Ohne große Hoffnung probierte er sein eigenes Ladekabel, doch natürlich passte es nicht. Man konnte eine ganze Schublade davon haben, nie passte eines, wenn man es brauchte. Wenn er es wieder aufladen wollte, würde er extra nach Kinnitty fahren und das richtige Kabel kaufen müssen. Was würde sich die Frau nur denken, mit der er gerade gesprochen hatte? Es war sicher diese Maureen gewesen, von der Lucy ihm erzählt hatte. Sie hatte so besorgt und aufgeregt geklungen. Liam fuhr sich mit der Hand über das Gesicht und fluchte leise. Warum hatte er sich nicht die Nummer vorher aufgeschrieben, dann könnte er jetzt noch einmal anrufen und alles klarstellen. Langsam legte er das Telefon zurück auf den Küchentisch und stand auf. Es war schon ein merkwürdiger Zufall, dass in dem Moment, in dem er sich durchgerungen hatte, die irische Nummer zu wählen, genau diese Verbindung bei ihm angerufen hatte. Doch jetzt würde das Handy erst einmal nicht mehr klingeln. Vielleicht war das ganz gut so. Hätte nur Unruhe in sein Leben gebracht. Und überhaupt hatte er genug Arbeit, die liegengeblieben war. Neben seinen Schafen, die eher Leidenschaft als echtes Einkommen bedeuteten, hatte Liam Cullen noch eine kleine Tischlerei, die einzige in der Gegend. Das Schreinern von einfachen, handwerklich gut gemachten Möbeln sorgte dafür, dass er und seine Schafe überleben konnten, ohne Land verkaufen oder gleich den ganzen Hof aufgeben zu müssen. Mit Holz zu arbeiten war ähnlich beruhigend wie die Arbeit mit den Schafen, er mochte das Material, den Geruch, seine Wärme, und es machte ihn zufrieden, wenn am Ende ein fertiger Stuhl in der Werkstatt stand, eine Kommode oder ein Tisch. Darum würde er sich jetzt kümmern. Und später würde er noch nach den Schafen sehen. Das tat er mehr für sich selbst als für sie. Die Tiere benötigten das Jahr über wenig Zuwendung, kamen gut allein zurecht, doch er brauchte es, regelmäßig nach dem Rechten zu sehen, mochte es, wenn sie zu ihm gelaufen kamen, ihn erkannten, wenn er seine Hände in ihrer dicken Wolle vergraben konnte, die Wärme spürte und ihre harten Nasen streichelte. Alles in allem konnte er jedenfalls nicht hier sitzen bleiben und darüber nachsinnen, was er hätte tun oder lassen sollen. Am besten schlug er sich diese Frau und alles, was damit zusammenhing, aus dem Kopf. Es begann ja schon kompliziert zu werden, noch bevor irgendetwas angefangen hatte. So etwas konnte er nicht gebrauchen. Er schlüpfte in seine alte Jacke und zog sich die groben Stiefel an. Bran, der sich das zögerliche Verhalten seines Herrchens an diesem strahlenden Tag, den man doch am liebsten von früh bis spät draußen verbrachte, nicht erklären konnte, wartete bereits ungeduldig an der Tür.

Lucy Harper ahnte von den Verwicklungen und Aufregungen, die sie und ihr verloren gegangenes Handy verursachten, nichts. Zwar hatte sie ein paar Mal darüber nachgedacht, Maureen anzurufen, um ihr zu sagen, dass sie noch nicht nach Hause gefahren war, allerdings hatte sie ihre Nummer nicht mehr, da sie diese nur in ihrem Handy gespeichert hatte. Es genügte wohl, sie anzurufen, wenn sie wieder zu Hause war, sagte sie sich. Ein paar Mal hielt sie auch Liam Cullens hingekritzelte Telefonnummer in den Händen, schalt sich dann aber ein dummes Huhn. Warum sollte sie ausgerechnet ihn anrufen? Der Mann hatte ihr Auto repariert, was sehr nett von ihm gewesen war, und hatte ihr die Nummer nur gegeben, falls ein Problem auftauchen sollte, was nun einmal nicht der Fall war. Der Bus schnurrte unverwüstlich wie eine alte Nähmaschine über die Landstraße und schien nicht die Absicht zu haben, irgendwann damit aufzuhören, es sei denn, sie fuhr ihn wieder in einen Graben. Sie hätte also gar nicht gewusst, was sie Liam Cullen sagen sollte. Und so steckte sie den kleinen Zettel jedes Mal, nachdem sie ihn eine Weile unschlüssig in der Hand gehalten hatte, mit einem Schulterzucken wieder zurück in ihre Geldbörse. Ihn wegzuwerfen kam ihr dennoch nicht in den Sinn. Abgesehen davon hielt sich ihr Bedürfnis, jemanden über ihre Reisepläne zu informieren, sehr in Grenzen, um nicht zu sagen, es tendierte gegen null. Vor allem mit Pippa und ihren Eltern wollte sie nicht sprechen. Es hätte Erklärungen und Rechtfertigungen von beiden Seiten bedurft, Fragen aufgeworfen, die auf die Schnelle wohl nicht zu beantworten waren. So viel hatte sie aufgrund der Reaktion ihrer Eltern ohnehin schon verstanden. Sosehr sie anfangs das Bedürfnis gehabt hatte, auf der Stelle nach Hause zu fahren und die Dinge mit ihrer Familie zu klären, so wenig war davon nach dieser Nacht im Hafen von Dublin übrig geblieben. Sie war aufgehalten worden von einer Panne und einem Sturm, von krummen Wegen und nicht vorhersehbaren Verzögerungen. Und die Welt war deswegen nicht untergegangen. Und sie war auch immer noch da. Lucy Skye Harper. Und so war ihr Fluchtinstinkt langsam einem Gefühl ganz anderer Art gewichen. Einer aufregenden Ahnung, dass sie auf dieser Reise wohl mehr über sich selbst herausfinden würde als über George Miller. Mit jedem Kilometer, den sie in Richtung Westen fuhr, wurde dieses Gefühl stärker, wurde zu einer Gewissheit, die sie mit ihrem analytischen Verstand nicht erklären konnte. Und dennoch einfach akzeptierte. Sie wusste instinktiv, etwas wartete noch auf sie. Die Geschichte hatte nicht mit George Millers Tod geendet.

Im Gegenteil. Sie fing gerade erst an.

Lucy verließ Tullamore erst am Nachmittag, nach ihrer ausgiebigen Mittagspause in Charleville Castle, und blieb auf der Landstraße. Ihr Weg führte sie durch eine dünn besiedelte Gegend mit Kühen und Schafen und von dichten Hecken gesäumten Feldern. Sie überquerte den Shannon bei Banagher, folgte seinem Lauf eine Weile und kam schließlich am frühen Abend in Galway an. Etwas nervös schlängelte sich Lucy mit ihrem Bus durch die belebte Innenstadt, umkurvte die Fußgängerzone und hatte nicht den blassesten Schimmer, wo sie eigentlich hinwollte. Es gab nur diese Single mit dem Namen eines Pubs und John Lennons Unterschrift, das war denkbar wenig als Begründung für diesen Ausflug. Als Lucy zum zweiten Mal in den gleichen Kreisverkehr geriet und schließlich die Ausfahrt »*Bóthar na Trá* – Salthill« wählte, ohne auch nur die geringste Ahnung zu haben, wohin die Straße führen mochte, musste sie laut lachen, so absurd fand sie die Situation. Sie stellte sich Pippas Gesicht vor, wenn sie ihr erzählte, dass diese Signatur auf einer Schallplatte aus dem Jahr 1976 sie dazu veranlasst hatte, in einem geerbten Oldtimer mit einer Urne auf dem Beifahrersitz quer über die Insel zu fahren, nur um dieses Pub zu suchen. Nicht einmal ihre Schwester würde auf die Idee kommen, so etwas Verrücktes zu machen. Pippa mochte ein wenig chaotisch und unorganisiert sein, aber im Grunde war sie eine durch und durch pragmatische Person, so wie ihre Eltern auch. Es gab keine Abenteuer bei den Harpers, keine unvorhergesehenen Ereignisse, keine Verrücktheiten. Lucy hatte immer perfekt, ja, fast zu perfekt in dieses Harper-Leben gepasst. Als Mathematiklehrerin war sie geradezu der Gipfel an Vorhersehbarkeit. Hätte man noch vor ein paar Wochen eine Berechnung angestellt zu der Frage, wie wahrscheinlich es war, dass Lucy Harper aus Tottington bis zu ihrer Rente jeden Morgen in das Saint-Paul's-College in Bury fahren und unterrichten würde, in dunkelblauen oder beigefarbenen Twinsets,

Bundfaltenhosen und weißen Blusen, wäre der Prozentsatz wohl annähernd hundert gewesen. Doch dann war die Sache mit dem Schuh passiert, und alles hatte sich geändert. Sie hatte es nicht einmal gleich bemerkt, anfangs hatte sie noch gedacht, die Aufregung würde sich bald wieder legen und alles könne so weitergehen wie bisher. Erst nach und nach war ihr klar geworden, dass die Angelegenheit weitaus tiefer reichte. An jenem Tag war eine Grenze überschritten worden. In jeder Hinsicht. Man warf nicht einfach einen Schuh nach einem Schüler, selbst wenn dieser einen zur Weißglut brachte. Nicht nach fast zwei Jahrzehnten im Schuldienst. Während Lucy das Stadtzentrum von Galway hinter sich ließ und den Corrib überquerte, begriff sie, was sie im Grunde bereits in dem Moment gewusst hatte, als sie sich mitten im Unterricht den Schuh auszog, ausholte und warf, sich aber nicht eingestehen wollte: Sie hatte genug. Hatte die Nase voll von den versnobten Schnöseln, die keinerlei Interesse an irgendetwas zeigten. Verzogene Sprösslinge von Eltern, die es sich leisten konnten, sie in dieses elitäre College zu schicken, und die dennoch für die Lehrer, die Schule und alles, was nicht in ihr Weltbild passte, nichts als Verachtung übrighatten. Eine Verachtung, die ihre Kinder wie selbstverständlich übernahmen, ohne sie je zu hinterfragen. Sie erinnerte sich plötzlich an ihre Anstrengungen bereits während des Studiums, sich jeden noch so winzigen Anflug von Mancunian, dem Manchester-Akzent, abzugewöhnen, weil ihr klar war, dass sie damit bei einer Bewerbung an einer Schule der sogenannten Upperclass nicht die geringste Chance haben würde. Ihre Großeltern mütterlicherseits hatten in Manchester einen kleinen Lebensmittelladen geführt und ganz selbstverständlich breites Manc gesprochen wie auch die Mutter ihres Vaters, die Schneiderin gewesen war. Ihren Großvater väterlicherseits hatte sie nicht gekannt, er war im Krieg gefallen. Bereits bei ihren Eltern hatte sich der nordenglische Slang durch das Studium und die Ausbildung abgeschliffen, und bei ihr und ihrer Schwester war nur noch ein leichter Anflug zu hören gewesen, bis auch dieser irgendwann mit den Jahren verschwunden war.

»Mad fer it«, sagte Lucy leise und freute sich über den vertrauten Ausdruck ihrer Kindheit, der bedeutete, dass man etwas sehr gern mochte. Wie lange hatte sie ihn nicht benutzt. »Chuddy«, fügte sie noch hinzu, ebenfalls ein Wort aus Kinderjahren, das Kaugummi bedeutete. Einen Chuddy hatten sie und ihre Schwester immer von ihrem Großvater bekommen, wenn sie ihn besuchten. Solange der Laden in der Liverpool Road ihren Großeltern gehörte, hatte neben der Kasse stets ein Glas mit Süßigkeiten für die Kinder gestanden. Seit Jahren hatte sie das Wort nicht mehr in den Mund genommen. Sie wandte sich an die Urne neben sich. »Ey, George, verrat mir mal, warst du als Kind auch verrückt nach Kaugummis?«, fragte sie in einem so breiten Manchesterslang, wie es ihr nach Jahrzehnten der Abgewöhnung noch möglich war, und musste erneut lachen. Es klappte überraschend gut. Das nächste Mal, wenn sie ihre Schwester anrief, würde sie genau so sprechen. Pippa würde glatt in Ohnmacht fallen.

13

Lucy folgte der Straße, die den Corrib begleitete, bis er in die Galway Bay mündete, und fuhr, die Stadt hinter sich lassend, ein Stück den weiten, flachen Küstenstreifen entlang. Das warme Abendlicht ließ das Meer tief dunkelblau leuchten, und am Himmel flog ein Schwarm Möwen, den nahen Hafen mit seinen Fischerbooten fest im Blick. Als Kind war Lucy mit ihren Eltern immer nur in den Süden gefahren, vorzugsweise nach Torquay oder Bournemouth, Gegenden, wo die Landschaft lieblich, das Klima fast südlich war. Auf diese weite, geradezu beängstigende, wilde Leere der Landschaft, die sich hier vor ihr auftat, war sie nicht gefasst. Es gab nichts, woran sich das Auge festhalten konnte, keinen Schutz, keine Grenze, nirgendwo. Der Atlantik beherrschte das Bild, nichts anderes fand daneben Platz. Lucy schluckte ein wenig, fuhr aber dennoch weiter und parkte schließlich in einer der breiten Parkbuchten entlang der Uferstraße. Eine Weile blieb sie unschlüssig sitzen und lauschte der Stille, die sie umgab. Der Strand war bis auf ein paar herumstolzierende Möwen leer, und nur hin und wieder fuhr ein Auto vorbei. Das stete Rauschen der auflaufenden Wellen machte die Stille noch deutlicher. Wenn jetzt immer noch Hochsaison war, wie einsam mochte es hier wohl im

Winter sein, fragte sie sich beklommen. Als sie schließlich doch ausstieg, nahm sie zur Unterstützung die Urne mit. Der Wind wehte unerwartet kräftig vom Meer her und nahm ihr einen Moment lang fast die Luft zum Atmen. Sie ging hinunter zum Strand, zog ihre Schuhe aus und trat ins flache Wasser. Es war so kalt, dass sie schaudernd zusammenzuckte. Höchstens vierzehn, fünfzehn Grad. In einigem Abstand rechts von ihr ragte ein alter Sprungturm aus dem Wasser, den die ruppigen, vom Wind ans Ufer getriebenen Wellen umspülten. Lucy konnte tatsächlich ein paar Menschen dort oben erkennen, die mit offenkundiger Begeisterung wieder und wieder ins Wasser sprangen. Sie schüttelte ungläubig den Kopf. Seltsames Völkchen, diese Iren. Eine ganze Weile stand sie da, fröstelnd, die Füße im Wasser und das Gesicht im salzigen Wind, und hielt sich an der Urne fest. Ihr wurde plötzlich bewusst, dass sie sich am äußersten Zipfel Europas befand. Nichts kam mehr, nur der Atlantik und dann, irgendwann, Amerika. Sie erinnerte sich an ihre Angst vor dem Meer, an den Schwindel, der sie als Kind jedes Mal erfasst hatte, und ihr traten Tränen in die Augen. Was hatte sie damals vom Meer gewusst?

Von dieser grenzenlosen Weite?

Nichts.

Obwohl sich Lucy angesichts der schieren Unendlichkeit um sie herum so verloren vorkam wie ein Stück Treibholz am Strand, beschloss sie, auf diesem Parkplatz zu übernachten. Sie dachte an George Miller, der seine

Angst vor dem Regen überwunden hatte, und fand, es wäre auch für sie Zeit, ihre Ängste zu überwinden. Im Grunde war diese Reise ohnehin eine einzige Überwindung, wenn man es recht bedachte, da passte es gut, einmal eine Nacht an einem Ort zu verbringen, an dem es rein gar nichts gab, woran man sich festhalten konnte, außer sich selbst und eine unförmige Tonurne. Sie trug bereits ihre neue Jeans, die Wanderschuhe und den neuen Pullover, und nach kurzem Zögern schlüpfte sie wieder in George Millers alte Wachsjacke und stopfte ihre Haare unter die grüne Wollmütze. Es war ein gutes Stück zu laufen bis ins Zentrum der Stadt, da konnte es nicht schaden, sich gegen den Wind und mögliche Regenschauer zu wappnen. Die Redensart, wonach das irische Wetter einem alle vier Jahreszeiten an einem einzigen Tag bescheren konnte, wie ihr der redselige Schuhverkäufer in Tullamore glucksend verraten hatte, hatte durchaus ihre Berechtigung. Zwar wurde man in Manchester vom Wetter auch nicht gerade verwöhnt, aber diese Jähheit, mit der sich das Wetter hier änderte, war ihr neu. Noch war es trocken und der Himmel klar, aber der Wind wehte heftig, und es war gut möglich, dass er in einer Stunde Regen brachte. Lucy ging den Weg zurück, den sie gerade gefahren war, folgte der Promenade bis zum Pier und gelangte auf diese Weise wieder ins Zentrum des Städtchens. In der Innenstadt wimmelte es von Menschen. Da alle Pubs bereits brechend voll waren, standen Gruppen überwiegend junger Leute überall dicht gedrängt auf den Straßen, ihre Gläser in den Händen. Aus den offenen

Türen der Lokale drang Musik aller Richtungen, von traditionellen Melodien über Folk und Pop bis zum Hardrock, und vermischte sich mit dem Gesang der Straßenmusiker zu einer ganz eigenen Geräuschkulisse, die Lucy, die gerade noch von der Stille und Leere der Atlantikküste überwältigt gewesen war, wie einen Schock empfand. Schüchtern schob sie sich zwischen den feiernden Menschen hindurch und musste einige Male nach dem Weg fragen, bis sie schließlich vor dem *O'Donnell's Pub* stand. Es befand sich in einem unverputzten, dunkelgrauen Steinhaus, etwas abseits des Kneipenviertels, und wirkte nach den bunt aufgepeppten Lokalen mit seinen verwitterten Sprossenfenstern und der schlichten, ehemals dunkelrot lackierten Holzfassade düster und ein wenig aus der Zeit gefallen. Über dem Fenster war der Name der Bar in schwarzen, keltisch geschwungenen Buchstaben aufgemalt. Lucy zögerte kurz und trat dann ein. Auch dieses Pub war gut gefüllt, allerdings vor allem mit älteren Besuchern. Der L-förmige Raum war bis etwa zur Brusthöhe mit dunklem Holz getäfelt, Wände und Decke, wahrscheinlich ursprünglich ockergelb gestrichen, hatten im Laufe der Jahre eine graubraune Patina angenommen. Unter gediegenen grünen Glaslampen über der langen Theke saßen vorwiegend Männer und Frauen im Alter zwischen fünfzig und sechzig Jahren, alle recht seriös gekleidet, die sich nach der Arbeit hier offenbar ihren Feierabenddrink gönnten. Lucy setzte sich an einen freien Platz an der Bar und bestellte ein Pint Ale. Als ihr der Barkeeper, ein schlaksiger junger Mann, der höchstens halb so alt war wie der Durchschnitt seiner Gäste, das Glas hinstellte, fragte sie ihn, ob er zufällig wisse, wem das Lokal 1976 gehört hatte.

Er hob eine gepiercte Braue. »Sie sind wohl nicht von hier?«

Lucy schüttelte den Kopf. »Hört man das nicht?«

»Doch.« Er musterte sie prüfend. »England«, sagte er dann. »Aber eher aus dem Norden. Liverpool?«

Lucy nickte. »Nicht schlecht. Manchester.«

»Urlaub?«

»So ähnlich.« Lucy nippte an ihrem Ale. »War das gerade eine dumme Frage von mir?«

»Wenn Sie aus Galway wären, wüssten Sie, dass das O'Donnell's ein Dinosaurier unter den Pubs ist. Genauso wie sein Besitzer. Die gibt's praktisch schon seit der Steinzeit. Paddy O'Donnell hat das Pub Anfang der Siebziger eröffnet, und seitdem hat es nie den Besitzer gewechselt, bis …«

»Dann kann ich also mit ihm sprechen?«, unterbrach Lucy ihn erwartungsvoll. Ihr Herz begann schneller zu klopfen.

»Nein«, sagte der junge Mann und zapfte ein neues Bier für einen Gast im dunklen Anzug, der neben Lucy am Tresen saß.

»Wieso nicht?«

»Hat den Abgang gemacht.«

»Er ist tot?«

»Nee. Der ist noch topfit für sein Alter. Aber nach dem Tod seiner Frau im letzten Jahr hat er das Pub verkauft und ist nach Australien ausgewandert. Dort wohnt seine

Schwester. Der alte Herr wollte seine letzten Jahre wohl nicht allein verbringen.« Er zuckte mit den Schultern. »Bin mir ja nicht so sicher, ob Paddy O'Donnell wirklich Spaß an der Hitze in Down Under hat.«

»Oh …« Die Enttäuschung, die Lucy bei diesen Worten überkam, war ihr offenbar deutlich anzusehen, denn der junge Barkeeper musterte sie mit neuem Interesse. »Etwas Persönliches?«

»Ja, irgendwie schon.« Lucy zögerte. »Es geht um meinen … ähm … Onkel, der ist vor Kurzem gestorben, und ich wollte wissen …« Sie kam ins Stottern, wusste nicht mehr weiter. Alles, was sie hätte sagen können, kam ihr plötzlich lächerlich vor.

»Tut mir leid.« Er nickte ihr knapp zu, was wohl eine Bekundung von Mitgefühl darstellen sollte.

Lucy versuchte ein Lächeln, das, wie sie selbst spürte, ziemlich kläglich ausfiel. »Danke. Es ist nicht so schlimm. Ich habe ihn gar nicht gekannt.« Unwillig schüttelte sie den Kopf und nahm einen großen Schluck von ihrem Bier, um zu verbergen, dass sie vor Verlegenheit errötete. Wie albern klang das denn? Warum saß sie in Pubs herum und suchte nach Spuren von jemandem, den sie gar nicht gekannt hatte?

Dem jungen Mann schien das nicht aufzufallen, oder aber es war ihm schlichtweg egal. »Stammte er denn aus Galway?«, fragte er stattdessen. »Vielleicht kannte ich ihn ja. Bin hier aufgewachsen.«

Lucy schüttelte den Kopf. »Nein. Er kommt auch aus Manchester. Aber seine Mutter war Irin, und er hat die letzten vierzig Jahre in Irland gelebt. Zuletzt in der Nähe von Tipperary.«

»Tipperary? Und was führt Sie dann ausgerechnet hierher, an diesen windigen Zipfel am Arsch von Europa?« Er lachte.

»Nun, er war Musiker und …« Sie kramte in ihrer Tasche herum und fand schließlich das Foto, das Roísín ihr gegeben hatte. »Sein Name war George Miller, das da war damals seine Freundin.« Sie legte das Foto auf den Tresen. Der junge Mann warf einen flüchtigen Blick darauf und pfiff leise durch die Zähne. »Klasse Braut hatte er da, ihr Onkel.«

Lucy nickte. »Sie heißt Roísín und ist heute noch genauso schön. In den siebziger Jahren war mein Onkel hier in Galway, und ich dachte … ich vermute …« Sie holte tief Luft und sprach es dann aus: »Ja, ich glaube, er hat hier John Lennon getroffen.«

»John Lennon? *Den* John Lennon? Hier im O'Donnell's?« Der junge Mann schüttelte ungläubig den Kopf. »Also, ich will Sie ja nicht runterziehen, aber wie kommen Sie denn auf so was?«

Lucy nahm die Single aus ihrer Tasche und zeigte sie ihm. »Weil es hier steht. Ich denke, das ist John Lennons Unterschrift. Und darunter steht der Name des Pubs.«

Der Barkeeper musterte die alte Single mit dem typischen Blick eines jungen Menschen, für den Schallplatten seltsame Relikte aus einer anderen Zeit darstellen, archäologischen Funden gleich. »Wollen Sie das Ding verscherbeln?«

»Nein!«

Er zuckte mit den Schultern und verlor sichtlich das Interesse an ihrer Geschichte. »Ich kann Ihnen nicht weiterhelfen. Und ich bezweifle, dass Paddy es gekonnt hätte. John Lennon…« Er kratzte sich am Ohr, dann sagte er: »Das ist schon recht lange her, finden Sie nicht? Der war ja schon tot, bevor ich auf die Welt kam.«

Lucy seufzte. »Ja, schon, aber…«

»Was sollte denn der hier im O'Donnell's gewollt haben? Lebte er nicht in Amerika? Mit dieser, wie hieß sie noch…«

»Yoko Ono.«

»Ja, genau. Und jetzt ist er schon seit Ewigkeiten unter der Erde, also, was soll's?« Er musterte sie ein wenig mitleidig, und Lucy schob die Single hastig wieder zurück in ihre Tasche. Als sie auch das Foto vom Tresen nahm, mischte sich der Mann neben ihr ein. »Entschuldigen Sie, ich konnte nicht umhin, Ihre soeben geführte Unterhaltung mitanzuhören«, begann er höflich und etwas umständlich, räusperte sich und deutete dann auf das Foto. »Darf ich mir das Bild auch einmal ansehen?«

Sie musterte ihn verblüfft. Der Mann war recht kräftig, dunkelhaarig, und seine ein wenig zu langen, vollen Haare waren braun, ohne eine graue Strähne. Er trug einen gepflegten Vollbart, der ihm – zusammen mit den dunklen Augen und dem Wohlstandsbäuchlein, über dem sich ein teures Anzughemd spannte – etwas von einem gutmütigen Bären verlieh. Balu, dachte Lucy, und reichte ihm das Foto. Sie schätzte den Mann auf Mitte fünfzig, und so war er wohl noch zu jung, um George Miller gekannt zu haben. Der Mann musterte das Bild eine ganze Weile schweigend, trank dabei von seinem Bier, ließ den Blick nachdenklich durch das Pub schweifen und kletterte schließlich etwas schwerfällig von seinem Barhocker herab, das Foto noch immer in der Hand. »Kommen Sie mit. Wir sehen mal nach.«

Sie folgte ihm verwundert durch eine Tür neben der Theke in ein Nebenzimmer. Er schaltete das Licht ein, und mehrere Scheinwerfer beleuchteten eine kleine Bühne, auf der ein Klavier stand. Daneben an der Wand hing eine E-Gitarre. Im Gegensatz zum vorderen Raum war hier nichts gediegen. Die Wände und die gewölbte Decke waren aus nackten, roten Backsteinen und die staubigen Holzdielen abgetreten. Es roch nach kaltem Rauch, abgestandenem Bier und langen Nächten. Der Mann ging zu einer der Ziegelwände, an der eine Galerie gerahmter Fotos hing, und deutete auf ein Bild: »Schauen Sie, das da ist Paddy O'Donnell«, sagte er.

Lucy musterte das Foto. Ein vierschrötiger Mann mit Glatze, hellen Augen und einem verschmitzten Blick stand mit verschränkten Armen hinter der Theke des Pubs, die, obwohl das Foto offensichtlich schon älter war, heute noch genauso aussah wie auf dem Bild. Lucys Blick wanderte weiter. Patrick O'Donnell war auf vielen der Fotos zu sehen, meist zusammen mit Gästen oder Musikern.

»Colin ist der Sohn des neuen Besitzers, ein netter Junge, aber auch wenn er gern so daherredet, als sei er hier drin geboren worden, hat er nicht viel Ahnung vom

O'Donnell's«, sagte Lucys Begleiter mit einem Blick in Richtung Barraum. »Das Pub war in den Siebzigern ein beliebter und bis über Dublin und Cork hinaus bekannter Treffpunkt für Musiker. Viele, die damals hier aufgetreten sind, wurden später berühmt. Aber das ist lange her. Geschichten aus der Steinzeit, wie Colin es formulieren würde.« Er deutete auf ein paar Fotos und nannte Namen, die Lucy jedoch nichts sagten.

»Wer weiß, vielleicht hat auch John Lennon mal vorbeigeschaut?« Er zwinkerte ihr freundlich zu. »Unmöglich ist es jedenfalls nicht.«

Lucy lächelte, froh darüber, dass er sie nicht so mitleidig ansah wie der junge Mann hinter der Bar. »Aber man weiß es nicht?«

»Nein. Ich habe jedenfalls nie davon gehört. Tut mir leid. Obwohl ich damals durchaus öfter hier war. Ich habe zwei ältere Brüder, die in der Zeit jeden Freitag und Samstag hierherkamen, wenn die Bands gespielt haben. Manchmal habe ich mich auch mit reingeschmuggelt.« Er verstummte einen Moment, und sein Blick wurde abwesend. »Das war das Höchste für mich. Konnte mich nicht satt sehen und satt hören an all den lässigen Kerlen und ihrer Musik. Und erst die Frauen, die sie dabeihatten, die haben mich fast umgehauen. Ich war noch mit dreizehn, vierzehn Jahren ein so kleiner Knirps, dass ich mich hinter einer Milchkanne verstecken konnte, das sagte meine Großmutter jedenfalls immer. Habe erst später angefangen zu wachsen. Dazu dürr wie ein Reisig, das einzig Runde war mein Kopf und dazu Ohren, die abstanden wie Henkel von einem Topf. Auf mich hat niemand geachtet. Ich konnte mich überall durchschlängeln, praktisch unsichtbar machen.« Er lachte und klopfte sich auf seinen Bauch. »Heute kaum mehr zu glauben, was?«

Lucy konnte nicht anders, sie musste ihm lächelnd recht geben. Der Mann fasste dies als Ermutigung auf weiterzuerzählen. Sie erfuhr, dass er Michael Byrne hieß und Anwalt war. Nach über zwanzig Jahren »Frondienst« in Dublin sei er erst vor ein paar Jahren wieder in seine Heimatstadt zurückgekehrt, um mit einem alten Freund aus Schulzeiten die Kanzlei von dessen Vater weiterzuführen, der sich endlich, mit fast achtzig Jahren, zur Ruhe gesetzt habe. Arthur Cox senior sei ein Original wie Paddy O'Donnell, fügte er fast ein wenig neidisch an, und immer ein Vorbild für ihn gewesen. Vielleicht sogar der Grund, warum er Anwalt geworden war. Zu Arthur Cox' aktiver Zeit war es nicht selten vorgekommen, dass Häuser während eines Pubbesuchs verkauft und Verträge auf Bierdeckel geschrieben worden seien. Doch alles war immer ohne Fehl und Tadel gewesen, und bis heute sagte niemand ein schlechtes Wort über Arthur Cox, sogar seine Gegner respektierten ihn. Obwohl der alte Arthur so steif und korrekt gekleidet daherkäme, als entstamme er einem Roman von Charles Dickens, sei er der menschenfreundlichste und unkomplizierteste Anwalt, den Michael Byrne kannte. Und das, wo sich doch die Worte *unkompliziert* und *Anwalt* eigentlich von vorneherein gegenseitig ausschlössen. Er lachte wieder, und sein ganzer kräftiger Körper wippte dabei fröhlich mit.

Lucy musste ebenfalls lachen. »Das ist so ähnlich wie *Mathematiklehrerin* und *aufregend*«, sagte sie.

Michael Byrne schüttelte den Kopf. »Sagen Sie das bloß nicht. Ich hatte mal eine Mathematiklehrerin, die durchaus aufregend war, das kann ich Ihnen sagen. Ein heißer Feger, wie man es damals nannte.«

»Ein heißer Feger?«, wiederholte Lucy amüsiert.

»Ja. So wie die Freundin Ihres Onkels auf dem Foto. Die war offenbar auch ein heißer Feger.« Er lächelte versonnen. »Meine Mathematiklehrerin trug immer so dünne weiße Blusen. Allein der Anblick ihrer … Sie wissen schon … hat bei mir in der fünften Klasse für Schweißausbrüche und schlaflose Nächte gesorgt, und ihr Lächeln hat mir das Herz gebrochen. Zum Dank dafür hat sie mich dann in der sechsten durchfallen lassen.«

»Tatsächlich? Wie gemein«, sagte Lucy lachend.

»Ich war selbst schuld. Anstatt die Aufgaben zu lösen, habe ich ein Bild von ihr auf das Prüfungspapier gezeichnet. Im Negligé, oder was ich damals so dafür hielt. Im nächsten Jahr bekam ich dann den alten, missgelaunten O'Leary als Mathematiklehrer, und aus war's mit den süßen Träumen.« Er ließ seinen Blick wieder über die Fotogalerie an der Wand schweifen. »Schauen Sie mal, wie cool die alle aussehen. Ich glaube, die hatten damals echt Spaß.« Er deutete auf ein paar der Bilder, wo Musiker in der schrillen Mode der Siebziger und mit abenteuerlichen Haarschnitten auf der verrauchten, in schummriges Licht getauchten Bühne standen und, eine Zigarette im Mundwinkel, Gitarre spielten oder sich mit geschlossenen Augen ans Mikrofon klammerten und sich die Seele aus dem Leib sangen. Seine Miene wurde wehmütig. »Manchmal denke ich mir, ich hätte lieber Musiker anstatt Anwalt werden sollen. Dann hätte ich ein aufregenderes Leben…«

»Haben Sie denn Talent für Musik?«, fragte Lucy neugierig.

»Nein. Nicht die Bohne. Ich habe während des Studiums ein bisschen Gitarre gelernt, das war fast Pflicht damals, aber ich bin nie weit gekommen. Andererseits habe ich aber auch kein Talent zum Anwalt, kann weder logisch denken noch geschliffen reden, und die Menschen mit all ihren Problemen und Streitereien und traurigen Geschichten ziehen mich so runter, dass ich ständig zu viel esse und zu viel trinke. Also, was sagt uns das? Wenn schon talentfrei, dann lieber in einem Beruf, der Spaß macht.« Er ging langsam weiter, den Blick auf die Bilder geheftet und seine Stirn in Falten gelegt. »Es muss hier irgendwo sein…«

»Wonach suchen Sie eigentlich? Glauben Sie, dass wir meinen Onkel auf einem der Fotos finden?«, fragte Lucy, doch Michael Byrne gab keine Antwort. Stattdessen stieß er einen triumphierenden Laut aus und deutete mit seinem kräftigen Zeigefinger auf eines der Bilder ganz in der Ecke. »Wusste ich doch, dass ich die beiden schon einmal gesehen habe.«

Lucy folgte seinem Fingerzeig. Tatsächlich war der schlanke Mann mit der markanten Brille auf dem Bild unverkennbar George Miller. Er trug ein weinrotes Cordjackett und saß am Klavier, das sich genau an der gleichen Stelle der Bühne befand wie heute. Neben ihm standen Paddy O'Donnell, Roísín in geblümten Schlaghosen und einer gelben Bluse mit riesigem Kragen, und ein weiterer junger Mann, rothaarig und bärtig, in violett schillernden Samthosen. Er hielt eine irische Rahmentrommel in der Hand.

»Das sind sie, nicht wahr?«, fragte Michael.

Lucy nickte und holte zum Vergleich noch einmal das Foto aus ihrer Tasche. Es gab keinen Zweifel. Es waren George und Roísín. Es berührte sie seltsam, ein Foto der beiden hier in diesem Pub in Galway an der Wand hängen zu sehen. Was ihr bisher nur wie eine Geschichte aus alten Zeiten vorgekommen war, wurde plötzlich Realität. »Haben Sie sie live gesehen?«

»Damals, als dürrer kleiner Knirps, meinen Sie?« Michael schüttelte lächelnd den Kopf. »Tut mir leid, aber daran kann ich mich nicht erinnern. Die haben für mich alle gleich ausgesehen. Gleich wunderbar.« Sein Blick wurde wieder träumerisch. »Wie Außerirdische waren diese jungen Musiker damals für mich gewesen. Botschafter aus einer anderen, aufregenden Welt. Ich habe mir meine Haare wachsen lassen und mein ganzes Taschengeld für modische Kleidung und Schallplatten gespart. Meine Mutter meinte, ich sähe aus wie ein Gammler, und hat darauf bestanden, dass ich eine Mütze aufsetzte, wenn wir sonntags in die Kirche gingen … das war fantastisch!« Er sah sich in dem Raum um und murmelte überrascht: »Ich hatte das ganz vergessen. Wie glücklich ich war...«

Michael Byrne legte seine Krawatte ab und stopfte sie in die Sakkotasche, doch ein Zipfel davon lugte noch heraus. Versunken wippte er auf seinen Fußballen und summte vor sich hin. »Thin Lizzy«, rief er dann plötzlich. »Whiskey in the Jar! O mein Gott, wie lange habe ich das nicht mehr gehört.« Er stieg überraschend leichtfüßig auf die Bühne, nahm die Gitarre von der Wand und spielte ein paar Töne. Das Instrument war verstimmt und hatte keinen Verstärker, trotzdem konnte man, leise und etwas holprig, das typische Anfangsriff von *Whiskey in the Jar* heraushören, sodass sogar Lucy, die herzlich wenig Ahnung von Musik hatte und Thin Lizzy im Grunde nur dem Namen nach kannte, das Lied wiedererkannte. Sie lächelte und betrachtete gerührt den Anwalt, der sie ganz vergessen zu haben schien. Er saß am Rand der Bühne, die Gitarre in den Händen, den Kopf gesenkt, und lauschte mit geschlossenen Augen einer Musik, die nur er hören konnte. Es hätte lächerlich aussehen können, wie der nicht mehr ganz junge, etwas aus der Form geratene Mann im schicken Anzug auf der alten Bretterbühne hockte und auf einer E-Gitarre ohne Strom herumschrammelte, doch das tat es nicht. Während Lucy ihm dabei zusah, wie er tastend und lauschend versuchte, sich einen längst vergessenen Traum zurückzuholen, sah sie plötzlich auch den Jungen von vierzehn Jahren in ihm, klein und dünn, der mit großen Augen vor der Bühne stand und einer Musik zuhörte, die für ihn eine neue Welt bedeutete. Sie wollte gerade leise den Rückzug antreten, da schreckte er hoch und sprang auf. »Entschuldigen Sie bitte, Lucy, ich bin unhöflich!«

»Aber nein.« Lucy winkte ab. »Spielen Sie ruhig weiter. Es ist doch wunderbar, wenn man sich an eine Zeit erinnert, in der man glücklich war. Ich muss ohnehin nach Hause …«

Doch Michael Byrne schüttelte den Kopf und hängte die Gitarre zurück an die Wand. »Ich kann Sie doch jetzt nicht einfach so gehen lassen. Auf gar keinen Fall.« Er nahm das Bild von der Wand und fragte dann, plötzlich schüchtern: »Wären Sie so freundlich und würden mit mir auf die wiedergefundene Hymne meiner Jugend einen kleinen Whiskey trinken?«

Lucy lächelte und fühlte sich plötzlich ganz leicht, ja, fast übermütig. »Gern«, sagte sie lächelnd und legte ihre Hand auf den ihr von Michael Byrne gentlemanlike dargebotenen Arm. Zurück im Gastraum, zeigte der Anwalt Colin triumphierend das Foto, das sie entdeckt hatten. »Das ist der Onkel von Lucy«, sagte er. »Er war Musiker. Hat hier gespielt. Wo sich die Besten aus dem ganzen Land getroffen haben. Du Grünschnabel hast ja keine Ahnung, was damals in den Siebzigern hier los war …«

»Schon klar«, sagte Colin gutmütig. »Damals war ja eh alles besser.«

Michael Byrne nickte wehmütig. »Da könntest du recht haben.«

Was dann folgte, konnte Lucy S. Harper sich selbst nicht erklären. Es war nicht der Whiskey auf fast nüchternen Magen, oder vielleicht sollte man ehrlicherweise sagen, nicht der Whiskey allein. Die Musik, die Michael Byrne bei Colin orderte und die er, da der junge Mann von den Wünschen überfordert zu sein schien, kurzerhand auf dessen Laptop eigenhändig heraussuchte, hatte mindestens einen ebenso großen Anteil daran. Eine Rolle spielte auch das Bild von George Miller und Roísín, das Michael Byrne, an eine Flasche Jameson gelehnt, auf den Tresen stellte. Und nicht zuletzt die anderen Gäste, die den bärenhaften Anwalt alle kannten und offensichtlich mochten und die jetzt neugierig näher kamen, wissen wollten, wer diese Engländerin sei, und die bei der Geschichte, die Michael Byrne ihnen erzählte, selbst ins Schwärmen von alten Zeiten gerieten. Nach und nach gaben sie zahlreiche eigene Geschichten zum Besten. Lucy erfuhr dabei unter anderem, dass der dritte Mann auf dem Bild wohl Fintan O'Shea, Paddy O'Donnells bester Freund, gewesen sein musste, der Bodhrán spielen konnte wie der Teufel und in seiner Jugend ein arger Weiberheld war. Bis vor ein paar Jahren sei er noch täglicher Stammgast des *O'Donnell's* gewesen, doch dann sei er zu seiner Tochter Katie gezogen, die ein Bed & Breakfast in Oughterard führte, und seitdem hatte man nichts mehr von ihm gehört. Man war sich nicht einmal sicher, ob er noch lebte. Mit jeder Anekdote, die erzählt wurde, mit jeder Runde, die einer der Gäste ausgab, und mit jedem neuen Song »aus der Steinzeit« begann sich die etwas behäbige

Gediegenheit des Pubs ein wenig mehr aufzulösen. Lucy befand sich plötzlich inmitten wildfremder Menschen, die alle rund zehn, zwanzig Jahre älter waren als sie und mit ihren Krawatten, Sakkos, Handtaschen und Kostümjäckchen nach und nach ihre Seriosität ablegten, um wieder zu Teenagern zu werden, die jeden Song, den Michael Byrne ausgesucht hatte, enthusiastisch und überraschend textsicher mitsangen. Lucy tanzte mit einem distinguiert wirkenden, grauhaarigen Herrn im blütenweißen Hemd namens Tony, der ihr, während J. J. Cale *Cocaine* sang, erzählte, dass er Inhaber des Bestattungsunternehmens Hopster & Son war, und stieß mit einer schlanken, dunkelhaarigen Mittfünfzigerin namens Nóra an, die als Dozentin für Literatur an der Universität Galway arbeitete. Sie lernte deren quirlige rothaarige Freundin Saoirse kennen, die eine Schule für Irish Dance leitete, sowie Jim MacKenna, Inhaber des angeblich größten Installationsbetriebes von Galway, der ihr augenzwinkernd »für alle Fälle« seine Visitenkarte zusteckte und mit einer Reibeisenstimme, die Joe Cocker alle Ehre machte, dessen legendären Woodstock-Song *With a little help from my friends* samt originalgetreuem Urschrei zum Besten gab. Aufgrund der drängenden Bitten der übrigen Gäste erklärte sich schließlich auch Saoirse bereit, ein Lied zu singen, und sie tat es in einer Art und Weise, wie Lucy es noch nie gehört hatte. Colin schaltete zunächst die Musik aus, und eine erwartungsvolle Stille trat ein. Saoirse stand einfach nur da, mit geschlossenen Augen, als warte sie auf etwas, und begann dann unvermittelt und ohne große

Gesten auf Gälisch zu singen, mit glasklarer, sehnsüchtiger Stimme, ein Lied ohne erkennbaren Reim oder einheitlichen Rhythmus, das nur in einem Auf und Ab lang gezogener Silben zu bestehen schien und eine geradezu hypnotische Wirkung entfaltete. Lucy bekam eine Gänsehaut, und als das Lied zu Ende war, standen ihr Tränen in den Augen. Michael Byrne, der während des ganzen Abends im Gegensatz zu den meisten anderen Gästen still an der Theke gestanden und sich an seinem Glas festgehalten hatte, reichte ihr ein Taschentuch, und Lucy sah, dass auch er leicht gerötete Augen hatte, wobei sie sich nicht ganz sicher war, ob seine Tränen allein von Saoirses Gesang herrührten. Er erklärte ihr, dass man diese Art von Gesang Seán-nos nannte, eine traditionelle Gesangsform des alten, gälischen Irland, die vor allem in der Gegend um Galway und Connemara, der Region Connacht, noch sehr gepflegt wurde. Schließlich läutete Colin mit dem energischen Gesichtsausdruck eines Bahnhofvorstehers die *Last-order*-Glocke, und als die Gäste ihre letzten Bestellungen aufgaben, dachte Lucy, dass es Zeit war zu gehen. Eine Kirchturmuhr schlug halb zwölf, als sie, erhitzt, erregt und erschöpft zugleich, auf die Straße trat. Es hatte leicht zu nieseln begonnen, und die kühle, feuchte Luft tat ihr gut. Während es in der Straße, in der sich das *O'Donnell's* befand, so still war, dass sie ihre Schritte auf dem Pflaster und an den Hauswänden widerhallen hörte, war das Kneipenviertel des Städtchens noch recht belebt. Zwar begannen auch hier die Pubs zu schließen, doch in den Straßen tummelten sich noch zahlreiche Nachtschwärmer, denen es schwerfiel, ein Ende zu finden. Während Lucy langsam an den jungen Leuten vorbeiging, das Zentrum hinter sich ließ und den Fluss entlang in Richtung Meer schlenderte, hatte sie das Gefühl, aus einem wilden, rauschhaften Traum zu erwachen. Das Licht der Straßenlampen spiegelte sich im unruhigen Wasser. Fast widerwillig trat sie Schritt für Schritt aus der Wolke aus Musik, Erinnerungen, Träumen und Hoffnungen heraus, in die sie an diesem Abend so unverhofft geraten war. Zwar waren die Erinnerungen, die heraufbeschworen worden waren, nicht die ihren gewesen, doch sie hatten Lucy auf eine Weise mitgerissen, die sie für ein paar Stunden hatte glauben lassen, dass dem so wäre. Saoirses fast magisch anmutendes Lied am Ende des Abends hatte ihr das Gefühl gegeben, Teil von etwas Altem und Neuem zugleich zu sein. Und mit einem Mal hatte sie verstanden, was George Miller auf seiner Reise nach Irland zu finden gehofft und womöglich tatsächlich gefunden hatte: Eine Heimat, die nichts damit zu tun hatte, woher man stammte, wie man hieß und welche Sprache man sprach – eine Heimat der Seele. Sie nahm das gerahmte Foto von George Miller aus ihrer Handtasche und betrachtete es im kühlen, fernen Licht der Straßenlampe. Colin, der junge Barkeeper, hatte es ihr, vermutlich auf Michael Byrnes Bitte hin, geschenkt.

»Nehmen Sie's mit«, hatte der junge Mann mit einer großzügigen Geste gesagt, »Sie können mehr damit anfangen als wir. Bald gibt's hier eh keinen mehr, der sich an all die Leute von damals erinnert.« Er hatte mit den

Schultern gezuckt und so getan, als ob ihm das herzlich egal sei, doch man hatte den Eindruck, dass es auch ihn ein wenig traurig machte.

»Wenn du heute Abend hier schon nicht John Lennon gefunden hast, dann wenigstens deinen Onkel«, hatte der Anwalt ergänzt, und Lucy waren fast die Tränen gekommen, was völlig untypisch für sie war und was sie auf den Whiskey schob. Michael hatte sich heftig geräuspert, um den Moment der Rührung zu überspielen, der offensichtlich auch ihn erfasst hatte, und Lucy zum Abschied fest umarmt. Während sie seine kräftigen Arme spürte, in deren Umarmung sie sich wie ein kleines Mädchen vorkam, und sein teures Rasierwasser roch, das nicht zu ihm passte, wurde ihr klar, dass in diesem großen Bären tatsächlich noch immer der Junge mit den abstehenden Ohren steckte, dünn und zerbrechlich wie ein Reisig, der mit großen Augen von einer aufregenderen Welt träumte.

Behutsam wischte sie mit dem Ärmel ihrer Jacke ein paar Regentropfen vom Glas des Bildes und flüsterte leise: »Danke, George Miller, wer immer du warst.«

Während sie weiterging, frischte der Wind auf, und als sie die Küstenstraße erreichte, rissen sie die Böen, die vom offenen Meer her über die ungeschützte Küste wehten, fast von den Füßen. Sie zog die Schultern hoch und kämpfte sich gegen den Wind weiter in die Richtung, wo sie ihren Bus abgestellt hatte. Sie konnte ihn bereits auf dem Parkplatz sehen, jedoch noch ein gutes Stück entfernt. Klein und verloren wie ein Spielzeug stand er als einziges verbliebenes Auto unter einer Straßenlampe. Lucy ging weiter, und während sie dem Wind und den Wellen lauschte, die ungestüm an den Strand brandeten, überkam sie erneut jenes überwältigende Gefühl von Weite und Schutzlosigkeit, das sie schon bei ihrer Ankunft hier verspürt hatte. Trotzig hob sie das Kinn. Sie würde hierbleiben. Sie würde hier übernachten, genau so, wie sie sich es vorgenommen hatte.

14

Ryan O'Toole war ernsthaft beunruhigt. Mit seinem alten Freund Liam Cullen stimmte etwas nicht. Er saß schon wieder zur Unzeit im Pub, den zweiten Tag in Folge, und dieses Mal nicht einmal an der Bar, sondern im Nebenraum, wo für die Frühstücksgäste gedeckt gewesen war. Und er trank Kaffee. Das war noch nie vorgekommen. Überhaupt saß in diesem Nebenraum nie jemand, von den seltenen Übernachtungsgästen, die sie hatten, und gelegentlichen Familienfeiern einmal abgesehen. Sie vermieteten drei Zimmer mit insgesamt acht Betten, doch viele Belegungen konnten sie nicht verzeichnen. Hin und wieder machten Wanderer bei ihm halt, die auf einer Tour durch die Slieve Mountains waren, blieben eine Nacht und brachen am nächsten Morgen wieder auf, oder aber es kamen Radfahrer, meistens junge Pärchen aus Deutschland, die sich aus irgendeinem Grund vorgenommen hatten, die gesamte Insel auf ihren Mountainbikes zu durchqueren, und spätabends, vollkommen durchnässt und am Rande des Nervenzusammenbruchs, bei ihm aufschlugen. Auf so eine verrückte Idee, Irland mit dem Rad zu erkunden, konnten auch nur Deutsche kommen, dachte sich Ryan dann jedes Mal, wenn sie erschöpft und nass wie halb ertränkte Katzen zur Tür hereingestolpert kamen und um heißen Tee, ein Bett und Blasenpflaster baten. In der vergangenen Nacht jedoch war er voll belegt gewesen. Eine bunte Truppe aus der Nähe von Tipperary hatte auf Liams Rat hin alle drei Zimmer gemietet, und Ryan hatte sie sogar noch ein wenig verrückter gefunden als die deutschen Radfahrer. Er war nicht ganz schlau daraus geworden, was sie hier überhaupt wollten, wer sie waren und wie sie überhaupt zusammenpassten. Ein blasses Mädchen mit feuerrotem Haarschopf und ein junger Mann um die zwanzig, dazu zwei ältere Männer, wovon einer ein Glasauge hatte und aussah wie ein Bauer und der andere, im weißen Anzug und Hut, wie ein ziemlich durchgeknallter Typ aus der Stadt. Außerdem zwei Frauen, eine rundlich und ebenfalls rothaarig und eine Schwarzhaarige, die aussah wie ein Model, wenngleich auch nicht mehr ganz jung. Dann noch eine steinalte, weißhaarige Dame, die wohl nicht mehr ganz richtig im Kopf war und aus irgendeinem Grund einen Wäscheständer mit sich herumschleppte, und ein zahnloser, sensationell trinkfester Typ mit einer Fiedel, die er offenbar nur zum Schlafen aus der Hand legte, wenn überhaupt. Er und der junge Kerl, der ein Spinnennetz-Tattoo an der Kehle hatte und so zutraulich wie eine Klapperschlange wirkte, hatten gestern im Pub mit Fiedel und Gitarre ordentlich einen aufgespielt. Er war nicht dazugekommen nachzufragen, was genau sie hier wollten, denn die Bude war brechend voll gewesen, und er hatte alle Hände voll zu tun gehabt. Tilda, seine Frau, hatte ihm heute Morgen erzählt, dass die vier

Männer offenbar im Vierbettzimmer geschlafen hatten und die vier Frauen in den anderen beiden Zimmern. Es waren also keine Pärchen. Außerdem hätten sie kein Gepäck dabeigehabt, und die Frauen hatten um ein paar Waschutensilien gebeten, was das Ganze noch seltsamer machte. Irgendwie hing ihr Besuch bei Liam wohl mit der Engländerin zusammen, die vor Kurzem hier gewesen war, doch wie genau, das hatte er noch nicht herausfinden können. Ryan vermutete, dass diese Fremde seinem Freund gehörig den Kopf verdreht hatte. Anders konnte er sich nicht erklären, wieso Liam an einem Werktag noch immer im Nebenzimmer saß und Kaffee trank, obwohl die bunte Reisetruppe längst wieder abgereist war. Er stellte die restlichen, gespülten Gläser ins Regal, trocknete sich die Hände ab und ging dann hinüber, um mit seinem Freund ein ernstes Wörtchen zu sprechen.

Liam Cullen fühlte sich nicht wohl. Ihn hatte eine merkwürdige Unruhe erfasst, und er wusste nicht, was sie bedeutete. Seit einer halben Stunde schon saß er hier vor einer Tasse kalten Kaffees und starrte zum Fenster hinaus, als könne er, wenn er nur lange genug starrte, weiter sehen als lediglich bis zur nächsten Kurve, hinter der das Auto von Maureen Mulligan verschwunden war. Bis nach Galway womöglich. Dahin waren sie jetzt unterwegs, diese Leute aus Knocknabarra, Tipperary. Mit *Maureen's Cab & Haircutter*. Weil die Frau angeblich dorthin gefahren war. Lucy, nein, Skye. Sie hatten sie alle nur Skye genannt. Er verstand nicht genau, was diese Menschen eigentlich antrieb. Sie hatten Skye erst bei der Beerdigung ihres gemeinsamen Freundes kennengelernt, wie Séamus Owen, der auch ein Schaffarmer war und mit dem er sich deswegen ganz gut hatte unterhalten können, ihm erzählt hatte. Er meinte, dass sich vor allem Maureen Sorgen machte, weil sie Skye mit der Geschichte ihres angeblichen Vaters konfrontiert hatten und ihnen erst danach aufgegangen war, dass die Engländerin nicht die geringste Ahnung gehabt, ja, in ihrem ganzen Leben noch nie etwas von diesem George Miller gehört hatte.

Dass ihnen das Sorgen bereitete und sie sich womöglich Vorwürfe machten, konnte Liam durchaus verstehen, aber deswegen Hals über Kopf aufbrechen und durchs halbe Land fahren? Zu acht? Er hatte den Kopf geschüttelt, doch Séamus hatte nur gelächelt und gesagt: »Wir sind George Miller alle was schuldig. Deswegen kümmern wir uns um Skye. Wir hätten es gleich besser machen müssen.«

»Was seid ihr ihm denn schuldig?«, hatte Liam wissen wollen, der sich nicht vorstellen konnte, was diese so unterschiedlichen Personen gemeinsam hatten.

Bei dieser Frage hatte Séamus lange überlegt, was Liam schon mal sympathisch gewesen war, da er selbst bei den wichtigen Fragen des Lebens auch immer sehr lange brauchte, um eine Antwort zu finden. Schließlich hatte Séamus gesagt: »Ich schätze, man nennt es Heimat. Er hat uns allen eine Heimat gegeben.«

Das wiederum hatte Liam nicht verstanden. Wie sollte einer, der selbst auf der Suche nach irgendetwas oder aber auf der Flucht vor irgendetwas gewesen war – anders konnte Liam sich nicht erklären, warum George Miller seine eigene Heimat verlassen und nie mehr zurückgekehrt war –, diesen acht Menschen, die immerhin hier in Irland zu Hause waren, eine Heimat gegeben haben? Doch er hatte nicht widersprochen und auch nicht weiter nachgehakt, sondern nur schweigend genickt. Hatte an seine eigene Zeit in New York denken müssen und daran, dass es ihm bis heute ein Rätsel war, was genau ihn damals angetrieben und fast in den Abgrund gerissen hatte. Die Leidenschaften und Sehnsüchte der Menschen waren ein dunkles Rätsel, und man musste sie nicht alle ergründen, um zu wissen, dass ein einziger Mensch genauso gut die Rettung für einen anderen wie auch dessen Untergang bedeuten konnte. George Miller war für viele offensichtlich Ersteres gewesen, und wenn Liam sich beispielsweise diesen mageren, explosiven Typen mit dem Tattoo und der Gitarre ansah, konnte er sich vorstellen, dass der einer Rettung dringend bedurft hatte. Bei den anderen war es nicht so offensichtlich, doch alle schienen sie auf ihre Weise eng mit George Miller verbunden, das konnte er deutlich spüren. Womöglich war diese seltsam überstürzte Reise, die sie jetzt unternahmen, um seine Tochter zu finden, ihre Art, um ihn zu trauern, ihre Art, ihn loszulassen. Liam rührte in seinem kalten Kaffee, nahm einen Schluck und verzog das Gesicht.

Was wusste er schon?

Ryan O'Toole setzte sich zu seinem Freund, der ihn mit einem abwesenden Blick bedachte, und betrachtete ihn eine Weile nachdenklich. Liam Cullen war immer schon ein seltsamer Kauz gewesen. In der Schule hatten viele Mädchen ihm schöne Augen gemacht, allerdings meist vergeblich. Frauen schienen Liam Cullen nicht sonderlich zu interessieren. Er streifte bereits damals lieber allein durchs Moor und suchte die verirrten Schafe seines Vaters. Für Ryan war Liams Schlag bei den Frauen ohnehin ein Rätsel, denn mit seinen immer leicht zerzausten, schwarzen Haaren und dem ernsten, kantigen Gesicht hatte er schon als junger Mann etwas Melancholisches ausgestrahlt. Ryan war immer der Meinung gewesen, blonde, sportliche, fröhliche Männer kämen bei den Frauen viel besser an. Als er darüber einmal mit Tilda gesprochen hatte, hatte die nur den Kopf geschüttelt und erklärt, genau das Gegenteil wäre der Fall. Als Beweis führte sie einen düsteren Typen namens Heathcliff an, über den sie in einem Buch gelesen hatte und der offenbar der Traum aller Frauen war. Ryan kannte sich mit Büchern nicht aus und offenbar auch nicht mit den Vorlieben der Frauen, wie er sich nach diesem Gespräch ernüchtert eingestehen musste. Umso glücklicher konnte er sich schätzen, dass sich seine Tilda für ihn entschieden hatte.

»Was ist das jetzt für eine Geschichte mit dieser Engländerin?«, fragte er Liam. »Wie hieß sie noch? Lucy Harper?«

»Skye«, widersprach Liam. »Sie heißt Skye.«

»Aha.« Ryan runzelte die Stirn. Er hätte schwören können, dass er den Namen im Zusammenhang mit dieser Frau noch nie gehört hatte. »Und? Was ist mit ihr? Und diese Leute? Was haben die mit ihr zu tun?«

»Es sind Freunde ihres verstorbenen Vaters. Sie suchen sie.«

»Warum?«

»Weil sie müssen.«

Ryan seufzte. Das war ein typischer Liam-Cullen-Satz. Er stand auf und wollte schon wieder gehen, da drehte sich Liam zu ihm um. »Du hast mir gestern einen Rat gegeben.«

»Was meinst du?« Ryan setzte sich wieder.

»Du hast gesagt, wenn man etwas findet und sich fragt, was man damit tun soll, dann kommt es darauf an, wie wertvoll es ist.«

»Ja… und?«

Liam zögerte, fuhr sich mit beiden Händen durch die Haare, was sie noch mehr zerzauste, und warf dann einen Blick auf Bran, der wie erschossen auf dem Fußboden lag und schnarchte, so als hoffe er, von seinem Hund Hilfestellung zu erhalten. »Diese Frau, Skye…«, begann er nach einer Weile, nur um sich sofort wieder zu unterbrechen. »Es war ihr Handy, das ich gefunden habe…«

Ryan nickte, verstand aber nicht, worauf Liam hinauswollte. »Und weiter?«

»Ich hab das Handy diesen Leuten mitgegeben. Damit sie es wiederbekommt.«

»Gut.« Ryan blinzelte.

»Jetzt hab ich nichts mehr.«

Eine Zeit lang herrschte Schweigen, nur unterbrochen von Brans Atemgeräuschen und seinem Schwanz, der hin und wieder traumverloren auf den Boden klopfte.

»Was willst du mir eigentlich sagen, Liam?«, fragte Ryan schließlich. »Es geht doch gar nicht um das Handy, oder?«

»Meine Großmutter hat mir als Kind immer Geschichten von Feen und dem Kleinen Volk erzählt, das in den Hügeln wohnt«, sagte Liam, ohne direkt auf Ryans Frage einzugehen, und schaute wieder aus dem Fenster. »Ich habe sie gefragt, wie man diese Leute erkennt, und sie hat gemeint, wenn es so weit ist, wirst du es wissen. Später ist mir klar geworden, dass sie damit nicht nur die Feen aus den alten Geschichten gemeint hat.«

»Du willst die Engländerin also wiedersehen?« Ryan brachte die ziemlich umständliche Umschreibung seines Freundes nüchtern auf den Punkt.

Liam sah ihn an und lachte dann ein wenig verlegen. »Das ist bescheuert, oder? Ich habe ihr schließlich nur den Auspuff repariert.«

»Na ja, immerhin hat sie schon bei dir übernachtet.«

»Aber nur auf dem Hof. In ihrem Bus«, stellte Liam klar.

»Du hast sie bei dem Sturm im Auto schlafen lassen?«, fragte Ryan ungläubig nach, und als Liam dies bestätigte und noch hinzufügte: »Ich war ja nicht auf Gäste eingerichtet«, schüttelte Ryan lachend den Kopf. »Hat dir eigentlich schon einmal jemand gesagt, was für ein Idiot du bist?«

Liam nickte. »Schon öfter.«

Ryan widerstand der Versuchung, seinen Freund kräftig durchzuschütteln, sondern fasste nur unverblümt zusammen, worüber Liam seiner Meinung nach nachgrübelte: »Du fragst dich jetzt also, ob du weiter so ein gottverdammter Idiot bleiben willst oder ob du lieber nach Galway fahren und diese Frau suchen solltest, weil du denkst, dass sie genau diejenige ist, auf die du gewartet hast.«

»Äh … nein.« Liam sah ihn erschrocken an. »Das geht nicht.«

»Warum nicht?«

»Die Schafe …«

»Blödsinn! Die Schafe brauchen doch kein Kindermädchen. Dein Nachbar kann wenn nötig nach dem Rechten sehen, machst du ja für seine Tiere auch.«

Liam Cullen nickte bedächtig, schwieg eine Weile, dann sagte er: »Es geht trotzdem nicht. Jetzt noch nicht.«

»Warum nicht?«

»Weil ich noch warten muss.«

»Worauf denn, um Himmels willen?«

»Bis es so weit ist.«

»Alles klar.« Ryan stand kopfschüttelnd auf und klopfte seinem Freund auf die Schulter. »Sei mir nicht böse, Liam, aber dir ist echt nicht zu helfen.«

Liam nickte. »Ich weiß.«

Während Liam Cullen in Achadh Cairn zu ungewohnter Zeit im Pub saß und darüber nachdachte, wann der richtige Zeitpunkt gekommen war, einer völlig fremden Frau zu folgen, in die er sich wie durch einen Blitzschlag verliebt hatte, ohne ihr jedoch wie ein winselnder Hund nachzulaufen, was ihm schon einmal passiert war und nie wieder passieren durfte, und *Maureen's Cab & Haircutter* aus Knocknabarra, vollbesetzt mit acht noch ziemlich verschlafenen, schweigsamen Insassen, einer Fiedel, einer Gitarre und einem Wäscheständer nach Galway fuhr, saß Lucy Skye Harper dort friedlich am Strand und frühstückte, George Millers Urne neben sich auf einem Stein. Sie hatte sich nach dem Aufwachen zunächst zähneklappernd mit eiskaltem Wasser gewaschen und dann in einer Bäckerei und einem kleinen Supermarkt in der Nähe ihre Vorräte aufgestockt. Zu ihrer eigenen Überraschung hatte sie die ganze Nacht tief und sorglos geschlafen und war erst am Morgen von den ersten Sonnenstrahlen, die den Weg durch das kleine Fenster gefunden hatten, geweckt worden. Der Wind hatte sich gelegt, und das Meer lag so glatt und friedlich vor ihr, als hätte jemand es gebügelt. Lucy wandte ihr Gesicht in die Sonne und sog die salzige, frische Morgenluft tief in ihre Lungen. Sie hatte einen Plan gefasst. Im Grunde hatte der Gedanke sie schon gestern Abend im Pub gestreift, doch es war noch notwendig gewesen, sich zu vergewissern. Heute Morgen, gleich nach dem Aufstehen, hatte sie die Rahmentrommel aus dem Fach unter dem Bett herausgeholt und sie behutsam untersucht. Sie glaubte, sich zu erinnern, eingravierte Initialen gesehen zu haben, und tatsächlich entdeckte sie an der Innenseite des dunkelbraunen glänzenden Rahmens die Buchstaben F-O'S. Fintan O'Shea. Danach hatte sie die Straßenkarte auf dem Bett ausgebreitet und nach einem Ort namens Oughterard gesucht, was den Angaben der Gäste zufolge, die sie gestern gefragt hatte, irgendwo am Lough Corrib liegen musste. Schnell war sie fündig geworden: Ein kleiner Ort direkt am See, rund dreißig Kilometer von Galway entfernt, vermutlich sogar weniger. Und damit hatte ihr Entschluss festgestanden: Sie würde Fintan O'Shea besuchen und hoffte, dass er überhaupt noch lebte. Doch im *O'Donnell's* gestern war man sich einig gewesen: Wäre er gestorben, hätte man es schon erfahren.

Lucy trank bedächtig ihren Tee aus. »Vielleicht kann mir dieser Mann ja doch noch etwas über dich und John Lennon erzählen«, sagte sie, an die Urne gerichtet. »Und danach fahren wir nach Hause. So oder so.« Nach diesem Besuch würde sie Pippa anrufen, ihre Eltern und Chloé, und ihnen mitteilen, dass sie nach Hause käme und dann über alles reden wolle. Sie würde noch einmal mit Mr Parker sprechen, dem Rektor des Saint-Paul's-College, um ihren Job zurückzubekommen. Vielleicht ließ er sich ja überzeugen. Wenn man erst einmal eine Entscheidung getroffen hat, dann geht es einem gleich besser, hatte ihre Großmutter immer gesagt, und sie hatte recht. Lucy fühlte sich heute Morgen tatsächlich so gut wie seit Langem nicht mehr. Nicht einmal der Whiskey und die etlichen Runden Bier gestern Abend hatten irgendwelche Nachwirkungen hinterlassen. Sie würde die Kontrolle über ihr Leben zurückerlangen. Sie würde wieder in die Spur kommen. »Es war gut hierherzukommen«, sagte sie zu der Urne. »Von zu Hause aus werde ich Maureen Mulligan anrufen und es ihr sagen, damit sie sich keine Sorgen macht. Ich habe tatsächlich ein kleines Abenteuer erlebt …« Sie lächelte versonnen, dachte an all die Erlebnisse der letzten Tage, an all die Menschen, die ihr begegnet waren, und hatte das Gefühl, dass all das zusammen ihre Welt ein Stück größer gemacht hatte. Und das war gut so.

Zufrieden stand sie auf, räumte ihre Sachen zurück in den Bus, setzte George Miller auf den Beifahrersitz und fuhr los, in Richtung Oughterard.

Eines jedoch hatte sie bei ihrem Plan übersehen. Um die richtigen Entscheidungen treffen zu können, musste man sich die richtigen Fragen stellen. Zum Beispiel, warum es so wichtig war, vor ihrer Heimfahrt unbedingt noch jenen alten Herrn in Oughterard aufzusuchen, und was sie von ihm zu erfahren hoffte. Oder schlicht und ergreifend die Frage, warum sie überhaupt noch hier war. Doch diese Fragen stellte Lucy sich nicht, und man konnte es ihr nicht zum Vorwurf machen. Liam Cullen hatte recht. Die Leidenschaften und Sehnsüchte der Menschen waren ein dunkles Rätsel. Es bedürfte vielerlei krummer Wege, die anscheinend ins Nichts führten, um am Ende mit ein bisschen Glück eine Antwort auf genau die Frage zu bekommen, die man gar nicht gestellt hatte.

Als Maureen und die anderen in Galway ankamen, war Lucy bereits auf dem Weg zu Fintan O'Shea, sodass die Truppe, selbst wenn sie gewusst hätte, wo sie suchen sollten, Lucy nicht mehr angetroffen hätte. Sie wusste es aber nicht. Sie alle wussten gar nichts. Roísín schlug vor, die Pubs zu suchen, in denen George und sie damals verkehrten, weil Lucy womöglich irgendeinen Hinweis darauf im Bus gefunden haben mochte. Doch sie räumte ein, dass sie sich nicht mehr an die Namen der Kneipen erinnern konnte. »Ich war siebzehn damals. Das ist vierzig Jahre her«, sagte sie betrübt. »Aber ich bin sicher, ich würde sie wiedererkennen, wenn ich daran vorbeilaufe.« Sie zögerte kurz und fügte dann leise hinzu: »Wenn es sie noch gibt.«

Maureen versuchte ein Lächeln. »Gute Pubs bleiben meistens bestehen, egal, wie viel sich um sie herum ändert.«

Sie parkte in der Nähe des Piers, und sie stiegen etwas ratlos aus. Allein hier am Pier gab es eine ganze Menge Lokale, an die sich weder Roísín noch Raymond, der seinerzeit ebenfalls oft in Galway gewesen war, erinnern konnten. Als Erin auf ein freundlich aussehendes Lokal direkt am Fluss deutete, beschlossen sie, als Erstes etwas zu essen und dabei zu beraten, wie sie weiter vorgehen wollten. Ihr anfänglicher Enthusiasmus war verflogen, und sogar Maureen, die die ganze Zeit die treibende

Kraft gewesen war, hatte inzwischen Zweifel, ob es richtig gewesen war, die anderen zu diesem seltsamen Ausflug zu überreden. Schweigsam saßen sie vor ihren Sandwichs und Fish and Chips, und keiner wusste so recht, wie es nun weitergehen sollte. Einzig Flynn und Gracie waren von der bedrückten Stimmung unbeeindruckt. Vor allem Flynn hatte großen Spaß und schien darüber den eigentlichen Zweck dieser Reise ganz vergessen zu haben. Bevor er mit George nach Knocknabarra gekommen war, hatte er sein ganzes Leben in den heruntergekommenen Randbezirken von Dublin verbracht, ohne je eine andere Ecke der Insel zu sehen. Daher war diese Fahrt nach Galway für ihn ein einziges großes Abenteuer, und er war aufgekratzt wie ein kleines Kind. Alles fand sein Interesse, jedes Detail fiel ihm auf, und ausgerechnet er, der immer den Eindruck erweckte, als beschränkte sich sein Wortschatz auf Ja und Nein und diverse Flüche, plapperte während des Essens ununterbrochen, so lange, bis Séamus irgendwann erklärte, jetzt sei es auch mal wieder gut, und Flynn daraufhin fürs Erste beleidigt den Mund zuklappte. Auch Gracie schien die Fahrt gutzutun. Sie machte einen sehr viel wacheren Eindruck als sonst, ihre Augen glänzten, und sie hatte noch kein einziges Mal Yeats zitiert, obwohl Séamus sie ein paar Mal darauf hingewiesen hatte, dass sie jetzt an *dem* Meer angekommen seien, an der Westküste, dort, wo sie die ganze Zeit hingewollt hatte. Als er es beim Essen erneut sagte und auf die Galway Bay hinausdeutete, erwiderte Gracie: »Das weiß ich doch. Glaubst du etwa, ich bin bekloppt?«

Da war es an Séamus gewesen, beleidigt den Mund zuzuklappen, und alle hatten gelacht. Als die Teller abgeräumt wurden, stand Gracie auf und ging zur Tür. Dort blieb sie stehen, drehte sich um und winkte Flynn zu sich her. »Komm, ich zeig dir Innisfree.«

Maureen schüttelte den Kopf und sagte: »Gracie, bitte setz dich wieder hin. Wir gehen später …« Doch die alte Frau blieb eigensinnig stehen. »Nein. Ich gehe jetzt.«

Erin stand auf. »Ist schon okay. Gracie, ich mache einen kurzen Spaziergang mit dir am Pier entlang.« Sie nahm Gracie am Arm, doch diese bewegte sich nicht. »Nein. Ich möchte mit dem jungen Mann gehen.«

Flynn begriff erst jetzt, dass von ihm die Rede war, und sah überrascht auf. »Du meinst mich?«

»Wie viele junge Männer gibt es hier?«, fragte Gracie trocken. »Ich sehe nur alte …«

Flynn lachte und stand auf. »Okay, Gracie, dann gehen wir also ein paar Schritte. Hab eh noch nix gesehen von der Stadt.«

Die anderen schauten den beiden verblüfft nach, wie sie über die Straße und zum Pier gingen. Gracie hatte sich ganz selbstverständlich bei Flynn eingehängt und schien ihren Wäscheständer nicht im Geringsten zu vermissen. Flynn dagegen ging so vorsichtig neben ihr her, als müsse er eine Fuhre rohe Eier transportieren.

»Was ist denn in Gracie gefahren?«, fragte Maureen verblüfft. »Ich kann mich nicht erinnern, dass Gracie jemals mit Flynn irgendwohin gegangen ist. Und was meint sie damit, ihm Innisfree zeigen zu wollen?«

»Ich vermute, sie meint die Aran-Inseln«, sagte Roísín, die bisher geschwiegen hatte und insgesamt einen etwas bedrückten Eindruck machte. »Die liegen doch in der Galway Bay.«

Erin, die sich wieder gesetzt hatte, nickte. »Ja, Inishmore, Inishman, Inisheer«, zählte sie auf. »Das verwechselt sie wahrscheinlich mit Innisfree aus dem Gedicht.«

»Gracie weiß meist nicht einmal, welcher Tag gerade ist«, erinnerte Séamus sie. »Wieso sollte sie sich plötzlich an die Aran-Inseln erinnern? War sie überhaupt jemals in Galway?«

Niemand wusste etwas darüber, doch das besagte nicht viel. Von Gracie O'Malleys Leben wusste man überhaupt wenig. Im Bewusstsein der Menschen von Knocknabarra waren sie und ihre Schwester Ruthie einfach immer da gewesen, zuerst junge Frauen, lebenslustig und hübsch die eine, etwas seltsam und schwerfällig die andere, und irgendwann waren sie alte Jungfern geworden, und keiner fragte sich, warum ihr Leben so und nicht anders verlaufen war. Man lebte, träumte, hoffte, und irgendwann starb man. So war das in Knocknabarra und anderswo. Es ging allen gleich, mochten sie im Herrenhaus, auf einer Farm oder in einem armseligen Loch in der Stadt leben. Am Ende machte es keinen Unterschied.

Gracie O'Malley ging mit Flynn am Pier entlang, bis sie zu einer Stelle kamen, wo die Galway Bay offen vor ihnen lag. Der Corrib strömte hier breit und ruhig ins Meer, brachte alte Erinnerungen und Geschichten aus den verträumten Mooren Connemaras mit, und der Atlantik nahm sie auf, vermischte sie mit Hoffnungen und Tränen, Aufbrüchen und Abschieden, und trug alles weiter an ferne Küsten.

Gracie blieb stehen und deutete auf das offene Wasser hinaus. »Dort liegen die Aran-Inseln. Weißt du das?«

Flynn kniff die Augen zusammen und starrte in die Richtung, die Gracie ihm zeigte. »Wenn du es sagst, Gracie.«

»Ich kannte einmal einen jungen Mann von dort. Aus Inishmore. Er hieß Brian und war Fischer. Wir waren beide noch sehr jung. Jünger als du und Erin.«

»Echt?« Flynn musterte die alte Dame. Es fiel ihm offensichtlich schwer, sich Gracie O'Malley als junge Frau vorzustellen.

»Ich war als Kindermädchen zu reichen Leuten nach Galway gekommen. Freunde meiner Eltern. Wollte einmal etwas anderes sehen als immer nur Knocknabarra und meine Familie.« Gracies Griff um Flynns Arm löste sich, und sie beschrieb einen weiten Bogen mit ihren alten knochigen Händen. »Er hat mich einmal mitgenommen ...«

»Auf die Insel?«

Gracie nickte, und ihr Blick wurde abwesend. »Er hat versprochen, mich nie zu verlassen.«

»Und dann hat er es doch getan, der Saukerl?«, vermutete Flynn und kickte einen Stein auf die Straße.

»Nein. Meine Eltern haben mich zurückgeholt. Wegen Ruthie. Ich sollte mich um meine Schwester kümmern. Sie hatte niemanden. Nur mich. Sie hing so an mir …«

»Quatsch, Gracie« – Flynn schüttelte den Kopf – »da haben dir deine Leute mit Sicherheit einen Bären aufgebunden. Schätze, denen war der Typ nicht gut genug. Weil er bloß 'n einfacher Fischer war. Deine Eltern waren schließlich feine Pinkel, oder?«

Gracie nickte. »O ja. Ganz feine Pinkel.« Sie lächelte. »Brian war zwar Fischer, aber er war deswegen nicht dumm. Er hat mir oft Gedichte aufgesagt. Besonders gern mochte er Yeats. Nachdem ich weg war, hat er mir noch viele Briefe geschrieben, aber ich habe keinen einzigen davon bekommen. Meine Mutter hat sie alle versteckt. Ich habe sie erst nach ihrem Tod gefunden.«

»So ein Miststück«, sagte Flynn und ballte die Fäuste. »Was ist aus ihm geworden?«

»Ich weiß es nicht.« Gracie nahm das Medaillon ab, das sie um den Hals trug, und reichte es ihm. »Mach es bitte auf. Ich kann es mit meinen Gichtfingern nicht mehr öffnen.«

Flynn nestelte an dem Medaillon herum, und als er es geöffnet hatte und hineinsah, sagte er mit Nachdruck: »Verfluchte Scheiße.«

In dem Medaillon klebte das vergilbte Schwarz-Weiß-Foto eines Pärchens. Er hatte helle Augen und blonde Haare und den Arm um ein ausgesprochen hübsches, dunkelhaariges Mädchen gelegt. Beide lachten glücklich in die Kamera. Gracie betrachtete es eine ganze

Weile schweigend, fuhr mit dem Zeigefinger langsam die Konturen des Gesichts des jungen Mannes nach, dann klappte sie das Medaillon zu und hängte sich die Kette wieder um den Hals. »I will arise and go now, and go to Innisfree ...«, sagte sie, den Blick in die Ferne gerichtet.

Erin hatte inzwischen vorgeschlagen, zunächst einmal die Nummern auf Lucys Handy anzurufen, um zu erfahren, ob sie sich womöglich bei jemandem gemeldet hatte. Sie hatten zu dem Zweck unterwegs extra ein Ladekabel gekauft und das Telefon im Auto aufgeladen. Maureen betrachtete das alte Handy auf dem Tisch unwillig. »Da werden wir wohl bei ihrer Mutter landen. Ich mag nicht mit dieser Person sprechen.«

»Wieso nicht?«, fragte Séamus.

»Weil sie die Person ist, die Geordie das Herz gebrochen hat«, fuhr Maureen ihn an. »Schon vergessen?«

»Das hat er nie gesagt. Er hat nur gesagt, dass er sie geliebt hat«, korrigierte Séamus sie.

»Aber sie hat einen anderen geheiratet. Und sie hat sein Kind dem anderen untergeschoben.«

»Auch das weißt du nicht. Du weißt gar nichts. George hat nie darüber gesprochen, was genau in England vorgefallen ist.«

»Wie soll es denn sonst gewesen sein?«

Séamus zuckte mit den Schultern. »Was weiß ich. Aber es ist über vierzig Jahre her.«

Raymond meldete sich zu Wort. »Leute, wir sind bis hierher gefahren, um dieses englische Mädchen zu finden. Also sollten wir jetzt, verdammt noch mal, alles in Bewegung setzen, um das auch zu tun, oder?«

Murphy kicherte. »Gut gebrüllt, Löwe. Und danach gehen wir ins Pub, oder?«

Roísín nickte und griff nach dem Handy. »Ich gebe Raymond ausnahmsweise recht. Wir sollten die Nummern hier anrufen. Ich habe kein Problem damit, wenn Lilly Harper dran ist. Ich kenne sie nicht.« Sie schaltete das Telefon ein und tippte aufs Geratewohl eine der Nummern, die auf dem Display erschienen und eine englische Vorwahl hatten, in ihr eigenes Handy ein.

»Wissen die anderen von dieser Geschichte?«, fragte Flynn, als die beiden langsam zurückgingen. Gracie schien müde und abwesender als zuvor. Der Ausflug den Pier hinunter hatte sie offenbar viel Kraft gekostet. Sie schüttelte den Kopf. »Nein. Niemand weiß es. Und es soll auch niemand erfahren.«

»Aber warum hast du es ausgerechnet mir erzählt?«, fragte Flynn.»Ich kenn ja nicht mal die Aran-Inseln. Und kein einziges Gedicht.«

»Ich weiß nicht…«, begann Gracie, und ihre Stimme wurde leiser. Flüsternd, kaum hörbar, sagte sie: »Wenn ich nur zurückgegangen wäre…«

Flynn beugte sich zu der kleinen alten Frau hinunter. »Was hast du gesagt?«

Gracie O'Malley lächelte ihr übliches zerstreutes Lächeln. »Ach, ich weiß nicht… ich vergesse so viel….« Sie tätschelte mit ihrer freien Hand Flynns Unterarm.

»Komm, mein Junge, es wird kühl. Lass uns nach Hause gehen.«

Das Telefonat, das Roísín führte, dauerte nicht besonders lang. Sie war hinausgegangen, um besser reden zu können, und die anderen warteten gespannt. Als sie zurückkam, hatte sie vor Aufregung zwei kleine rote Flecken auf ihren Wangen. »Ich habe Lilly Harper erreicht…«, begann sie und wurde sofort von Maureen unterbrochen. »Und? Was sagt sie?«

»Nicht viel…« Roísín zögerte, dann sah sie in die Runde und erklärte: »Sie kommt.«

Lilly Harper legte das Telefon zur Seite und nahm den Zettel in die Hand, auf dem sie die Telefonnummer der Frau notiert hatte, mit der sie soeben gesprochen hatte. Roísín MacNamarra. Auch ein Name, der ihr nichts sagte. Wie Maureen Mulligan. Sie wandte den Blick ab und sah aus dem Fenster. Es war ein trüber Tag, der, obwohl erst Anfang September, den kommenden Herbst schon vorwegnahm. Es schien, als hätte die Straße alle Farbe verloren. Das Rot der Backsteinmauer gegenüber wirkte verwaschen, das Grün der Bäume kraftlos. In den Pfützen auf dem Asphalt, die noch vom Regen am Morgen übrig waren, spiegelte sich der graue Himmel. Lilly Harper hatte sich schon immer für eine Optimistin gehalten und glaubte fest daran, dass die Dinge sich am Ende stets zum Guten wendeten. Doch dieses Mal war sie sich nicht sicher. Nicht genug damit, dass Lucy nach diesem seltsamen Anruf vor über einer Woche Hals über Kopf nach Irland abgereist war, jetzt schien es auch noch so, als habe sie nicht die Absicht, so schnell nach Hause zurückzukehren. Was mochte sie in Galway suchen? Oder besser, was hoffte sie, dort zu finden? Diese Leute machten sich offenbar Sorgen um sie. Und das alles war ihre Schuld. Ganz entgegen ihrer Gewohnheit, Dinge beim Namen zu nennen, hatte sie sich dieses eine Mal von Peter überzeugen lassen, dass es besser wäre, nie wieder über diese Sache zu sprechen. Über vierzig Jahre lang. Sie hatte ihm geglaubt, als er behauptete, das wäre das Beste für alle Beteiligten. Als ob Schweigen jemals das Beste für irgendetwas oder irgendjemanden sein konnte. Spätestens dann, als Lucy sie wegen dieses Anrufes aufgesucht hatte, hätten sie ihr die Geschichte erzählen müssen. Doch auch ihr hatte der Mut gefehlt. Es war so lange her. Und was hätte es geändert? George Miller spielte keine Rolle mehr in ihrem Leben. Außerdem hatte sie Peter nicht in den Rücken fallen wollen. Er hatte mehr gelitten als sie. Viel mehr. Doch jetzt war es nicht mehr richtig, weiterhin den Mund zu halten. Sie griff nach dem Telefon und ging damit ins Wohnzimmer, wo ihr Mann wie gewohnt in seinem Sessel saß und Zeitung las.

»Wer war's?«, fragte er routinemäßig, und als Lilly keine Antwort gab, drehte er sich zu ihr um. »Is' was?«

»Wir fahren nach Galway«, sagte Lilly und suchte aus ihrem Adressbuch die Nummer des Reisebüros heraus. »Hoffentlich bekommen wir heute noch einen Flug.«

»Ist etwas passiert?« Peter ließ die Zeitung sinken und sah seine Frau erschrocken an. »Mit Lucy?«

»Ich glaube nicht. Aber es wird etwas passieren, wenn wir diese elende Sache nicht endlich aufklären.«

»Du meinst…«

»Ja. Wir hätten das schon viel früher machen müssen.«

»Aber es bestand kein Anlass dazu«, protestierte Peter überrumpelt. »Das alles ist doch längst vorbei. Was hätten wir denn sagen sollen?«

Lilly zuckte mit den Schultern. »Ich weiß auch nicht. Aber spätestens, als sie hierherkam und uns von diesem Anruf erzählte…«

»Wer konnte denn ahnen, dass George all die Jahre diese Geschichte mit sich herumgetragen hat?«, fragte Peter. »Wir wussten ja nicht einmal, dass er in Irland lebt.«

»Du hast die Geschichte auch die ganzen Jahre mit dir herumgetragen«, sagte Lilly. Und ich auch, fügte sie in Gedanken hinzu, sprach es jedoch nicht aus.

Sie tippte die Nummer des Reisebüros von Tottington in ihr Telefon und bat darum, zwei Flüge nach Shannon zu buchen, der Galway am nächsten liegende Flughafen. Und einen Mietwagen. Am besten noch heute. Es entspann sich ein kurzer Disput, dann legte Lilly seufzend auf.

»Es klappt nicht vor morgen«, sagte sie zu ihrem Mann. »Ich habe den ersten Flug gebucht. Wenn alles gut geht, können wir morgen früh gegen zehn in Galway sein.«

Peter faltete seine Zeitung zusammen und stand auf. »Nun gut«, sagte er ergeben, »dann fliegen wir eben nach Galway.«

Lilly hatte gerade noch einmal Roísín MacNamarra angerufen, um ihr zu sagen, dass sie erst morgen früh kämen, da läutete es an der Tür Sturm, und gleichzeitig wurde ein Schlüssel im Schloss gedreht. Peter Harper sah seine Frau an und hob vielsagend die Augenbrauen. »Pippa«, sagte er leise. »Wir sollten ihr nichts davon…« Er kam nicht dazu, den Satz zu Ende zu sprechen, denn schon kam ihre jüngere Tochter mit ihren typisch energischen Schritten ins Wohnzimmer gestiefelt, und im Schlepptau hatte sie Chloé, Lucys Tochter.

»Mum? Dad?« Lilly und Peter lächelten fast synchron. »Schätzchen, was für eine Überraschung!«, sagte Lilly, »Und Chloé hast du auch mitgebracht, wie schön…«

Pippa schnitt ihr mit einer heftigen Handbewegung das Wort ab. »Spar dir das, Mum. Ich habe Chloé besucht, weil ich in Manchester beim Einkaufen war. Und weil ich mir Sorgen machte, erzählte ich ihr, dass ihre Mutter aus unerfindlichen Gründen Urlaub in Irland macht und nicht in den Cotswolds, wie sie angeblich ihrer Tochter erzählt hat, und wisst ihr, was? Chloé wusste das bereits. Lucy hat längst mit ihr gesprochen. Und wisst ihr, was sie noch wusste?« Pippa atmete tief ein, und ihre Augen funkelten vor Zorn.

»Pippa, Liebes…«, begann Lilly, doch Pippa hob warnend die Hand. »Sie hat mir erzählt, dass Lucy in Irland ist, weil angeblich ihr Vater gestorben ist.« Pippa verschränkte die Arme vor der Brust, und ihre Stimme wurde lauter. »Ihr *Vater*! Und alle wissen offenbar von dieser Geschichte, nur ich nicht. Was, zur Hölle, ist hier los?«

15

Die Anwaltskanzlei Cox, Byrne & Company lag am Eyre Square, dem zentralen Platz mitten in der Stadt, am Anfang der Fußgängerzone. Michael Byrnes Büro bot einen Ausblick auf den Park in der Mitte des Platzes mit dem Springbrunnen, wo sich an warmen Tagen eine Menge junges Volk tummelte und der ihn daher bisweilen an einen Unicampus erinnerte. Dort am Fenster stand er jetzt, kurz vor seiner Mittagspause, einen Tag nach jenem unglaublichen Abend im *O'Donnell's Pub* und sah nachdenklich hinaus, während er seiner Sekretärin lustlos einen Schriftsatz diktierte. Immer wieder unterbrach er sich dabei selbst und schaltete das Aufnahmegerät aus, weil er sich nicht richtig konzentrieren konnte. Als Art zur Tür hereinkam, um etwas mit ihm zu besprechen, war er erleichtert, mit dem Diktat aufhören zu können. Manchmal fehlten ihm einfach die richtigen Worte. Er brauchte mitunter Stunden, um einen Schriftsatz zu formulieren, feilte Ewigkeiten an den richtigen Formulierungen, kontrollierte jedes Argument unzählige Male und war doch nie zufrieden. Vor allem aber arbeitete er nicht effektiv. Bereits in der Dubliner Kanzlei hatte man ihm das mitunter zum Vorwurf gemacht. Er war zu langsam, andere Kollegen schafften das, was er an einem Tag erledigte, in weniger als der Hälfte der Zeit. Gründlichkeit sei eine Tugend, das schon, aber man sollte es nicht übertreiben. Schließlich sei ein Schriftsatz keine Doktorarbeit und schon gar keine hohe Literatur. Sie hatten nicht verstanden, wo das Problem lag, und er hatte wohlweislich darauf verzichtet, sie aufzuklären: Michael Byrne war sich seiner Sache nie sicher. Er war wie gelähmt von der Angst, einen Fehler zu machen, einen Fehler, der sich womöglich verheerend auf seine Mandanten auswirken könnte. Alle außer ihm selbst hielten ihn für einen guten Anwalt, und deshalb sahen sie auch über seine Langsamkeit hinweg, doch er wusste es besser und lebte ständig mit der Befürchtung, irgendjemand käme ihm auf die Schliche und entdeckte, dass er im Grunde keine Ahnung hatte. Trotz des guten Abschlusses und trotz weitgehend zufriedener Mandanten – Michael Byrne fühlte sich noch immer wie ein blutiger Anfänger oder, schlimmer noch, wie ein Betrüger. Eine Nullnummer, ein Schaumschläger, dem Menschen ihre Probleme anvertrauten, in der Hoffnung, dass sie bei ihm gut aufgehoben wären, und die nicht ahnten, dass er eigentlich gar nichts wusste und gar nichts konnte. Deshalb seine Gründlichkeit. Er konnte sich nie sicher sein, ob seine Einschätzungen richtig waren, er konnte sich selbst nicht vertrauen, weil er wusste, dass er im Grunde seines Herzens überhaupt kein Anwalt war. Er tat nur so. Dies zwar so gut, dass ihn die Kanzlei in Dublin nur ungern hatte ziehen lassen, trotz seiner Defizite, aber dennoch, es war nur ein Spiel, eine Farce, ohne jegliche Substanz. Ganz im Gegenteil zu seinem Kompagnon Art und dessen Vater, die die Juristerei im Blut, in den Knochen, in den Genen hatten, quälte er sich jeden Tag, schob die Akten von einer Seite des Schreibtisches auf die andere und zurück. Nicht, weil er faul war, sondern weil er Angst hatte anzufangen. Er wusste, es gab so vieles zu beachten, so vieles nachzuschlagen, so vieles, was sich ständig änderte. Und die Aussicht darauf, dies alles erledigen zu müssen und womöglich etwas Entscheidendes dabei zu übersehen, lähmte ihn dermaßen, dass es schon einer drohenden Fristüberschreitung bedurfte, damit er überhaupt in die Gänge kam. Dann aber fehlte wiederum die Zeit, die Dinge so gründlich zu bearbeiten, wie er es für nötig hielt, er geriet unter Druck, den er abends im Pub zu betäuben suchte. Am nächsten Tag dann, verkatert und müde von zu vielem Essen, zu viel Bier und zu wenig Schlaf, lief es noch schlechter, er war noch langsamer, und so setzte sich der Teufelskreis immer weiter fort.

Arts Auftauchen war also höchst willkommen, und Michael wandte sich ihm erleichtert zu, als dieser ihn in einer neuen Sache um eine zweite Meinung bat. Ratschläge erteilen, darin war er nicht schlecht, er konnte zuhören und auf eine Art und Weise Fragen stellen, dass der andere meist von selbst auf die Lösung kam. Oft waren es Lösungen, für die er selbst mehrere Stunden gebraucht hätte, weil er seinen eigenen Geistesblitzen nun einmal nicht traute. Sie redeten eine Weile über den Fall, dann über dies und das, holten sich Kaffee, und Art rauchte am Fenster eine Zigarette.

»Gestern im O'Donnell's«, begann Michael zu erzählen, »da habe ich eine Engländerin getroffen, die nach John Lennon gesucht hat.«

»John Lennon?« Art lachte und schnippte seine Zigarettenkippe aus dem Fenster. »Da war sie wohl ein bisschen zu spät dran.«

Michael erzählte ihm die Geschichte von der signierten Single und überlegte dabei, wie er seinem Freund jenen besonderen, ja, grandiosen Abend schildern sollte, da unterbrach Art Cox ihn plötzlich. »In den Siebzigern soll das gewesen sein, sagst du?«

»Ja. Weißt du was davon? Es schien dieser Frau sehr wichtig zu sein …«

»Nein.« Sein Kollege runzelte die Stirn. »Ich nicht, aber mein Vater. Ich erinnere mich, dass er mir einmal eine recht abenteuerlich klingende Geschichte erzählt hat, in der John Lennon und ein anderer verrückter junger Engländer eine Rolle gespielt hatten. Leider kriege ich diese Story nicht mehr zusammen. Du weißt ja, mein Vater hat so viele abenteuerliche Geschichten auf Lager …«

»Dann war John Lennon tatsächlich mal hier in Galway?«, fragte Michael aufgeregt.

»Ich glaube schon …« Art ging schon zur Tür. »Komm, wir fragen den alten Herrn einfach. Er erinnert sich sicher.«

Obwohl Arthur Cox senior vor einigen Jahren definitiv und ohne Bedauern die Kanzlei an seinen Sohn übergeben hatte, hatte er noch immer ein Büro im zweiten Stock des ehrwürdigen alten Hauses, das als eines der wenigen das letzte Jahrhundert unbeschadet überstanden hatte und nicht neuen Bauten weichen musste. Dort, in dem geräumigen Erkerzimmer, das, im Gegensatz zum Rest der modern gehaltenen Kanzlei, noch immer eingerichtet war wie vor hundert Jahren, als Großvater Archibald Cox die Kanzlei gegründet hatte, verbrachte er seine Vormittage, fünfmal die Woche, von neun bis zwölf Uhr. Man wusste nicht genau, was er den halben Tag trieb, vermutlich nichts anderes, als Pfeife zu rauchen und Zeitung zu lesen. Niemand störte ihn dabei, und ebenso wenig störte er die anderen. Jeden Morgen kam er, stilsicher im Harristweed-Jackett, in Weste und Krawatte, stellte seinen Regenschirm in den Ständer neben dem Empfangstresen, zog seinen Mantel aus, nickte den Sekretärinnen freundlich zu und verschwand dann gemessenen Schrittes, wie es seine Art war, in seinem Büro. Die neuen Mitarbeiter der Kanzlei, die ihn nicht mehr als aktiven Anwalt gekannt hatten, gewöhnten sich an ihn wie an eine ehrwürdige Standuhr, die man täglich sah, über die man aber nicht weiter nachdachte, und die alten Mitarbeiter waren glücklich, dass ihnen bei aller Veränderung eine Konstante in ihrem Berufsalltag geblieben war, auch wenn Arthur Cox keine eigentliche Rolle mehr darin spielte. Es genügte, seinen Schirm im Ständer, seinen Burberry-Mantel am Bügel hängen zu sehen und den Geruch des Pfeifentabaks wahrzunehmen, der sich diskret in den Räumen verteilte, um zu wissen, dass alles gut war.

»Wenn mein Vater mal nicht mehr ist, werde ich das Pfeifenrauchen anfangen müssen, um meine Sekretärin dazu zu bewegen, mir meine Schriftsätze zu tippen«, hatte Art einmal gespottet, doch wenn man dabei seinen Gesichtsausdruck gesehen hatte, war einem klar geworden, dass ihm bei diesem Gedanken angst und bange wurde.

Arthur Cox hob überrascht seine noch immer tiefschwarzen Brauen, die einen merkwürdigen Kontrast zu seinen schlohweißen Haaren bildeten, als sein Sohn zusammen mit seinem Kollegen eintrat und meinte, Michael müsse ihm unbedingt eine Geschichte erzählen. Er bat sie, sich zu setzen, und begann, bedächtig seine Pfeife zu stopfen, während Michael noch einmal die Geschichte der Engländerin, von ihrem Onkel und John Lennon erzählte. Er unterbrach Michael nur ein einziges Mal. »Sie hatte eine Schallplatte dabei, sagst du?« Er ließ sich die Single genau beschreiben, und als Michael Byrne mit seiner Geschichte fertig war, sagte Arthur Cox eine ganze Weile nichts. Er zündete sich zunächst die Pfeife an, paffte ein paar Mal, bis der Tabak ordentlich glühte, dann stand er auf und trat an eines der Regale, in denen er noch immer einige alte, längst abgeschlossene Akten aufbewahrte. Es bedurfte nur eines einzigen Handgriffs, und er zog zielsicher eine dünne, vergilbte Mappe heraus, warf einen kurzen Blick hinein und ging dann zurück zu seinem Schreibtisch. »Vierzig Jahre habe ich auf diesen Tag gewartet«, sagte er schließlich, und in seinen dunklen, noch immer hellwachen Augen glomm dieser alte Funke der

Begeisterung auf, mit der Arthur Cox seinen Mandanten beigestanden hatte und die Michael Byrne damals, als jungen Mann, glauben ließ, dieser Beruf könne auch in ihm solche Leidenschaft entfachen. Nun, darin hatte er sich getäuscht, doch unberührt ließ ihn diese Begeisterung nach wie vor nicht.

»Ich wusste, irgendwann würde jemand kommen und danach fragen. Ich wusste es einfach.« Arthur Cox ballte seine alte, knochige Rechte zur Faust und lächelte zufrieden. »Hat ganz schön lange gedauert.« Er packte die Mappe in seine Ledertasche, die er jeden Morgen mitbrachte und jeden Mittag wieder mit nach Hause nahm, und stand auf. »Bringt ihr mich bitte zu dieser Frau?«

Michael und Art standen ebenfalls auf, und Michael sagte unbehaglich: »Ich habe keine Ahnung, wo sie ist. Sie hat mir nur erzählt, sie sei mit einem Bus unterwegs und wolle heute wieder abreisen.«

»Name, Adresse?«

»Lucy, Mathematiklehrerin aus Manchester …« Michael zuckte ratlos mit den Schultern. Dann fiel ihm etwas ein. »Könnte sein, dass sie nach Oughterard gefahren ist, um Fintan O'Shea zu treffen. Er war mit ihrem Onkel befreundet.«

»Den alten Fintan? Lebt der denn überhaupt noch?«, fragte Arthur Cox, die Tatsache, dass er erheblich älter als Fintan O'Shea war, geflissentlich ignorierend.

»Ich glaube schon …«

Arthur Cox sah seinen Sohn an: »Wann kannst du mich hinfahren?«

Art zögerte, erstaunt über die offensichtliche Eile seines Vaters. »Heute Nachmittag?«, schlug er vor. »Ich kann einen Termin absagen …«

Arthur Cox nickte. »Tu das. Ich werde vorher noch versuchen, ein paar Dinge zu regeln.«

Lucy kam bereits kurz vor Mittag in Oughterard an, einem recht lebendigen kleinen Örtchen, das sich ganz auf den Fischereitourismus spezialisiert hatte. Die Touristeninformation befand sich in einem winzigen Haus mit einer grasgrün gestrichenen Tür, das eingezwängt war zwischen O'Flaherty's Apotheke und *O'Riley's Pub.* Lucy bat um ein Verzeichnis der Bed-and-Breakfast-Pensionen im Ort, doch die Mitarbeiterin, die mit ihrem roten Lockenkopf und einem Gesicht voller Sommersprossen aussah wie das lebendig gewordene Klischee einer jungen Irin, lächelte nur und fragte mit so schwerem irischem Akzent, wie ihn Lucy auf ihrer ganzen Reise noch nicht gehört hatte, ob sie ihr vielleicht etwas empfehlen solle.

»Ich suche das Bed and Breakfast, das Fintan O'Shea's Tochter Katie gehört«, sagte Lucy ohne Umschweife, denn die junge Frau schien aus dem Ort zu stammen und kannte sicherlich die meisten Gastgeber hier.

»Ach, das Ivy Cottage?« Sie nickte zustimmend. »Gute Wahl. Das liegt direkt am See, und Katie McMahon ist eine wunderbare Gastgeberin. Soll ich anrufen und fragen, ob sie was frei hat?«

Lucy schüttelte den Kopf. »Es reicht, wenn Sie mir den Weg erklären.«

Die junge Frau zeichnete ihr auf einer kleinen Karte den Weg ein, wofür ihr Lucy dankbar war, denn von der wortreichen mündlichen Beschreibung, die sie dazu lieferte, verstand sie höchstens die Hälfte. Sie bedankte sich, und die junge Frau schenkte ihr ein strahlendes Lächeln.

Das Cottage befand sich ein wenig außerhalb des Ortes, in Knockillaree, und, wie die Frau in der Touristeninformation schon vorweggenommen hatte, lag es direkt am See. Lucy parkte den Bus ein Stück abseits und stieg wie bezaubert aus. Bereits auf dem Weg von Galway nach Oughterard war sie in den Bann der eigentümlichen, archaischen Landschaft von Connemara gezogen worden, die, obwohl sie nur wenige Kilometer hinter Galway begann, vollkommen anders war als die Gegend rund um die Stadt. Die Farben wechselten unvermittelt von Grau, Blau und Grün zu warmen Braun- und Ockertönen. Die leicht hügelige, nahezu baumlose Moorlandschaft erstreckte sich bis zum Horizont, so weit das Auge reichte. Hin und wieder standen Ponys auf den Wiesen, hübsche, kräftige Tiere mit langen Mähnen, die den Eindruck erweckten, als lebten sie vollkommen frei in der wilden, einsamen Weite. Katie McMahons B&B entpuppte sich als lang gezogenes, reetgedecktes Cottage mit roten Fenstersprossen und -läden, das ein wenig erhöht am Ufer des Sees lag und – wie der Name Ivy schon sagte – über und über mit Efeu bewachsen war. Lucy strich sich ihre Haare glatt, atmete tief ein und klingelte. Ein mageres kleines Mädchen von etwa neun Jahren, ebenso rothaarig und sommersprossig wie die Mitarbeiterin der Touristeninformation, öffnete.

»Wollen Sie ein Zimmer?«, fragte sie in geschäftlichem Ton.

Lucy schüttelte den Kopf. »Mein Name ist Lucy Harper. Ich hätte gern Fintan O'Shea gesprochen.«

»Bist du Engländerin?« Das Mädchen musterte sie prüfend. Auch sie hatte einen deutlichen irischen Akzent.

Lucy nickte. »Ich komme aus der Nähe von Manchester.«

Das Mädchen schien mit dieser Auskunft fürs Erste zufriedengestellt. Sie nickte und deutete dann um die Ecke des Hauses. »Opa sitzt im Trog.«

»Wie bitte?« Lucy runzelte die Stirn. »Im Trog?«

Das Mädchen verdrehte die Augen. »Er badet.«

»Aha …« Lucy wurde noch verwirrter, doch das kleine Mädchen gab ihr keine Gelegenheit, noch einmal genauer nachzufragen. Bevor Lucy ein weiteres Wort sagen konnte, hatte sie ihr die Tür schon vor der Nase zugeschlagen. Nach kurzem Zögern ging Lucy in die Richtung, die das Mädchen ihr gewiesen hatte, um das Haus herum, und gelangte in einen von einer niedrigen Steinmauer begrenzten Garten, an dessen höchstem Punkt, mit Blick auf den See, tatsächlich ein großer runder Steintrog stand. Ein kahler Kopf ragte aus dem Wasser, tauchte dann plantschend unter, um kurz darauf prustend wieder aufzutauchen. Als Fintan O'Shea begann, in altmodischen Badehosen aus dem Trog zu klettern, zog sich Lucy schnell zurück. Es war sicher besser, mit der

Begrüßung zu warten, bis er sich angezogen hatte. Als sie erneut klingelte, öffnete eine junge Frau um die dreißig. Sie war rundlich und hübsch, mit kastanienbraunen Haaren und ebenso vielen Sommersprossen wie ihre Tochter.

»Sie sind Katie McMahon?«, fragte Lucy.

Sie nickte lächelnd. »Tut mir leid, dass meine Tochter sie einfach vor der Tür hat stehen lassen. Wenn sie Hausaufgaben machen muss, ist Siobhan immer sehr missgelaunt...« Sie zuckte hilflos mit den Schultern.

»Sie hat mir ganz liebenswürdig Auskunft erteilt und mich zu ihrem Großvater geschickt«, beruhigte Lucy sie.

»Zum Trog? Ach du meine Güte!« Katie McMahon schlug die Hände zusammen und lachte laut auf. Sie hatte ein ansteckendes Lachen. »Sie werden sich ja was von uns denken...« Auch sie sprach ein kräftiges Irisch.

»Ich finde Ihren Vater recht beeindruckend«, sagte Lucy und musste auch lachen. »Das Wasser ist doch sicher kalt.«

Katie winkte ab. »Das ist gar nichts. Wir haben ja noch fast Sommer. Mein Vater badet das ganze Jahr in dem Trog. Jeden Tag, bei Regen genauso wie bei Sonnenschein, Sommer wie Winter.« Sie schüttelte den Kopf. »Für mich wär das ja nichts, aber er braucht das. Und ich muss sagen, er ist nie krank.« Sie lächelte wieder und wurde dann ein wenig förmlicher. »Sie möchten ihn sprechen, hat Siobhan gesagt?«

Lucy nickte und hatte gerade mit ihrer Erklärung beginnen wollen, da winkte Katie McMahon sie schon herein. »Ich vermute, das wird eine längere Geschichte. Erzählen

Sie uns die Sache bei einer Tasse Tee. Mein Vater wird gleich kommen.«

Sie führte Lucy in ein behagliches Zimmer, von dessen beiden Fenstern aus man einen atemberaubenden Blick auf den Lough Corrib hatte. Drei kleinere Tische standen im Raum, mit hübschen Tischdecken und Heidekrautsträußchen geschmückt. An einem der Tische saß Siobhan, über ihre Hausaufgaben gebeugt. Sie sah nicht auf, als ihre Mutter mit Lucy hereinkam.

»Das ist unser Frühstückszimmer und gleichzeitig der Aufenthaltsraum für die Gäste. Eigentlich war es mal unser privates Wohnzimmer. Aber als ich angefangen habe zu vermieten, haben wir's eben umgetauft. Das war, nachdem mein Mann und ich uns scheiden ließen.« Katie deutete auf einen Stuhl. »Setzen Sie sich doch. Ich komme gleich mit dem Tee. Mögen Sie Irish Cheese Cake?«

Lucy nickte, ein wenig überrumpelt von der unkomplizierten, offenen Freundlichkeit der Frau. »Gern«, murmelte sie, »danke.«

»Ich frag nur vorsichtshalber, denn wenn Sie auf Diät sind, ist der nichts für Sie.«

Man konnte noch immer ihr Lachen hören, als sie bereits aus der Tür war. Lucy blieb ein wenig unschlüssig im Raum stehen und sah sich um. Im Gegensatz zu anderen Familienpensionen, die sie schon gesehen hatte, allen voran Maureen Mulligans psychedelisches Blümchenmusterparadies, war dieses Zimmer wohltuend schlicht gehalten. Es gab einen großen Kaminofen, bunte, gewebte Teppiche auf den Holzdielen und ein paar gerahmte Aquarelle an den Wänden. Ansonsten lenkte nichts von der Aussicht ab, die der eigentliche Star des Raums war. Lucy hörte Katie in der Küche hantieren, sie redete mit irgendjemandem, womöglich mit ihrem Vater.

»Isst du auch Cheese Cake mit uns?«, fragte sie das Mädchen, das mit geröteten Wangen über ihr Heft gebeugt dasaß.

Sie schüttelte den Kopf. »Da ist Alkohol drin, das schmeckt mir nicht. Ich ess lieber Apfelkuchen.«

Lucy wunderte sich ein wenig. Von Alkohol im Käsekuchen hatte sie noch nie etwas gehört. Aber es war ja auch ein Irish Cheese Cake. Da wusste man nie. »Und was sind das für schwierige Hausaufgaben, die du machen musst?«, wollte sie weiter wissen.

»Mathe«, sagte Siobhan, tiefe Verachtung in der Stimme.

»Oh, das trifft sich gut, ich bin Mathelehrerin«, sagte Lucy.

»O weia, Sie Arme!« Siobhan verzog ihr sommersprossiges Gesicht zu einer mitleidigen Grimasse.

»Zeig doch mal her«, bat Lucy, und Siobhan reichte ihr mit mürrischem Gesichtsausdruck das Heft.

Eine einzige Qual. So sah der Hefteintrag aus. In Lucys Augen eigentlich wirklich einfache Aufgaben für ein Kind in Siobhans Alter, doch das Mädchen stand offenbar mit Zahlen auf dem Kriegsfuß. Kreuz und quer waren seltsame Berechnungen angestellt, durchgestrichen, ausradiert und neu geschrieben, dabei hatte das Mädchen so fest aufgedrückt und so häufig wieder ausradiert, dass das Papier stellenweise gerissen war. Außerdem gab es einige feuchte Stellen, womöglich hatte sie sogar geweint.

»O weia«, wiederholte Lucy Siobhans Ausruf. »Zahlen sind nicht so deins, oder?«

Das Mädchen schüttelte den Kopf. »Ich hasse Mathe.« Sie biss sich auf die Lippen und sah nicht mehr wütend, sondern traurig aus.

Lucys Blick wanderte von dem unglücklichen kleinen Mädchen zurück zu dem Hefteintrag, der mehr einem Massaker als einer Hausaufgabe glich, und plötzlich verstand sie etwas, was ihr in ihrem fast zwanzigjährigen Lehrerinnendasein verborgen geblieben war. Sie sah die Zahlen plötzlich mit den Augen von Siobhan und anderen Kindern, die mit Mathematik nichts anfangen konnten. Sie begriff, dass für sie Zahlen fremdartige Zeichen waren, die jemand in einer unbekannten Sprache verfasst hatte. Eine abstrakte Geheimschrift, die für Nichteingeweihte keinen Sinn ergab. Ihr fiel Liam Cullen wieder ein und die Geschichte, die er ihr aus seiner eigenen Kindheit erzählt hatte. Seine Geschichte hatte sie geradezu empört, doch jetzt konnte sie nicht mehr nachvollziehen, wie sie so verständnislos hatte sein können. Sie gab dem Mädchen das Heft zurück und sagte: »Weißt du, Zahlen existieren gar nicht.«

»Was?« Siobhan starrte sie mit offenem Mund an.

»Schließ mal deine Augen«, forderte Lucy sie auf, und als das Mädchen sie zuerst misstrauisch ansah, dann aber gehorsam ihre grünen Augen mit den zarten rotblonden Wimpern schloss, sagte Lucy: »Stell dir vor, die Menschen hörten in diesem Moment auf zu existieren. Was gäbe es dann noch?«

Siobhan überlegte mit geschlossenen Augen. »Mein Pony Smoky wär noch da. Der Lough. Der Himmel …«

»Und die Zahlen? Gäbe es irgendwo auf dieser Welt noch Zahlen?«, fragte Lucy.

Langsam schüttelte das Mädchen den Kopf und öffnete ihre Augen wieder. »Die wären auch nicht mehr da. Am Himmel gibt's keine Zahlen und im See auch nicht. Und Smoky hat auch keine Ahnung davon, dass er vier Beine hat.« Sie lächelte zum ersten Mal und entblößte dabei zwei Zahnlücken.

Lucy lächelte auch. »Die Welt der Zahlen gibt's nur hier drin.« Sie tippte sich an die Schläfe. »Menschen haben sich Mathe ausgedacht, weil es ihnen hilft, die Welt besser zu verstehen. Und vor ausgedachten Sachen muss man keine Angst haben.«

Siobhan nickte langsam. »Aber wie kann jemandem so was Doofes wie Mathe helfen, die Welt besser zu verstehen?«, fragte sie dann.

»Wenn wir nach dem Tee noch Zeit haben, kann ich versuchen, es dir ein bisschen zu erklären«, schlug Lucy vor. »Und die Hausaufgaben können wir dann auch zusammen machen, okay?«

Siobhans Miene hellte sich auf, und sie nickte erneut.

In dem Moment kam ihre Mutter mit einem Tablett herein, und Siobhan rief: »Mum, wusstest du, dass es gar keine Zahlen gibt? Mathe haben sich dumme Menschen ausgedacht, die die Welt sonst nicht kapieren.«

Katie McMahon hob die Augenbrauen und sah von ihrer Tochter zu Lucy. »Das ist mir neu.«

Lucy winkte verlegen ab. »Das ist etwas anders gemeint …«

»Lucy ist nämlich Mathelehrerin«, fügte Siobhan triumphierend hinzu. »Sie wird mir bei den Hausaufgaben helfen.«

»O je …« Katie begann, mit routinierten Bewegungen den Tisch zu decken und lud Lucy ein enormes Stück Cheese Cake auf den Teller. »Da hat sie eine Stärkung vorher umso nötiger.«

»Wer braucht hier eine Stärkung?«

Lucy drehte sich neugierig zur Tür um. Dort stand – dieses Mal bekleidet – Fintan O'Shea und grinste breit über sein gebräuntes Gesicht. Er trug Jeans, ein kariertes Hemd und rote Hosenträger, und in den Händen hielt er ein weiteres Tablett, auf dem zwei Irish Coffee und eine heiße Schokolade mit Sahne standen. »Stärkung ist schon im Anmarsch.« Vorsichtig balancierte er das Tablett zum Tisch, stellte die Getränke ab und schüttelte dann Lucy die Hand. »Katie hat mir erzählt, Sie kommen wegen George Miller?«

»Ja, stimmt …« Lucy fühlte sich aus hellwachen, blauen Augen prüfend gemustert und senkte etwas verlegen den Blick. Dann setzte sich Fintan O'Shea langsam und sagte fast erschrocken: »Herr im Himmel, das glaub ich jetzt nicht. Du bist Skye!«

16

Flynn und Gracie O'Malley kamen in dem Moment zurück, als Roísín gerade den Rückruf von Lilly Harper erhalten hatte, in dem sie ihnen mitteilte, dass sie am nächsten Morgen ankämen. Flynn begleitete Gracie ungewöhnlich fürsorglich zu ihrem Stuhl, und als Erin ihn fragend ansah, schüttelte er nur leicht den Kopf. »Was is'n los hier?«, fragte er dann laut in die Runde. »Ihr macht Gesichter, als ob wir zu 'ner Beerdigung müssten.« Séamus klärte ihn darüber auf, dass Lucys Eltern am nächsten Morgen kämen, und sie daher beschlossen hätten, diese eine Nacht hierzubleiben und sie morgen zu treffen. Flynn stutzte zunächst, dann lachte er. »Das ist doch total bekloppt! Habt ihr ihnen schon gesagt, dass wir keinen blassen Schimmer haben, wo Skye steckt?«

»Wir müssen sie suchen. Deshalb sind wir ja hier«, sagte Maureen. »Es gibt einen Grund, warum sie nach Galway gefahren ist. Und der hängt mit George Miller zusammen. Also hat es etwas mit seiner Zeit hier zu tun. Roísín, was könnte das sein?«

Roísín zuckte mit den Schultern. »Ich zerbreche mir darüber den Kopf, seit wir in Dublin losgefahren sind. Ich war siebzehn Jahre alt damals, das ist zu lange her …« Sie zog ihr Schultertuch enger um ihren schlanken Körper.

»Wir hätten vielleicht nicht nach Achadh Cairn fahren sollen«, ließ sich Raymond vernehmen. »Dann hätte sie keinen so großen Vorsprung gehabt.«

»Aber dann hätten wir die Sache mit dem Handy nicht erfahren«, gab Maureen zu bedenken. »Wir hätten uns noch viel mehr Sorgen gemacht wegen dieser Autopanne. So wissen wir wenigstens, dass es ihr gut ging, als sie von Achadh Cairn wieder losfuhr.«

»Vielleicht legt sie tatsächlich nur ein paar Tage Urlaub ein, und wir machen uns ganz umsonst Sorgen um sie?«, gab Raymond zu bedenken.

»Das glaube ich nicht.« Roísín schüttelte den Kopf. »Dieser Mann, Liam Cullen, der ihr geholfen hat, sagte doch auch, sie wollte so schnell wie möglich nach Hause. Und sie ist ja auch direkt von dort zum Fährhafen gefahren.«

»Die Frage ist also, warum sie es sich anders überlegt hat«, sagte Maureen und wandte sich an Roísín: »Was weißt du noch über eure Zeit hier in Galway?«

Roísín schwieg und überlegte. Die Zeit damals kam ihr wie ein Traum vor, so weit entrückt aus ihrem Alltag, dass sie kaum noch sagen konnte, was von den Ereignissen, an die sie sich erinnerte, tatsächlich so stattgefunden und was ihr Gedächtnis einfach dazuerfunden hatte. Sie sah sich selbst, ein junges, unruhiges, trotziges Mädchen, fasziniert von diesem Mann, der für sie alles verkörperte, wonach sie sich damals sehnte: Freiheit, Wildheit, Abenteuer. Und Liebe. Und sie hatten sich geliebt, so viel konnte sie mit ziemlicher Sicherheit sagen. Doch es war eine chaotische Liebe gewesen, mit viel Streit, Missverständnissen und Tränen. Wenn sie ehrlich zu sich war, hatte sie in dieser Zeit mehr gefroren als jemals zuvor oder danach. Euphorie und Einsamkeit lagen dicht beieinander, und an dieser Beziehung mit George Miller war nichts gewesen, was Halt geboten hätte. Sie hatten sich dem Sturm ausgesetzt, ohne ein seetüchtiges Boot zu besitzen. Und doch wollte sie diese Zeit nicht missen. Ihr wurde damals etwas geschenkt, was sie anders womöglich nie gefunden hätte: sich selbst. Und deshalb, weil sie um die Ambivalenz dieser Liebe und dieser Zeit hier in Galway mit George Miller wusste, hatte sie sich so gefürchtet, wieder hierherzukommen. Sie wusste nicht, was sie erwartete. Welche Erinnerungen zurückkommen würden. Sie fror, und sie hatte Angst.

»Roísín? Alles in Ordnung?« Maureens fragende Stimme riss sie aus ihren Gedanken.

»Was? Ja …« Erneut schlang sie das Tuch enger um ihre Schultern. Seit sie am Pier aus dem Auto gestiegen waren, hatte sie das Gefühl, der Wind, der stetig vom Meer her kam, dringe ihr bis in die Knochen. »Wir sind hier in der Stadt in Pubs aufgetreten«, sagte sie langsam. »Besonders ein Pub war damals angesagt, es hatte eine richtige Bühne …« Sie rieb sich die Augen. »George wohnte praktisch dort. Und ich mit ihm … Doch ich weiß den Namen nicht mehr.« Roísín sah Raymond fragend an. »Du warst doch auch mal dabei, erinnerst du dich nicht?«

Raymond nickte. »Das war der Abend, an dem George

und ich so heftig gestritten haben. Ich habe keine Ahnung mehr, wie das Pub hieß oder wo es sich befand.«

Sie einigten sich darauf, zunächst eine Bleibe für eine Nacht zu suchen, und sich dann aufzuteilen, um die Stadt so gut wie möglich abzugrasen. Maureen und Seámus wollten sich auf Campingplätze, die Küstenstraße und Parkplätze konzentrieren, weil Maureen das Auto hatte, die anderen sollten sich im Zentrum umsehen, und Roísín wollte versuchen, das Pub wiederzufinden. Erin schlug ein Bed and Breakfast vor, nachdem sie ihr Handy befragt hatte, und meinte, sie würde mit Gracie dort bleiben, da Gracie Ruhe bräuchte. In der Tat hatte ihr Spaziergang zum Pier und wahrscheinlich auch die Fahrt die alte Dame erschöpft. Sie war auf dem Stuhl eingenickt. Nachdem sie bezahlt, das B&B aufgesucht und eingecheckt hatten, war es später Nachmittag, und sie teilten sich wie verabredet auf. Flynn verkündete, er wolle bei Erin und Gracie bleiben und würde erst später zu den anderen stoßen, was allgemeine Verwunderung auslöste, da es gerade Flynn gewesen war, der diesen Ausflug bisher als eine Art vergnüglichen Familienausflug betrachtet hatte und nicht genug davon bekommen konnte. Doch obwohl Erin ihn ermunterte, sich mit den anderen in der Stadt umzusehen, blieb er stur. Die anderen zogen los, allerdings ohne große Hoffnung, Lucy tatsächlich zu finden. Es war seltsam, doch mit ihrer Ankunft in Galway schien sich bei allen die Erkenntnis durchzusetzen, dass diese Reise vollkommen sinnlos war, die statt der geplanten paar Stunden, die man brauchte, um von Knocknabarra nach Dublin und wieder zurückzufahren, mittlerweile schon zwei Tage dauerte. Eine Fahrt, die im Nichts verlief und bei der man am Ende nicht mehr sagen konnte, warum man überhaupt losgefahren war.

Es war bereits Abend, als Maureen und Séamus die Küstenstraße über Salthill zurück in Richtung Galway fuhren und dabei, ohne es freilich zu wissen, genau an der Stelle vorbeikamen, an der Lucy die Nacht zuvor gestanden hatte. Die beiden hatten vergeblich alle umliegenden Campingplätze nach einem orangefarbenen VW-Bus abgesucht.

Unvermittelt sagte Maureen: »Ich glaube, ich weiß, warum wir das machen.«

Séamus sah sie überrascht an. »Ich dachte, weil wir Skye finden wollen?«

»Ja, das auch. Aber eigentlich tun wir es für uns.«

»Wie meinst du das?«

Maureen parkte am Straßenrand, stützte sich mit den Unterarmen auf dem Lenkrad ab und blickte aufs Meer hinaus. »Schau uns doch an, Séamus. Flynn, Erin, Roísín, Gracie, Murphy, Raymond, du und ich. Was verbindet uns eigentlich? Nichts, außer dass wir allesamt traurige Gestalten sind. Du warst nie verheiratet, hast keine Kinder und wurstelst dich als einsamer Junggeselle mit deinem Hof so durch. Ich hatte einen liebenswürdigen, aber nichtsnutzigen Säufer als Mann, der in einer lächerlichen Pfütze ertrunken ist, und die beiden Kinder, die mir von meinen dreien geblieben sind, sind mir ferner als das eine, das gestorben ist, mir je sein könnte. Von Erin weiß niemand etwas, außer dass sie vor irgendetwas davonläuft, und Flynn wäre wahrscheinlich schon tot oder im Gefängnis, wenn Geordie ihn damals nicht aufgelesen hätte. Wer weiß, wie es jetzt mit ihm weitergehen wird, wo er seinen Helden nicht mehr hat. Murphy ist ein armes Schwein, das die verfluchten Engländer und ihre Gefängnisse kaputt gemacht haben, und Raymond läuft einer Zeit hinterher, die es vielleicht gar nie wirklich gegeben hat. Gracie lebt in einer anderen Welt und hat es auf ihre Weise vielleicht schon immer getan. Warum sonst hätte sie sich zusammen mit ihrer einfältigen Schwester ihr Leben lang in dem alten Kasten verstecken sollen, wie in einem Dornröschenschloss? Und Roísín? Sieh sie dir an. Sie ist heute noch so schön wie als junges Mädchen, doch sie versteckt sich unter Wolltüchern und Hexengewändern, als ob sie eine alte Frau wäre.«

Sie seufzte tief. »Siehst du es nicht? Geordie war der Kitt, der uns zusammengehalten hat. Und jetzt ist er nicht mehr da. Verdammt, und wir wissen nicht, wir wissen nicht, ob…« Sie begann, unvermittelt zu weinen.

Séamus schwieg eine ganze Weile und beendete in Gedanken ihren ungesagten Satz: Wir wissen nicht, ob wir noch ganz sind, jetzt, wo der Kitt nicht mehr da ist. Dann legte er seine Hand auf Maureens Arm und sagte: »Komm, lass uns ein bisschen den Strand entlanggehen.«

Auch für Roísín, die sich gleich zu Beginn von den anderen abgesondert hatte, trat die Suche nach Lucy mit jedem Schritt, den sie durch das Kneipenviertel von Galway machte, ein wenig mehr in den Hintergrund. Sie fand Orte, Stellen, Plätze wieder, an denen sie gewesen war, und damit kamen auch Erinnerungen zurück. Das langsam erwachende Nachtleben nahm sie mit, trug sie fort und spülte sie in die eine oder andere Kneipe, in denen sie glaubte, vor vierzig Jahren gewesen zu sein. Nur die eine, diejenige Kneipe, die womöglich die entscheidende war, die fand sie nicht. Und so ließ sie sich weiter treiben, spürte dabei die Meereskühle, die ihr bis in die Knochen drang wie etwas Vertrautes, von früher Bekanntes, hörte die Musik aus den Pubs, schloss hin und wieder einfach für einen Moment die Augen und versuchte, zurück in jene Zeit zu gelangen, in der alles noch möglich schien und doch schon so vieles zerbrochen war.

Erin und Flynn saßen in dem kleinen Pub neben dem B&B, nachdem Gracie mit einem erschöpften Lächeln in ihrem Zimmer eingeschlafen war. »Was hat Gracie dir erzählt?«, fragte Erin schon zum zweiten Mal, doch Flynn schüttelte wieder nur den Kopf. »Warum kennst du dich hier eigentlich so gut aus?«, wechselte er unvermittelt das Thema. »Warst wohl schon oft hier?« Seine Stimme hatte plötzlich einen misstrauischen Unterton bekommen.

Erin prallte zurück, als habe sie einen unsichtbaren Stromstoß erhalten. »Wieso?«, fragte sie unsicher.

»Du hast das Lokal gefunden, und das B&B. Und erzähl mir nicht, du hättest das alles per Zufall im Handy entdeckt.«

Erin sah Flynn mit einem unergründlichen Gesichtsausdruck an, dann seufzte sie, stand auf und ging hinaus. Gleich darauf kam sie mit einer Tageszeitung zurück. Sie schlug den Politikteil auf und deutete auf einen Artikel über Catriona Clarke, eine umstrittene Politikerin der republikanischen Sinn-Féin-Partei, die derzeit in aller Munde war.

»Ich kapier nicht, was das soll?«, sagte Flynn stirnrunzelnd. »Was soll mit der Politikerschnepfe sein?«

»Sie ist meine Mutter.«

Flynn blieb der Mund offen stehen. »Das ist nicht wahr.«

Erin seufzte und setzte sich wieder. »Leider doch.«

»Aber du heißt doch O'Malley …«

»Nein. Das ist der Mädchenname meiner Mutter. Sie ist die Großnichte von Gracie. Ich heiße eigentlich Clarke. Mein Vater ist Robert Clarke. Er ist CEO des Gamma-Pharmazie-Konzerns.«

Flynn pfiff leise durch die Zähne. »Das ist krass. Und warum hockst du dann in so einem Kaff wie Knocknabarra und studierst nicht längst in Harvard oder Oxford, oder wo sonst so feine Pinkel wie ihr ihre Karriere starten?«

Erin lächelte bitter. »War klar, dass du so reagierst.«

Flynn trank von seinem Bier. »Du hättest es mir sagen können.«

»Und dann? Was hätte sich geändert, außer dass du mich für eine verwöhnte reiche Zicke gehalten hättest?«

»Hab ich eh immer getan.« Flynn sah sie nicht an.

»Ach so. Entschuldige, aber das ist mir bisher gar nicht aufgefallen«, sagte Erin spitz. »Aber wenn du's genau wissen willst, ich studiere hier in Galway am College of Business Internationales Management und habe ein Apartment in Salthill mit Blick auf die Galway Bay. Da meine Mutter bei den irischen Republikanern ein hohes Tier ist und noch höher hinauswill, hielten meine Eltern es nicht für ratsam, mich außerhalb Irlands studieren zu lassen. Und in England sowieso nicht.«

»Schon klar.« Flynns Halsschlagader begann, heftiger zu pochen. »Du hast uns alle verarscht.«

»Habe ich nicht. Ich …«

»Gracie weiß es, oder?«

Erin nickte. »Sie ist meine Großtante. Wobei ich nicht weiß, ob sie sich immer daran erinnert.«

»*Das* jedenfalls hat sie nicht vergessen«, knurrte Flynn und trank mit zwei langen Schlucken sein Bier, bevor er das leere Glas mit einer heftigen Bewegung auf den Tisch knallte. »Deshalb hat sie mir heute die Geschichte vom Fischer und den feinen Pinkeln erzählt …« Er stand auf.

»Was meinst du? Wo willst du hin?«, fragte Erin.

»Raus hier. Und das eine sage ich dir, Briefe schreibe ich dir keine, wenn du abhaust oder deine Eltern dich irgendwann holen kommen, damit du dein feine Pinkel-Leben weiterlebst. Deine Mutter muss sich also keine Sorgen machen.« Und mit dieser kryptischen Ansage war er zur Tür hinaus.

Erin lief ihm nicht nach. Sie hatte nicht verstanden, was er meinte mit seinem Gerede von Briefen und Fischern, aber er hatte recht, irgendwann würde sie gehen müssen. Ihre Eltern warteten schon ungeduldig. Zwei Urlaubssemester wegen dieses doch eher lächerlichen Nervenzusammenbruchs schienen ihnen genug zu sein. Erin dachte an den verzweifelten Moment vor über einem Jahr zurück, an dem ihr klar geworden war, dass sie nicht mehr konnte. Als das Studium ihr über den Kopf wuchs und die Erwartungen der Eltern ihr die Luft zum Atmen nahmen. Zwei feine, lange Narben an ihren Handgelenken waren von ihrem kläglichen Versuch, sich von dieser Welt zu verabschieden, übrig geblieben. Dank hervorragender Nachbehandlung, für die ihr Vater gesorgt hatte, sah man sie kaum noch. Dünne weiße Linien, die sie mit langen Ärmeln oder Armbändern gut kaschieren konnte. Erin hatte es ihren Eltern leicht gemacht, das Ganze nicht ernst zu nehmen. Zu dilettantisch, zu wenig entschlossen hatte es gewirkt. Der alberne Versuch einer verwöhnten, reichen Zicke, auf sich aufmerksam zu machen. Erin lächelte traurig. Flynn hätte es richtig gemacht. Er hätte sich nicht mit zwei dünnen Kratzern und ein bisschen Blut zufriedengegeben. Da, wo er herkam, machte man keine halben Sachen.

Sie saß noch eine ganze Weile vor ihrem schaler werdenden Bier und schaute aus dem trüben, mit buntem Glas verzierten Fenster. Langsam füllte sich das Pub, und so manch einer wunderte sich über die zarte junge Frau, die verloren am Tisch saß und mit ihrem kurzen, feuerroten

Haarschopf aussah wie ein Streichholz, das darauf wartete, angezündet zu werden.

Auch Michael Byrne saß, wie nahezu jeden Abend, im *O'Donnell's*, um dort seinen Feierabend mit einem oder zwei Pints einzuläuten. Art und sein Vater waren noch nicht wieder zurück gewesen, als er die Kanzlei verlassen hatte, doch Art hatte ihm eine SMS geschickt, kurz und knapp, *Lucy Harper gefunden.* Michael war gespannt, was er ihm am nächsten Tag erzählen würde. Er konnte sich nicht vorstellen, was sich in dieser Mappe befand, das so wichtig war, dass es der alte Anwalt vierzig Jahre lang aufbewahrt hatte. Irgendein Dokument, eine Urkunde wahrscheinlich, aber was besagte sie? Was hatten George Miller und John Lennon damit zu tun, und wenn es Lucy Harper betraf, warum hatte man nicht längst versucht, sie zu finden? Er schätzte Lucy auf Anfang vierzig, also war sie damals wahrscheinlich gerade erst geboren gewesen, jedenfalls noch ein Baby. Was konnte sie mit Arthur Cox zu tun haben?

Als Colin, der junge Barkeeper, ungefragt ein zweites Pint vor ihn hinstellte, trank Michael geistesabwesend einen Schluck.

»Noch mal was von der englischen Lady gehört?« Colin, dem das ungewohnte Schweigen auffiel, versuchte, ein Gespräch zu beginnen.

Der Anwalt schüttelte den Kopf. »Sie ist schon wieder unterwegs.«

»Was sucht sie denn eigentlich?«

Michael zuckte mit den Schultern. »Keine Ahnung. Aber sucht nicht jeder irgendwas?«

Colin hob überrascht die Brauen. »Wie bist du denn heute drauf?«

Michael Byrne schenkte dem Barkeeper ein melancholisches Lächeln. »So bin ich immer. Hast du bloß noch nicht bemerkt.« Dann nahm er sein Bierglas und stand auf.

»Wo willst du denn hin?«, fragte Colin, noch immer verblüfft.

»Nach Hause«, sagte der große Mann und ging, ohne sich zu Colin umzudrehen, in den Nebenraum, wo verstaubte Instrumente auf einer alten Bühne von längst vergangenen Zeiten träumten.

Maureen und Séamus liefen einträchtig schweigend nebeneinander am Strand entlang. Maureen hatte sich die Nase geputzt und ihre Hände tief in den Taschen ihrer unförmigen Jacke vergraben. Der Wind zerzauste ihre roten Haare, und ihre Wangen röteten sich. Séamus hatte den Kragen seiner dunkelblauen Cabanjacke hochgeschlagen und eine kleine runde Wollmütze aufgesetzt, die ihn wie einen Seemann auf Landgang aussehen ließ. Nachdem sie sich bereits ein ganzes Stück von *Maureen's Cab & Haircutter* entfernt hatten, blieb Séamus unvermittelt stehen und wandte sich dem Meer zu. Die Flut kam langsam zurück. Es war kurz nach acht Uhr abends und schon ziemlich kühl. Bald würde die Sonne untergehen. Maureen stellte sich dicht neben ihn. Sie reichte ihm gerade eben bis zur Schulter, und ihre Locken kitzelten sein Gesicht.

»Wie lange kennen wir uns schon, Maureen?«, fragte Séamus.

Maureen sah ihn nicht an, als sie antwortete. »Unser ganzes Leben lang.«

Séamus nickte. »Du bist noch eine der wenigen, die mich bereits kannte, bevor ich mein Auge verlor.«

»Natürlich. Wie alt warst du da? Zwölf? Dreizehn?«

»Dreizehn.« Der Unfall geschah drei Tage nach seinem Geburtstag. Er hatte mit seinem Vater die Zäune repariert, und ein zu straff gespannter Draht war gerissen und hatte sein Auge getroffen.

»Dein Glasauge hat mich nie gestört«, sagte Maureen.

»Nicht? Ich dachte immer … ich war überzeugt …« Séamus sprach nicht weiter.

»Was?« Maureen blickte noch immer aufs Meer hinaus. Die Sonne schickte ihre letzten Strahlen über die Bucht, und die Wellen glänzten golden.

»Manchmal frage ich mich, ob du Dan auch geheiratet hättest, wenn ich noch zwei gesunde Augen gehabt hätte.«

Maureen schwieg einen Moment lang, doch an ihren Schultern konnte man erkennen, dass sie lautlos lachte. »Du bist so ein Idiot, Séamus Owen. Dein Glasauge hatte doch damit nichts zu tun. Ich habe Dan geheiratet, weil er mich gefragt hat.«

»Ach so …« Séamus kratzte sich ein wenig verlegen am Kopf. »Und jetzt sind wir so alt geworden und …«

Er legte den Arm um ihre Schultern und zog sie ein wenig näher an sich heran, und während sie schweigend den Sonnenuntergang über der Bucht betrachteten, wurde beiden klar, dass sie noch immer da waren, ganz und heil und kein bisschen zerbrochen, und dass sie, wenn nötig, auch der Kitt für die anderen sein konnten.

Sie fuhren zurück, parkten den Bus in der Nähe des B&B und schlenderten noch ein wenig durch die belebten Straßen. Lucy hatten sie nicht gefunden, dennoch fühlten sie sich ein wenig leichter, lebendiger als noch vor ein paar Stunden. Raymond begegnete ihnen und auch Flynn, der ungewohnt schweigsam war und bedrückt zu sein schien, und nach einer Weile entdeckten sie auch Murphy. Er stand an einer Straßenecke und fiedelte, was das Zeug hielt, dabei hüpfte er und stampfte mit den Füßen und strahlte über das bärtige Gesicht. Vor ihm auf dem Boden stand eine runde Tabaksdose, in der schon eine Menge Münzen lagen. Eine Gruppe überwiegend junger Zuhörer hatte sich um ihn herum gebildet, alle tanzten und klatschten.

»Ein Leprechaun in Action«, sagte Raymond begeistert. »Ich sollte ihn unter Vertrag nehmen …«

Er hatte recht, Murphys hüpfende o-beinige Gestalt mit dem wilden Bart, den Zahnlücken und dem dünnen Pferdeschwanz unter seinem breitkrempigen Hut hatte tatsächlich viel von dem Kobold, der in der irischen Mythologie als Schatzwächter und guter Hausgeist eine große Rolle spielte und Maskottchen vieler Sportvereine war.

Maureen lachte. »Das Risiko würde ich nicht eingehen, Murphy säuft dir die Haare vom Kopf.«

Raymond zuckte gleichmütig mit den Schultern. »Wenn ich ihn groß rausbringe, dann zeigt er mir vielleicht den Schatz am Ende des Regenbogens. Das wäre doch ein paar Fässer Guinness wert …«

»Leprechauns sind geizig, schon vergessen? Einmal einen an den Schultern gepackt, darfst du ihn nie wieder loslassen, sonst ist er auf und davon und mit ihm der Schatz.« Maureen lächelte. »Ihr wärt ein tolles Gespann, du und Murphy.«

Murphy stimmte ein weiteres flottes Tanzlied an, den Galway Reel, den viele der Zuhörer schon beim ersten Takt erkannten und mit beifälligem Applaus bedachten. Séamus machte eine kleine angedeutete Verbeugung vor Maureen und zwinkerte mit seinem gesunden Auge. »Ich hab zwar nur noch ein Auge, aber zwei gesunde Beine …«

Maureen errötete bis zum Haaransatz. »Ich habe schon seit Ewigkeiten nicht mehr getanzt … und hier mitten auf der Straße zwischen all dem jungen Gemüse …« Doch dann zuckte sie mit den Schultern und ergriff Séamus Owens dargebotene Hand. Sie tanzten drei Reels und einen schnellen Jig, bevor Maureen lachend aufgab und meinte: »Ich sterbe, wenn ich nicht sofort etwas zu essen und zu trinken bekomme.«

Murphy schloss sich ihnen an und klimperte dabei vergnügt mit dem Geld in seiner Hosentasche. »Galway ist ein gutes Pflaster, da kann man reich werden. Ich lad euch alle auf ein Pint ein …«

Raymond warf Maureen einen vielsagenden Blick zu: »Siehst du, ich hatte recht. Murphy ist eine Goldgrube.«

Während Murphy sich die Seele aus dem Leib fiedelte, Maureen mit Séamus auf der Straße tanzte und Raymond sich wieder einmal einen kurzen Traum vom großen Geld gönnte, war Roísín nur ein paar Straßen weiter unversehens in einer ruhigeren Ecke gelandet. Auch sie war von Musik angelockt worden, allerdings Musik der anderen Art. Die unverwechselbaren Töne eines E-Gitarrensolos, die aus einem kleinen Fenster drangen, hatten sie in ihrer ziellosen Wanderung durch die Stadt innehalten lassen. Sie erkannte die Melodie sofort, den durchdringend metallischen und gleichzeitig melancholischen Anfang, die abfallende Tonfolge, die dann in drei Akkorden endete, um schließlich in ein Lied überzugehen, das jedes Kind in Irland singen konnte, das aber auf diese Weise zuvor noch nie gespielt worden war. *Whiskey in the Jar* in der Version von Thin Lizzy schaffte das, worum sie sich an diesem Abend bisher vergeblich bemüht hatte: Es drehte die Zeit zurück. Roísín lauschte wie gebannt dem Spiel des unbekannten Gitarristen, der offenbar nicht mit sich zufrieden war und das Anfangsriff immer und immer wiederholte. Sie war versucht, ihm zuzurufen: Hör nicht auf, ich will den ganzen Song hören! Die Melodie noch immer im Ohr, ging sie um das unverputzte Steinhaus herum, und als sie einen Augenblick später vor der in die Jahre gekommenen Fassade des *O'Donnell's* stand, begriff sie, dass sie am Ziel ihrer Suche angelangt war.

Thin Lizzy und ihr *Whiskey in the Jar* hatten Michael Byrne den ganzen Tag nicht mehr losgelassen. In der Kanzlei hatte er sehr zum Erstaunen seiner Sekretärin die Tür seines Büros geschlossen und es sich mindestens zehnmal hintereinander auf Youtube angesehen, leise mitgesungen und dabei versucht, sich die richtigen Gitarrengriffe wieder ins Gedächtnis zu rufen. Im Pub dann hatte er die alte Gitarre an den nicht minder in die Jahre gekommenen Verstärker angeschlossen, sie gestimmt und begonnen zu spielen. Er dachte gar nicht daran, was Colin oder die Gäste, falls sie etwas davon mitbekommen sollten, von ihm denken mochten. Es war ihm vollkommen egal, und bereits das war eine neue Erfahrung. Er spielte und spielte und spürte, wie er sich langsam verbesserte, sich an vieles wieder erinnerte, so als ob seine Finger ein eigenes Gedächtnis hätten, das die Griffe und Akkordfolgen vierzig Jahre lang verwahrt hatte und sie jetzt, da sie gebraucht wurden, wieder auspackte. Er begann erst verhalten, dann lauter, mit seiner rauen, tiefen Bassstimme mitzusingen und dachte dabei an George Miller, den verstorbenen Onkel dieser zarten, blassen Engländerin, die trotz aller Unsicherheit so energisch und entschlossen gewirkt hatte, und er wünschte ihr von Herzen, dass ihre Suche, wonach auch immer, erfolgreich sein mochte. Und er dachte auch an die Frau an George Millers Seite, den heißen Feger, eine dieser wunderschönen, so frei und wild und stark wirkenden Frauen, die er als magerer, kleiner Teenager mit abstehenden Ohren so grenzenlos bewundert hatte. Wie hatte sie geheißen?

Roísín … Michael Byrne wiederholte den Namen langsam und träumerisch – »Rosh-een« – und setzte gerade erneut zu dem Eingangsriff des Songs an, als er hörte, wie die Tür aufging. Nur flüchtig hob er den Kopf, in der Erwartung, Colin dort zu sehen, doch dann durchzuckte es ihn wie ein Stromstoß.

Sie stand dort. Der heiße Feger von dem Foto. Roísín.

Sein Gitarrenspiel endete abrupt in einem schrillen Misston. Vorsichtig, fast ängstlich hob er erneut den Kopf. Er hatte sich nicht getäuscht, hatte nicht geträumt. Dort stand sie, schlank, mit langen dunklen, in der Mitte gescheitelten Haaren und diesem schönen, ovalen Gesicht mit den großen Augen. Er blinzelte und war versucht, sich in den Arm zu kneifen. Es musste ein Traum sein. Er halluzinierte.

»Spielen Sie doch bitte weiter«, sagte der Traum, und Michael Byrne rutschte die Gitarre aus der Hand, und er fiel in Ohnmacht.

17

Es mochte am Irish Cheese Cake liegen, der buttrig und mit einer stattlichen Menge Baileys angereichert Lucys Magen aufs Angenehmste ausfüllte, am Irish Coffee, der laut Fintan O'Shea nur dann echt irisch war, wenn die Mischung Kaffee und Whiskey eins zu eins betrug, und der daher schon nach der ersten Tasse ihren Kopf leicht wie Watte werden ließ, oder aber am Singsang des ausgeprägten irischen Akzents der gesamten Familie, der Lucy unablässig innerlich lächeln ließ, so freundlich und liebenswürdig klang er. Gleichgültig, woran es lag, Lucy S. Harper fühlte sich so glücklich wie schon lange nicht mehr. Das Ivy Cottage und seine Bewohner hüllten sie ein wie eine warme Decke, unter der man sich verkroch und nie mehr herauskommen wollte.

Sie erzählte Fintan O'Shea und seiner Tochter alles, was sie über George Miller wusste, auch, dass er behauptet hatte, ihr Vater zu sein, beschrieb die Totenwache in Knocknabarra, ihre Panik, den kläglich gescheiterten Versuch, so schnell wie möglich zurück nach Manchester zu kommen, und ihren Entschluss, zuerst noch nach Galway zu fahren, um das Rätsel der John-Lennon-Signatur zu lösen. Beide hörten ihr aufmerksam zu, und als Lucy die Single aus ihrer Tasche holte und sie Fintan reichte, lächelte dieser. »Ein Geschenk. Er hat seinem Freund dessen Lieblingslied geschenkt.«

»Dann haben sie sich tatsächlich getroffen?«, fragte Lucy ungläubig. »John Lennon war im O'Donnell's Pub? Zusammen mit meinem Vater?« Sie klappte erschrocken den Mund zu, als ihr klar wurde, was sie gerade gesagt hatte. »Ich meine, mit George Miller«, korrigierte sie sich.

»Natürlich war er das«, erwiderte Fintan schlicht. »Ich erinnere mich genau. Er wollte kein großes Aufhebens davon machen, war praktisch inkognito hier. Ich glaube, er musste mal raus aus dem Trubel um ihn und seine Frau Yoko Ono. Die Beatles gab es damals ja schon nicht mehr. Kann auch sein, dass er seine irischen Wurzeln suchte. Der Name Lennon kommt aus dem Irischen, von Ó Leannáin oder Ó Lionáin. Er war also entweder der Nachfahre eines Geliebten oder aber Nachfahre der Amsel, je nachdem.« Er lächelte. »Da er Sänger war, würde ich mal auf Letzteres tippen, nicht wahr?«

Lucy nickte wortlos. Sie hatte keine Ahnung gehabt, woher der Name Lennon stammte, hatte nie darüber nachgedacht, wie überhaupt John Lennon sie bislang nicht besonders interessiert hatte. Jetzt jedoch konnte sie nicht genug von der Geschichte bekommen. Jedes noch so winzige Detail sog sie auf, und Fintan O'Shea war ein wunderbarer Erzähler.

»Ich glaube, Lennons Vater war tatsächlich irischstämmig«, überlegte Fintan laut weiter. »Und er selbst hat sich damals während des Nordirlandkonflikts vehement für die Unabhängigkeit Irlands eingesetzt, ist bei den Demonstrationen mitmarschiert und hat sogar die IRA verteidigt. Er, der Pazifist, stell dir das vor. Hat ihm nicht nur Freunde eingebracht. Viele meinten, er solle sich lieber raushalten. Aber das war ihm egal. Er hat sogar ein Lied darüber geschrieben. *The Luck of the Irish.* Kennst du das?«

Als Lucy den Kopf schüttelte, wandte sich Fintan an seine Enkelin, die ihre Hausaufgaben erst einmal ad acta gelegt und stattdessen ihre heiße Schokolade und ein Stück Apfelkuchen genossen hatte. »Siobhan, hol mir doch bitte meine Bodhrán.«

Als das Mädchen aufstehen wollte, winkte Lucy ab und erhob sich. »Warten Sie.«

Sie lief zu ihrem Bus und holte die schöne, alte Rahmentrommel heraus, die sie Fintan O'Shea ohnehin zurückgeben wollte. Als sie ihm die Trommel reichte, bekam er feuchte Augen. »Verdammt, die gibt es noch … George hat sie die ganzen Jahre aufgehoben?«, fragte er und wischte sich mit einer Hand gerührt über die Augen.

Lucy nickte und setzte sich wieder. »Sie war im Bus, zusammen mit vielen alten Fotos.«

Fintan nahm den Klöppel in die Hand und machte ein paar Schläge, die Lucy unmittelbar in den Magen fuhren. Sie schauderte und wunderte sich gleichzeitig über die starken Empfindungen, die der Klang dieses Instruments in ihr auslöste. Wie schon an dem Abend, als sie die Trommel gefunden hatte und selbst ein paar Schläge darauf gemacht hatte, berührte sie der Klang wieder auf eine ganz besondere Weise. Es war wie ein Rufen aus einer anderen Welt. Sie biss sich auf die Lippe, um nicht am Ende zusammen mit Fintan O'Shea um die Wette zu heulen. Doch ihm war ihre Rührung nicht entgangen. »George liebte den Klang der Bodhrán auch sehr«, sagte er und strich bedächtig über das Fell der Trommel. »Darum habe ich sie ihm damals geschenkt, als er Galway verließ. Er konnte auch recht gut darauf spielen, wie er alles gut konnte, was mit Musik zu tun hatte. Wenn Sehnsucht einen Klang hat, dann ist es der Klang der Bodhrán, hat er einmal gesagt, und ich finde, er hatte verdammt recht damit.« Er begann zu spielen und sang dann mit kräftiger Stimme ein paar Zeilen jenes Liedes, von dem er gerade gesprochen hatte. Es war ein zorniges Lied mit einem Refrain voll bitterer Ironie: *»If you had the luck of the Irish, you'd be sorry and wish you were dead ...«*

Lucy erfuhr an diesem Nachmittag voller Cheese Cake, Irish Coffee und Bodhrán-Klängen, dass sich John Lennon und George Miller in der kurzen Zeit, in der Lennon in Galway war, angefreundet hatten. Sie zogen gemeinsam um die Häuser, machten gemeinsam Musik in irgendwelchen Hinterzimmern, wo der prominente Gast nicht auffiel, und sprangen zusammen im Morgengrauen vom Blackrocktower, jenem alten Sprungturm in der Galway Bay, den einst Soldaten gebaut hatten und in dessen Sichtweite Lucy die letzte Nacht verbracht hatte. »Sie schienen etwas gemeinsam zu haben«, sagte Fintan.

»Vielleicht war es der Vater, den sie beide nie wirklich gehabt hatten. Georges Vater ist genau an dem Tag gefallen, an dem George auf die Welt kam. Das wusstest du aber, oder?«

Lucy schüttelte den Kopf. »Ich weiß gar nichts. Ich wusste bis vor ein paar Tagen nicht einmal, dass es George Miller gab.«

Fintan schnalzte ungläubig mit der Zunge. »Er ist mit deinem Vater aufgewachsen. Peter Harper, das ist doch dein Vater, oder?«

Lucy nickte.

Er fuhr fort zu erzählen: »George Millers Mutter war Irin. Sie hieß Nancy Bell und stammte aus der Nähe von Galway, aber es ist niemand von der Familie mehr übrig. Sie hat während des Krieges einen Engländer geheiratet, Johnny Miller, und ist mit ihm nach Manchester gegangen, da war sie noch keine zwanzig Jahre alt. Doch sie hatten kein Glück. John Miller ist gefallen, bevor er seinen Sohn auch nur ein Mal sehen konnte, und Nancy hat das nicht verkraftet. So jedenfalls hat mir George es erzählt. Am Tag nach seiner Geburt stand sie mit dem kleinen unschuldigen Wurm im Arm auf dem Dach ihrer Wohnung im dritten Stock und wollte runterspringen. Man konnte sie gerade noch davon abhalten. Doch sie hat sich nie von Johnny Millers Tod erholt. Die Harpers waren ihre Nachbarn, und sie waren auch befreundet. William Harper, also dein Großvater, diente im gleichen Regiment wie Johnny Miller, und Nancy Miller und Beth Harper arbeiteten gemeinsam in einer Schneiderei.

William ist beim gleichen Angriff der Deutschen gefallen wie John Miller, und so haben sich die beiden Witwen zusammengetan. Sie sind in eine Wohnung gezogen, und ich würde mal sagen, deine Großmutter Beth hat nicht nur auf den kleinen George, sondern auch auf seine Mutter Nancy aufgepasst. Ihr Sohn Peter war nur zwei Jahre älter als George, die beiden wuchsen wie Brüder auf.«

Lucy hatte Fintan mit zunehmender Fassungslosigkeit zugehört. »Ich hatte keine Ahnung. Niemand, weder meine Großmutter noch meine Eltern haben George Miller jemals erwähnt.« Sie schüttelte ungläubig den Kopf.

»Kaum vorstellbar«, meinte Fintan. »Vor allem, weil Nancy Miller starb, als George elf Jahre alt war, und Beth Harper ihn wie ihren eigenen Sohn mit aufgezogen hat. Aber andererseits wundert mich das auch nicht besonders. Irgendetwas muss passiert sein. George hat mir nur diese Geschichte erzählt, mehr nicht. Kein Wort über das, was danach kam. Da gingen bei ihm die Fensterläden zu.«

»Und über mich?« Lucy flüsterte jetzt fast. »Was hat er über mich erzählt? Du hast mich Skye genannt…«

Fintan wiegte den Kopf hin und her, als überlege er, was er sagen solle und was nicht, doch dann breitete er in einer Geste der Resignation die Arme aus. »Ob er dein Vater war oder nicht, kann ich dir leider nicht sagen. Viel hat er darüber nicht erzählt. Nur, dass du das schönste Kind auf Erden warst und er dir den Namen Skye gegeben hat.«

Lucy schluckte. »*Er* hat mir meinen Namen gegeben?«

Fintan nickte. »Gleichgültig, was er sonst noch gewesen sein mochte, er war wohl dein Taufpate, und den Namen hat er dir nach seinem Lieblingslied ausgesucht.« Er tippte auf die Single. »Lucy in the Sky with Diamonds. Er sagte mir immer, er wünsche dir, dass dein Leben so fröhlich und glücklich verlaufe, wie es im Text dieses Liedes beschrieben wird: *Dass der Himmel immer voller Diamanten sei für das Mädchen mit der Sonne in den Augen …*«

Jetzt konnte Lucy sich nicht mehr beherrschen und fing hemmungslos an zu weinen.

Es war gut, dass sie Siobhan versprochen hatte, ihr bei den Hausaufgaben zu helfen, denn da es langsam zu dämmern begann, wurde es höchste Zeit dafür. Zahlen konnten Lucy immer noch am besten beruhigen. Fintan und Katie verloren kein Wort über ihren Tränenausbruch, doch Katie nahm sie kurz und kräftig in den Arm, und obwohl die junge Frau eine Fremde für Lucy war, kam es ihr so vor, als kenne sie sie seit Jahren. Lucy nahm sich Zeit für Siobhan. Sie machten nicht nur die Hausaufgaben, sondern noch ein paar Übungen, die ähnlich waren, und Lucy gab sich große Mühe, dem Mädchen die Rechnungen so zu erklären, dass es begriff, was diese Zahlen mit der Welt um sie herum zu tun hatten. Katie blieb eine Weile bei ihnen stehen und hörte zu, dann sagte sie: »Du machst das gut. Ich sollte dich dafür engagieren, anstatt diese mürrische Nachhilfelehrerin, die einmal die Woche kommt und für nichts und wieder nichts eine Menge Geld nimmt.«

»O ja!«, rief Siobhan. »Das wäre toll!« Dann runzelte sie die Stirn, riss eine Ecke aus ihrem Arbeitsblock und schrieb mit konzentriertem Blick, die Zunge zwischen die Zähne geklemmt, etwas auf. »Kannst du dann zu Fingal bitte auch kommen? Er kapiert noch weniger als ich, und die Nachhilfelehrerin fährt nicht zu ihm. Er wohnt nämlich zu weit weg.«

Lucy warf einen Blick auf den kleinen Zettel, auf dem in kindlicher Schönschrift ein Name und eine Adresse standen.

»Ja, das ist ein großes Problem hier«, erklärte Katie McMahon. »Connemara ist so dünn besiedelt, da findet man noch viele entlegene Höfe und Weiler, in denen es nichts gibt, nicht einmal ein Pub, und das will was heißen. Die Kinder werden zwar mit Bussen in die Schulen gebracht, aber wenn sie zusätzliche Unterstützung brauchen und die Eltern keine Zeit haben, ist niemand für sie da. Nachhilfe wird nur in den größeren Orten angeboten. Fingal geht in Siobhans Klasse, aber er wird sie wohl wiederholen müssen.«

»Wegen der Mathematik?«, fragte Lucy bekümmert.

Katie nickte. »Die Kinder verstehen das alles einfach nicht so schnell, wie die Lehrer ihnen den Stoff erklären. Sie bräuchten viel mehr Übung und weniger Druck.«

Lucy nickte, faltete den Zettel sorgfältig zusammen und steckte ihn in ihren Geldbeutel.

»Fährst du hin?«, fragte Siobhan, und ihre hellen

Augenbrauen hoben sich theatralisch. »Bitte, bitte, ich will nicht, dass Fingal sitzenbleibt.«

Lucy lächelte. »Vielleicht kann ich es noch einrichten, bevor ich nach Hause fahre«, sagte sie. »Du magst ihn wohl sehr gern?«

Siobhan nickte. »Er prügelt sich nicht dauernd mit den anderen Jungs. Und er petzt nicht. Außerdem hat er einen Hund. Vielleicht heirate ich ihn.«

Es war spät geworden, und Lucy beschloss, erst morgen Vormittag zurückzufahren. Die Straßen hier waren schmal und kurvig, und eine Fähre würde sie heute Abend ohnehin nicht mehr bekommen. Auf eine Nacht mehr oder weniger kam es nicht an. Wenn sie ehrlich zu sich war, musste sie sich eingestehen, dass sie es auch gar nicht mehr so eilig hatte, nach Hause zu fahren. Die offene Art der Menschen und die herzliche Atmosphäre hier hatten sie ebenso gefangen genommen wie die Geschichte, die sie gerade erfahren hatte. Beides freilich auf ganz unterschiedliche Weise. Sie konnte sich nicht recht vorstellen, wie sie mit all dem Gehörten im Gepäck einfach zurück nach Tottington fahren konnte, um dort weiterzumachen wie bisher. Sie wusste nicht, wie sie ihren Eltern gegenübertreten sollte, die ihr so entscheidende Dinge aus ihrem Leben verheimlicht hatten. Wie hatten sie ihr das nur antun können? Und warum? Sie konnte sich nur einen einzigen Grund vorstellen, und das wiederum bedeutete, dass sie vierzig Jahre mit einer Lüge gelebt hatte.

Als Lucy Katie fragte, ob sie mit ihrem Bus auf dem Parkplatz des Ivy Cottages übernachten könne, schüttelte diese fast entrüstet den Kopf. »Kommt ja gar nicht infrage!«, sagte sie. »Ich richte dir ein Zimmer her. Das ist kein Problem. Immerhin ist das ein Bed and Breakfast, auch wenn die nächsten Gäste erst wieder am Wochenende kommen.«

Lucy widersprach nicht. Die Aussicht darauf, in diesem freundlichen Haus übernachten und eine heiße Dusche genießen zu dürfen, überwog das höfliche Bemühen, niemandem zur Last zu fallen. Sie wollte gerade hinaus und ihre Sachen holen, da klingelte es an der Tür, und so war sie im Flur, als Katie öffnete.

Ein alter Herr im Tweedsakko und elegantem Mantel stand auf der Schwelle. Er hatte schlohweißes Haar, dunkle Augen, schwarze, kühn geschwungene Augenbrauen und eine sehr aufrechte Haltung.

»Arthur!«, rief Katie überrascht, »Was machst du denn hier? Willst du Dad besuchen?«

Der Mann schüttelte den Kopf und wandte seine Aufmerksamkeit Lucy zu. »Sind Sie Lucy, Mathematiklehrerin aus Manchester?«

Lucy nickte zögernd. »Lucy Harper, ja…«

Der Mann reichte ihr seine Rechte. »Mein Name ist Arthur Cox. Ich glaube, ich möchte zu Ihnen, Ms Harper.«

Es war fast elf Uhr, als Lucy die Stufen hinauf in das kleine Zimmer unter dem Dach stieg, das ihr Katie McMahon hergerichtet hatte. Der Vollmond schien hell durch das Gaubenfenster und tauchte das Bett mit dem dicken Quilt und den bunten Kissen, den kleinen Schreibtisch, die Lampe, die Blumen in der Vase und den schmalen weißen Schrank in ein silbriges Licht. Sie hatte zuvor ihre wenigen Sachen, die sie für eine Nacht brauchte, bereits heraufgebracht, deshalb schaltete sie jetzt kein Licht ein, sondern setzte sich im Dunkeln auf die breite Fensterbank und sah – mit heftig klopfendem Herzen – hinaus. Es war eine fast sternklare Nacht, nur am Horizont, wo sich eine lang gezogene Bergkette erhob, konnte man ein paar Wolken erkennen. Die Mappe in ihrer Hand wog kaum etwas, es befand sich auch nur ein einziges Dokument darin. Arthur Cox, der alte Anwalt aus Galway, war extra deswegen nach Oughterard gekommen, nachdem Michael Byrne, der Anwalt aus dem *O'Donnells'*, der, wie sie erfahren hatte, der Kompagnon von Arthur Cox' Sohn war, ihm von ihrer Suche nach John Lennon erzählt hatte. Nachdem Arthur Cox sich die alte Single, Lucys Ausweis, George Millers Sterbeurkunde und das Testament hatte zeigen lassen, hatte er ihr die Mappe mit einem fast ehrfürchtigen Gesichtsausdruck überreicht. »Ich habe diese Sache die ganzen Jahre nie vergessen«, sagte er. »Immer habe ich gehofft, irgendjemand möge sich daran erinnern. Ich habe damals zahlreiche Briefe an George Miller nach Manchester geschrieben, an die einzige Adresse, die ich finden konnte, doch alle kamen zurück. Er hat nie geantwortet, hat sich nie bei mir gemeldet. Vermutlich hat er die Sache nicht ernst genommen.«

Arthur Cox schüttelte den Kopf und verzog sein eindrucksvolles, zerfurchtes Gesicht zu einem verschmitzten Grinsen. »Es war aber auch eine verrückte Zeit damals, nicht wahr, Fintan?«

Fintan und Katie waren auf Lucys Bitte hin dabeigeblieben, als sich Arthur Cox an einen der Tische setzte und seine Aktenmappe aufklappte. Lucy hatte keine Ahnung gehabt, was sie erwartete, und war der Meinung, die beiden konnten es ruhig mit ihr zusammen erfahren, zumal Fintan und Arthur Cox alte Freunde waren. Nach dem offiziellen Teil, der nicht nur Lucy sprachlos zurückließ, trank Arthur Cox einen Whiskey auf ihr Wohl, verabschiedete sich bei Lucy mit einem formvollendeten Handkuss und wandte sich zum Gehen, mit der Zufriedenheit eines Menschen, der eine lange vor sich hergeschobene Aufgabe zu einem glücklichen Abschluss gebracht hatte. Als Fintan vorschlug, doch noch eine Weile zu bleiben, um über die alten Zeiten zu plaudern, erwiderte er, sein Sohn warte im Auto auf ihn, und fügte bedauernd hinzu, er sei mittlerweile zu alt, um über alte Zeiten zu reden. Dafür habe er leider keine Kondition mehr.

Fintan, Katie und Lucy dagegen saßen noch eine ganze Weile zusammen. Während Fintan und seine Tochter sich aufgeregt über Arthur Cox' Besuch und die unerwarteten Enthüllungen unterhielten und die Köpfe schüttelten über jene seltsam krummen Wege, die das Leben manchmal ging, saß Lucy nur still da, nippte an ihrem Whiskey und versuchte vergeblich, das zu verdauen, was ihr gerade mitgeteilt worden war. Es klang so unglaublich, nahezu fantastisch, so seltsam und märchenhaft, dass ihr Verstand sich weigerte, es zu akzeptieren. Es war keine berechenbare Gleichung, es gab keine sicheren Elemente, keine vorhersehbare Wahrscheinlichkeit, ja, nicht einmal eine Schnittmenge zwischen ihrem bisherigen Leben und dem, was sie heute Abend erfahren hatte. Es war schlicht unmöglich. Und doch hielt sie dieses Dokument in den Händen. Dort stand es. Schwarz auf weiß. Das akzeptierte sogar ihr analytischer Verstand. Daran gab es nichts zu rütteln.

Lucy schaute wieder hinaus. Mitten auf der Wiese, die sich bis hinunter zum Ufer des Sees erstreckte, sah sie zwei Ponys im hellen Mondlicht. Ihre breiten Kruppen schimmerten silbrig. Sie standen nah beieinander und schienen im Stehen zu schlafen. Lucy dachte plötzlich an Maureen, an ihr geblümtes Gästezimmer, in das niemand einzog, und eine heftige, schmerzhafte Welle des Bedauerns und der Wehmut überkam sie. Sie hatten sie so freundlich empfangen, all diese Leute, die Freunde von George Miller gewesen waren, und sie hatte es ihnen nicht gedankt. Wie ein steifer, dürrer stacheliger Dornenzweig war sie zwischen ihnen herumgestanden und hatte es nicht erwarten können, von dort wegzukommen. Gleich am nächsten Morgen würde sie Maureen anrufen. Was kümmerte es sie, dass sie ihre Handynummer nicht kannte? Ihre Festnetznummer würde sie ja wohl herausfinden können. Maureen Mulligan und die anderen, die George Miller bis zum Ende beigestanden hatten, hatten ein Recht darauf zu hören, was sie heute erfahren hatte. Und dabei kam ihr noch ein Gedanke, und sie zog aus ihrem Geldbeutel, in den sie am Nachmittag die Adresse von Siobhans Schulfreund Fingal gesteckt hatte, einen anderen, ziemlich lädierten Zettel heraus. Liam Cullens kaum noch lesbare Telefonnummer. In den letzten Tagen hatte sie ihn sich so oft unschlüssig angesehen und wieder zurückgeschoben, dass sie die Nummer darauf bereits auswendig kannte. Lucy beschloss, auch ihn anzurufen und ihm zu erzählen, wohin es sie verschlagen hatte und was ihr widerfahren war. Es spielte keine Rolle, was er dann von ihr denken würde. Sie hatte das Bedürfnis, es ihm, vor allem ihm, zu berichten. Er war es gewesen, der ihr an jenem ersten Abend nach ihrer Abreise aus Knocknabarra, schweigend und ohne irgendeinen unpassenden Kommentar abzugeben, zugehört hatte. Er hatte ihr ohne viel Federlesens geholfen, als sie schmutzig und verzweifelt an der Straße gestanden hatte, eine seltsame Fremde in einem alten Bus, am Rande des Nervenzusammenbruchs. Und er hatte sie festgehalten, als sie auf dem Heimweg vom Pub beinahe in den Graben gestürzt wäre. Lucy erinnerte sich an seinen festen Griff, konnte ihn noch immer spüren. Liam Cullen war ihr an dem Abend vorgekommen wie ein starker Baum an einem Ort, über den der Sturm fegte. Sie sprang vom Fensterbrett herab, schaltete die Nachttischlampe ein und nahm ihr Handy aus der Tasche. Plötzlich hatte sie das Gefühl, nicht mehr warten zu können. Sie wollte mit ihm sprechen, seine

Stimme hören. Vielleicht gelang es ihr dann, das Gefühl der Unwirklichkeit zu vertreiben, das sie nach dem Besuch des Anwalts erfasst hatte. Liam Cullen schien ihr plötzlich, wie Maureen und ihre Freunde, eine der letzten realen Konstanten in ihrem Leben zu sein. Dieser Mann konnte Autos reparieren, er konnte zuhören, und er konnte sie festhalten, wenn sie zu fallen drohte. Er würde Rat wissen.

Es klingelte drei Mal, dann meldete sich ein Anrufbeantworter. Liam Cullens bedächtige Stimme sagte: *Sie sind verbunden mit Liam Cullen aus Achadh Cairn, Schafe und Möbel. Sagen Sie mir, was Sie zu sagen haben, ich höre.*

Lucy zögerte nur den Bruchteil einer Sekunde, dann sagte sie: »Hallo Liam, hier ist Skye …«

Ihr Anruf dauerte fast fünf Minuten, und als sie auflegte, fühlte sie sich besser. Ihr war, als hätte sie wieder ein wenig Boden unter den Füßen zurückgewonnen. Sie nahm die Mappe des Anwalts, legte sie auf den Schreibtisch und beschwerte sie mit George Millers Urne. »Pass drauf auf«, befahl sie ihm. »Wenn du dich schon vorher nicht darum gekümmert hast.« Dann zog sie sich aus und kletterte in das weiche, duftende Bett. Morgen früh würde sie als Erstes Maureens Telefonnummer herausfinden und sie ebenfalls anrufen.

Und dann würde sie sich wieder auf den Weg machen.

18

Als Ryan O'Toole am nächsten Tag gegen neun Uhr sein Pub aufsperrte, um aufzuräumen, den Müll rauszutragen und all die Dinge zu erledigen, die gemacht werden mussten, bevor er um halb elf offiziell öffnete, stand Liam Cullen an der Tür. Er wirkte ungewöhnlich gut gelaunt, fast aufgekratzt, war rasiert und ordentlich frisiert, trug ein Sakko zu Hemd und Pullover und eine saubere Jeans. Auch Bran, der freundlich wedelnd neben ihm stand, sah aus, als ob er gebadet und geschrubbt worden wäre. Er trug sogar ein Halsband. Am Straßenrand parkte Liams alter Landrover. Das Auto war ebenfalls auf Hochglanz poliert und funkelte wie neu in der Morgensonne.

»Was ist passiert?«, fragte Ryan alarmiert.

»Es ist so weit«, sagte Liam.

»Was ist so weit?«

»Skye Harper hat heute Nacht angerufen.«

»Ach …« Ryan blieb der Mund offen stehen.

»Du hast gedacht, ich wäre verrückt, auf so etwas zu warten. Und ehrlich gesagt, ich dachte es auch.« Liam lächelte. Er sah völlig verändert aus. Fast glücklich. So hatte Ryan seinen Freund noch nie gesehen.

»Und? Was hat sie gesagt?«, fragte Ryan neugierig.

Liams überraschender Verwandlung nach zu schließen, musste es etwas ziemlich Besonderes gewesen sein.

Liam winkte ab. »Keine Zeit. Ich muss weg.« Er nickte ihm grüßend zu und ging zum Auto.

»Aber wohin?«, rief Ryan seinem Freund nach.

»Mayo, Dorinish Island.«

Liam ließ seinen Hund ins Auto springen, stieg ein und fuhr los.

»Wo fährt Liam Cullen denn so früh schon hin?«, erkundigte sich Ryans Frau Tilda. Sie war gerade von oben heruntergekommen und hatte Liam fortfahren sehen.

»Nach Mayo«, sagte Ryan, noch immer verblüfft.

»Nach Mayo? Was will er denn da?«, fragte Tilda.

»Keine Ahnung«, antwortete Ryan. Doch als er die Tür schloss und damit begann, ein neues Fass an die Zapfanlage anzuschließen, lag ein Lächeln auf seinem Gesicht, und das sollte ihn den ganzen Tag nicht mehr verlassen.

Die 8:40-Uhr-Maschine von Manchester nach Shannon befand sich bereits im Landeanflug, als Peter Harper die Hand seiner Frau nahm und sagte: »Ich habe nie aufgehört, darauf zu hoffen, dass George eines Tages zurückkommt.«

»Ich weiß.« Lilly Harper drückte die Hand ihres Mannes so fest, dass ihre Fingerknöchel alle Farbe verloren.

Er räusperte sich, und seine Stimme war heiser, als er weitersprach: »Ich habe damals den größten Fehler meines Lebens gemacht. Und jetzt ist es zu spät, ihn wiedergutzumachen.«

Lilly Harper schwieg, aus ihren Augenwinkeln lösten sich zwei Tränen.

Der Pilot gab die aktuelle Temperatur und die Wetterlage bekannt und bedankte sich bei den Passagieren, während das Rollfeld mit beängstigender Geschwindigkeit näher kam. Lilly warf einen Blick nach hinten, wo Chloé und Pippa mit angespannten Gesichtern saßen. Chloé hasste es zu fliegen, und Pippa war noch immer stinksauer auf ihre Eltern. Dennoch hatten die beiden darauf bestanden mitzukommen. Lilly konnte sie verstehen. Sie war ihnen ebenso eine Erklärung schuldig wie Lucy. Wie hatten Peter und sie nur so feige sein können? Sie sah ihren Mann an, den sie mehr liebte als alles andere auf der Welt, ihre beiden Töchter ausgenommen, und wusste, was der Grund für ihr Schweigen gewesen war: Das Glück schien damals zu zerbrechlich, und sie hatten beide Angst gehabt, es zu verlieren. Plötzlich wünschte sie sich, sie wären bei George Millers Beerdigung dabei gewesen. Wenigstens das hätten sie für ihn tun können. Doch er hatte nicht nach ihnen verlangt. Er hatte sich nie wieder bei ihnen gemeldet. All die Jahre. Kein Lebenszeichen. Nichts. Er war aus ihrem Leben verschwunden, so wie Peter es von ihm verlangt hatte, an diesem schrecklichen Tag. Lucys Taufe. Sie berichtigte sich: Lucy Skyes Taufe. »Skye …«, flüsterte sie leise, und ihr Blick traf den ihres Mannes. Er schüttelte sacht den Kopf und legte einen Arm um sie.

Als sich Maureen und die anderen in Galway zum Frühstück trafen, blieben zwei Plätze leer. Gracie und Roísín fehlten. »Ich weiß nicht, wo Gracie sein könnte«, sagte Erin besorgt. »Ich war gestern Abend vor dem Schlafengehen noch einmal bei ihr im Zimmer, da hat sie ganz ruhig und friedlich geschlafen. Sie hat sogar ein bisschen geschnarcht. Als ich dann so gegen fünf Uhr morgens auf der Toilette war, habe ich noch mal nach ihr gesehen, da hat sie immer noch geschlafen wie ein Baby. Und jetzt, als ich sie wecken wollte, war sie nicht mehr da. Ihr Koffer ist schon gepackt, sie muss sich also bereits angezogen und fertig gemacht haben, und der Wäscheständer fehlt auch.«

»Vielleicht macht Roísín mit ihr einen Spaziergang so wie gestern Flynn?«, vermutete Séamus. »Sie werden wahrscheinlich gleich kommen.«

Während sie frühstückten, klingelte Maureens Handy. Verwundert und ein bisschen besorgt warf sie einen Blick darauf. »Das ist bei mir zu Hause. Wer ruft mich von dort an? Aidan!« Sie war noch erstaunter, als sie die Stimme ihres Sohnes erkannte. »Was machst du denn in Irland …« Dann verstummte sie und hörte eine Weile zu. Irgendwann sagte sie: »Ach Aidan, mein Lieber, mach dir keine Sorgen, das renkt sich wieder ein. Ich komme heute Abend nach Hause, dann reden wir …«

Als sie auflegte, sahen die anderen sie gespannt an. »Was ist los?« fragte Séamus. »Ist etwas passiert?«

»Ja«, sagte Maureen und atmete tief durch. »Aidan hat seine Frau verlassen. Ich weiß, ich sollte traurig sein, wegen der Kinder und überhaupt, aber …« Sie zuckte mit den Schultern. »Und ich weiß jetzt, wo Skye ist.«

Neben der Geschichte vom Bruch mit seiner Frau hatte Aidan ihr auch erzählt, dass auf ihrem Anrufbeantworter neben mehreren besorgten Nachfragen ihrer Tochter Caitlin, die ihre Mutter offenbar seit Tagen zu erreichen versuchte und jetzt ebenfalls auf dem Weg nach Irland war, ein seltsamer Anruf von heute Morgen gespeichert war, von einer Frau namens Skye, die sich zunächst wortreich entschuldigte und dann Maureen mitteilte, dass sie auf dem Weg nach Dorinish Island sei und sich danach noch einmal melden würde.

»Dorinish Island?«, fragte Murphy nach. »Wo, zum Henker, ist das denn?«

Raymond, der bisher geschwiegen hatte, sagte auch jetzt nichts. Mit rot geäderten Augen hypnotisierte er sein Wasserglas, in dem sich eine Kopfschmerztablette langsam auflöste. Der gestrige Abend war lang gewesen, und Raymonds Begeisterung über Murphys mitreißende Musik hatte in einem kapitalen Rausch gemündet.

»Und was macht sie da?«, fragte Séamus.

Maureen gab keine Antwort. Erstaunt, so als könne sie es kaum glauben, sagte sie: »Meine Kinder kommen nach Hause. Alle beide …«

Erin stand auf und sah sich, das Handy in der Hand, die große Irland-Karte an, die im Frühstückszimmer der Pension an der Wand hing. Sie tippte mit gerunzelter Stirn in ihr Smartphone und suchte dann die Küstenlinie der Insel ab. »Das ist in Mayo. In der Clew Bay …« Sie deutete mit einem Finger auf einen winzig kleinen Punkt. »Da!«

Alle standen auf und betrachteten Erins Finger. »Das ist eine verdammt kleine Insel«, sagte Séamus. »Was will Skye dort?«

»Wir sollten hinfahren und sie fragen«, schlug Maureen vor.

»Aber willst du nicht nach Hause zu Aidan und Caitlin?«, fragte Séamus, doch Maureen schüttelte den Kopf. »Ich habe jahrelang darauf gewartet, dass sie wenigstens mal zu Weihnachten kommen. Da werden sie jetzt auch ein bisschen auf mich warten können.« Sie kniff die Augen zusammen und maß die Entfernung. »Wie weit ist das von hier? Hundert Kilometer?«

»Achtundsiebzig Komma vier«, verkündete Erin nach einem weiteren Blick auf ihr Telefon.

»Bravo, Miss Schlaumeier«, sagte Flynn und klatschte verächtlich in die Hände, was ihm einen erstaunten Blick von Maureen und Séamus einbrachte. Erin zuckte nur mit den Schultern und erwiderte nichts.

»Wenn wir dann endlich vollzählig sind und die Harpers aus Manchester auch noch eintreffen, könnten wir losfahren«, sagte Maureen voller Tatendrang. »Ich weiß nicht, wie es euch geht, aber ich möchte endlich wissen, aus welchem Grund Skye quer durch Irland jagt.«

In diesem Moment kam Roísín zur Tür herein. »Guten Morgen«, rief sie gut gelaunt, und alle sechs wandten sich zu ihr um. Roísín wirkte etwas derangiert, hatte ihre langen Haare nachlässig zu einem Knoten aufgesteckt, und ihr obligatorisches Schultertuch fehlte ganz. Dafür lag ein seliges Lächeln auf ihren Zügen. Sie sah aus wie eine Katze, die von der Sahne geschleckt hatte. »Ihr werdet es nicht glauben«, sagte sie lächelnd. »Aber ich hatte heute Nacht den besten Sex meines Lebens ...«

»Wo ist Gracie?«, fragte Maureen.

»Gracie? Wieso?« Roísín sah sich erstaunt um. »Ist sie denn nicht hier?«

Sie fanden Gracie unweit des Piers, wo sie am Nachmittag zuvor mit Flynn entlanggegangen war. Friedlich, wie schlafend, saß sie auf einer Parkbank, leicht zusammengesunken in ihrem guten Mantel und dem einfachen, hellgrauen Kleid, das sie am liebsten getragen und deshalb auch für diese Reise angezogen hatte, die Hände im Schoß gefaltet und ein Lächeln auf dem Gesicht. Ein paar Meter von ihr entfernt stand der Wäscheständer, den sie jetzt nicht mehr brauchen würde.

Es war Flynn, der zur Überraschung aller zusammenbrach. Er fing an zu weinen, fluchte laut und hemmungslos und schlug so lange mit den Fäusten und Füßen auf den Wäscheständer ein, bis dieser nur noch ein Stück verbogenes Metall war. Séamus ging schließlich zu ihm und hielt ihn mit beiden Armen fest. »Es reicht, Flynn«, sagte er leise.

»Ich bin schuld«, heulte der junge Mann, und seine Verzweiflung klang wie schartiges, rostiges Metall, tat den Ohren und der Seele weh. »Ich hätte es wissen müssen. Die Geschichte mit dem Fischer und Innisfree. Sie wollte dorthin …« Er fiel auf die Knie, und Séamus ließ ihn behutsam los.

»Erin«, wimmerte er, »es tut mir leid. Ich hätte dich nicht so sitzenlassen dürfen. Du bist keine verwöhnte dumme Zicke. Wenn ich nicht die Fliege gemacht hätte, hätten wir einfach nur geredet, und ich hätte dir von Gracies Geschichte erzählt, und wir hätten auf sie aufpassen können …« Er verstummte abrupt, wischte sich über das Gesicht und blieb am Boden sitzen, geschlagen, erschöpft, erledigt.

Erin setzte sich zu ihm und legte den Arm um ihn. »Steh auf, Flynn. Du hättest nichts tun können. Ihre Zeit war gekommen. Und schau, sie lächelt.«

»Was machen wir jetzt?«, fragte Roísín nach einer Weile. »Holen wir einen Krankenwagen oder wie?«

Flynn sah sie erschrocken an. »Wo bringen sie Gracie dann hin? In irgendeine Leichenhalle hier in Galway? Das geht nicht. Sie muss nach Hause.«

Erin nickte zustimmend. »Seh ich auch so. Tante Gracie muss nach Hause.«

Nach einer Weile nickten auch Séamus, Maureen und Murphy. Raymond, der sich gerade erst von den Nachwehen der durchzechten Nacht erholt zu haben schien, sah einigermaßen fassungslos von einem zum anderen. »Das ist nicht euer Ernst, oder?«

»Wir haben Gracie auf diese Reise mitgenommen, wir bringen sie auch wieder heim«, sagte Maureen. »Was ist schon dabei? Heute Abend sind wir zu Hause.«

»Scheiße noch mal«, sagte Raymond. »Seid ihr alle verrückt geworden? Wir können doch nicht mit einer Leiche im Auto herumfahren? Wollt ihr Gracie etwa mit nach Mayo nehmen?«

Niemand antwortete, und Raymond stand eine Weile da, betrachtete die anderen, dann schüttelte er den Kopf. »Das wird mir echt zu viel.«

In dem Moment zeigte ein Ton in Roísíns Telefon den Eingang einer Nachricht an. Sie warf einen Blick darauf und sagte dann: »Die Harpers sind da.«

19

»Nu kommen Sie schon!«

Lucys Blick wanderte unsicher von dem kleinen Kahn, der unruhig auf den Wellen schaukelte, zu dem rotgesichtigen Mann, Mr Sheehan, der breitbeinig im Boot stand und ihr die Hand entgegenstreckte. Sie befanden sich in Westport, einem kleinen Hafenstädtchen an der Clew Bay, und Mr Sheehan sollte sie auf die Insel Dorinish Island bringen. Lucy gab sich einen Ruck, ergriff die Hand des Mannes und kletterte unbeholfen in das Boot. Mit zittrigen Beinen setzte sie sich auf die Bank. Es gab wenige Dinge, die sie so sehr hasste wie Bootfahren. Sie hatte sich in den letzten Tagen durchaus mit dem Meer angefreundet, empfand kein Unbehagen mehr wie früher als Kind, im Gegenteil. Doch das bedeutete noch lange nicht, dass sie so intensive Bekanntschaft mit dem Wasser machen wollte. Der Gedanke an die dunkle, haltlose Tiefe unter ihr, die endlosen Wassermengen um sie herum, die kabbeligen Wellen und der wenig vertrauenerweckende alte Kahn von Mr Sheehan ließen sie schaudern. Lucy klammerte sich mit einer Hand an die Reling, mit der anderen umschloss sie ihre vollgepackte Tasche, und als das Boot ablegte, hielt sie unwillkürlich die Luft an und schloss die Augen. Doch anders als erwartet, tuckerte der Kahn ruhig und stetig dahin, und als Lucy ihre Augen wieder öffnete, war der Hafen schon ein gutes Stück entfernt.

»Alles in Ordnung?«, fragte Mr Sheehan, und Lucy nickte. Es gelang ihr sogar ein zaghaftes Lächeln. »Bin das Meer nicht gewohnt.«

»Wohl aus der Stadt?«, fragte er.

»Ja.«

»London?« Er kniff abschätzig die Augen zusammen.

»Nein, aus Manchester.«

»Ah…« Er nickte etwas besänftigt, wie es Lucy schien. »Es gab Zeiten, da hauste halb Irland in Liverpool und Manchester, um dort für die Engländer in den Fabriken zu arbeiten. Dort gibt's mehr von uns als von euch.« Er verzog das Gesicht zu einer Grimasse, die wohl ein Lächeln darstellen sollte. »Und was woll'n Sie hier in der Clew Bay?«

»Um ehrlich zu sein, ich habe keine Ahnung.« Ja, was wollte sie eigentlich hier? Als ob diese ganze verrückte Reise nicht schon genug gewesen wäre, hatte der gestrige Besuch des alten Anwalts alles noch einmal auf den Kopf gestellt. Sie hatte eine Insel geerbt. Eine kleine Insel im Atlantik. Dorinish Island. Sie schüttelte den Kopf in Gedanken an das gestrige Gespräch mit dem Anwalt.

»John Lennon kaufte diese Insel 1967 für tausendsiebenhundert Pfund«, hatte Arthur Cox berichtet. »Er wollte sich irgendwann dorthin zurückziehen. Als er 1976 in Irland war, ist ihm aber wohl klar geworden, dass dieses Vorhaben nur ein schöner Traum bleiben würde. Er hat es in den ganzen Jahren nur ein Mal geschafft, die Insel zu besuchen. Womöglich hat er geahnt, dass es ihm nicht vergönnt sein würde, einen friedlichen Ruhestand zu genießen, wer weiß? Jedenfalls hat er George Miller die Insel geschenkt. Ich war dabei, als Lennon ihm im O'Donnell's die Single gab und meinte, somit hätte George das Zuhause, das er immer suchte. Ich glaube, George hat die Sache nicht ernst genommen. Doch kurz nachdem John Lennon abgereist war, kontaktierten mich seine Anwälte aus den USA und baten mich, die Schenkung zu verbriefen. Das habe ich gemacht. George Miller war aber nicht mehr da. Ich habe ihn gesucht, ihm Briefe zugeschickt, an seine Adresse in Manchester, wo er noch immer gemeldet war. Doch es ist nie eine Antwort gekommen. Und jetzt sind Sie, Lucy Skye Harper, als Erbin von George Miller die rechtmäßige Eigentümerin von Dorinish Island, der Beatles-Insel.«

Lucy hatte die Mappe entgegengenommen, die Arthur Cox ihr feierlich reichte, die Worte auf dem Dokument überflogen und nichts wirklich verstanden. Wie konnte sie plötzlich eine ganze Insel besitzen? Sie, Lucy Harper, Mathematiklehrerin aus Tottington, Greater Manchester … Arthur Cox hatte ihr noch geraten, eine Ms Tara O'Brien in Westport aufzusuchen, da John Lennon damals mit deren Vater eine Übereinkunft getroffen hatte, dass dieser seine Tiere auf der Insel weiden lassen durfte. »Ich habe Ms O'Brien noch von der Kanzlei aus angerufen, sie wird Ihnen weiterhelfen«, hatte er gesagt und ihr die Adresse gegeben. »Die O'Briens haben die Schafhaltung aufgegeben, sie züchten jetzt Pferde, Connemara-Ponys, um genau zu sein.«

Tatsächlich fand Lucy das Anwesen der O'Briens relativ schnell. Eine großzügige Farm am Rande des Städtchens, umgeben von Ställen, Wiesen und Koppeln. Tara O'Brien, eine sportliche blonde Frau etwa in ihrem Alter, erwartete sie schon. Nach anfänglicher Zurückhaltung, die Lucy zu zerstreuen suchte, indem sie erklärte, dass sich an der alten Vereinbarung selbstverständlich nichts ändern würde und sie im Übrigen selbst genauso überrascht war von dieser Erbschaft, bot Tara O'Brien ihr an, mit Sam Sheehan auf die Insel zu fahren, um sie sich einmal anzusehen. »Er ist unser Stallmeister, aber er ist auch Fischer und fährt jedes Frühjahr die Jährlinge auf die Insel, damit sie dort den Sommer verbringen können.« Sie reichte Lucy einen Schlüssel. »Es gibt ein kleines Cottage, schon seit ewigen Zeiten. Wir haben es herrichten lassen, für Sam, falls er einmal nicht zurückfahren kann oder will, wenn er die Pferde rüberbringt. Auch dachten wir, vielleicht lässt sich das Cottage als Ferienhaus an Touristen vermieten, doch keiner wollte bleiben, Sam nicht, weil es dort kein Pub gibt« – sie zuckte lächelnd mit den Schultern –, »und den Touristen war es auf Dauer auch zu einsam. Es gibt auf der Insel nichts außer Wind, ein bisschen Wiese, viele Steine und unsere Pferde.«

Das Boot tuckerte langsam dahin, und Lucy begann sich zu ihrer eigenen Überraschung ein wenig zu entspannen. Wenn dieser kleine, knorrige Mann es fertigbrachte, mit diesem Kahn jedes Jahr junge Pferde auf die Insel zu transportieren und sie wieder heil zurückzubringen, würde sie wohl auch sicher ankommen. Sie waren noch nicht lange gefahren, da deutete Sam Sheehan nach rechts. »Da ist sie schon. Die Beatles-Insel.«

Lucy folgte seinem Blick. Eine lang gezogene Silhouette, zwei miteinander verbundene, flache Hügel, leer, baumlos, grün mit einer abfallenden Flanke. Die Insel befand sich zwischen vielen anderen kleinen Inseln, die wie Seerosen in einem Teich in der Clew Bay lagen. »Dreihundertfünfundsechzig Inseln gibt es hier«, behauptete Sheehan, »für jeden Tag im Jahr eine.«

Sie landeten an einem kleinen Strand, und während Lucy erleichtert vom Bug auf festen Boden sprang, sah Sheehan auf die Uhr. »Ich hol sie in drei Stunden wieder ab.«

Lucy sah ihn erschrocken an. »Ich bleibe allein hier? Sie kommen nicht mit?«

Sam grinste. »Sie brauchen keine Angst zu haben. Hier gibt es ja nichts.«

Lucy versuchte vergeblich, das aufkommende Gefühl der Panik zu unterdrücken, während sie zusah, wie der Kahn abdrehte und zurück nach Westport fuhr. Sie war allein. Auf einer menschenleeren Insel. Hastig holte sie ihr Handy aus der Tasche. Ohne Empfang. Um sich zu beruhigen, atmete sie ein paar Mal tief durch und rief sich die Zahl Pi ins Gedächtnis: 3,141592 ... Sie stockte. Mehr Zahlen hinter dem Komma fielen ihr nicht mehr ein. Aber das waren nur sechs. Sie hatte doch immer zwanzig Stellen auswendig gewusst. Noch einmal begann sie von vorn: 3,141592 ... Nichts. In ihrem Kopf herrschte gähnende Leere. Inzwischen war auch die Bucht leer. Sam Sheehans Kahn war nicht mehr zu sehen, das Tuckern des Motors war verstummt. Es herrschte vollkommene Stille. Lucy kam es vor, als habe sie noch nie eine derartig umfassende Stille erlebt. Das Schweigen um sie herum löste die Panik in ihrem Kopf auf, bis nichts mehr davon übrig war. Nur noch Stille, die jeden Winkel ihres Kopfes, ihres Körpers, ihres Herzens ausfüllte. Und mit einem Mal durchströmte sie ein derartiges Glücksgefühl, dass sie meinte, vor Freude gleichzeitig weinen und singen zu müssen. Sie ließ ihre Tasche in den Sand fallen, hob die Arme und begann zu laufen.

Nach einer Weile kam sie zurück, atemlos, erhitzt, nahm die Tasche und machte sich auf den Weg, ihre Insel zu erkunden. Sie entdeckte das Cottage an einer windgeschützten Stelle, Überreste eines Gemüsegartens und einer Steinmauer und dazwischen Pferde mit langen Mähnen, die sie interessiert und ohne Scheu musterten. Sie sperrte das Cottage auf und sah sich neugierig um. Es war ganz einfach, nur ein Raum mit einer kleinen Küche, einem Holzofen, Esstisch, Stühle und ein Doppelbett. Vor dem Haus stand eine vom Wetter und Salz gegerbte Bank, von der aus man einen aberwitzigen Blick auf die unwirklich scheinende Inselwelt der Clew Bay hatte. Lucy setzte sich darauf und tat eine ganze Weile nichts anderes als nur zu schauen. Ihr bisheriges Leben floss in blassen Bildern an ihr vorüber, und es kam ihr vor wie der Film einer Fremden, einer Frau, die ein enges, kleines Leben gelebt hatte, ohne etwas zu ahnen von der Wunderwelt, die sie umgab. Sie packte den Proviant aus, den sie in weiser Voraussicht mitgenommen hatte, aß langsam und bedächtig ihr Sandwich und wischte sich hin und wieder eine Träne aus dem Augenwinkel. Es war plötzlich nicht mehr wichtig, ob George Miller ihr Vater gewesen war, ob ihre Eltern sie angelogen hatten und warum. Nichts schien mehr wichtig. Hier zu sitzen, ein Käseschinkensandwich zu essen, zu schauen… mehr gab es nicht. Und in diesem Moment wusste sie, dass sie nicht mehr in ihr kleines blasses Lucy-Leben zurückkehren würde. Sie würde die zwanzig Kommastellen der Zahl Pi nicht mehr neu lernen, sie würde auch die restlichen sechs Stellen ganz schnell vergessen. Sie würde hierbleiben als Skye Harper, an diesem Ort, an dem die Stille, der Himmel und das Meer ihr die Augen geöffnet hatten.

Sie hörte das Tuckern des Bootes in der Ferne, als sie endlich aufstand, das Cottage wieder abschloss und George Millers Urne aus ihrer Tasche holte. Wie hatte sie nur glauben können, er wünsche sich, mit ihr zurück nach Manchester zu fahren? Er hatte vierzig Jahre seines Lebens hier verbracht. Er wollte mit Sicherheit nicht zurück. Sie öffnete Roísíns Tongefäß und streute die Asche in den Wind, sah zu, wie die zarte Wolke ein Stück weit

getragen wurde und sich dann auflöste und verschwand.
»Slán go fóill, George Miller«, sagte sie. Das bedeutete Lebewohl auf Irisch, doch sie konnte nicht sagen, woher sie das plötzlich wusste.

20

Als Sam Sheehans Boot in den Hafen einfuhr, erwartete Lucy eine Überraschung. Inzwischen war sie, die in ihrem früheren Leben nichts so sehr gehasst hatte wie Überraschungen, krumme Wege, Bootfahren und das Meer, schon einiges gewohnt, die kunterbunte Menschentraube jedoch, die sich um ihren am Pier geparkten Bus versammelt hatte, verwunderte sie dennoch. Nicht nur Maureen, Séamus, Erin, Flynn, Raymond und Murphy standen dort, nein, das war doch ... Lucy musste zweimal blinzeln, um sich zu vergewissern, dass sie richtig gesehen hatte. Auch ihre Eltern und sogar Pippa und Chloé waren da, sowie, schüchtern und etwas am Rand stehend, jener bärenhafte Anwalt, Michael Byrne, den sie im *O'Donnell's* kennengelernt und der Arthur Cox den Weg zu ihr gewiesen hatte. Er hielt Roísín so fest an der Hand, als fürchte er, sie könne davonfliegen wie eine Fee im Märchen.

»Ganz schön was los hier«, brummte Sam Sheehan, als er anlegte und die Schar sie entdeckte und winkend und rufend angelaufen kam.

Lucy, noch ganz benommen von der Stille auf Dorinish Island, kletterte von Bord und stürzte kopfüber in ein Gewirr aus Lachen und Rufen und Fragen, Umarmungen und Erklärungen. Sie sah, dass ihre Eltern Tränen in den Augen hatten, und wusste nicht, wieso, sie hörte Pippas vertraute, leicht vorwurfsvolle Stimme, wurde von ihrem Vater so heftig umarmt, dass ihr fast die Luft wegblieb, umarmte selbst nacheinander Chloé, ihre Mutter, Maureen, Seamus, Roísín, Michael Byrne und Flynn und fragte irgendwann, wo denn Gracie sei. Eine kurze Stille trat ein, und Maureen legte einen Arm um sie und führte sie zu ihrem Auto, wo Gracie zusammengesunken am Fenster saß, in Roísíns warmes Schultertuch gewickelt, klein, zart und zerbrechlich wie der tote Vogel, den Lucy als Kind einst in einem anderen Leben im Garten gefunden hatte. Lucy setzte sich neben Gracie und hielt eine Weile ihre kühle, trockene Hand. Als sie wieder aus dem Auto kletterte, hatte sich die Menge noch ein wenig vergrößert. Sam Sheehan, Tara O'Brien und ein dunkelhaariger großer Mann in Reithosen, vermutlich Mr O'Brien, waren dazugestoßen, umringt von ein paar neugierigen Einheimischen, die wissen wollten, was es mit dem ungewöhnlichen Menschenauflauf rund um diesen alten orangefarbenen VW-Bus auf sich hatte. Der alte Murphy erkannte sofort seine Chance, holte seine Fiedel aus dem Kofferraum und begann zu spielen, und nach einer Weile schloss sich ihm Flynn an, der, bevor er das erste Lied auf seiner Gitarre anstimmte, mit lauter Stimme rief: »Das ist für Gracie.«

Nach einer Weile setzte sich Lucy zusammen mit ihren Eltern, Pippa und Chloé etwas abseits auf die Kaimauer, und ihre Mutter sagte: »Ich glaube, dein Vater und ich sind dir eine Erklärung schuldig.«

»Das glaube ich aber auch!«, stieß Pippa aus.

Und so hörte Lucy Skye Harper die ganze Geschichte von George Miller, die in Manchester im August 1944 begann, im letzten Jahr jenes Kriegs, der die Welt an den Rand des Abgrunds und darüber hinaus geführt hatte.

Nancy Miller hatte gerade entbunden und erfuhr in Form eines amtlichen Telegramms in dem Moment, in dem sie nach Hause kam, dass ihr Mann den freudig erwarteten Sohn nicht mehr kennenlernen würde. Sie stand im Flur der engen, dunklen Wohnung, die das erste Zuhause ihrer kleinen Familie werden sollte, und wusste plötzlich nichts mehr mit dem leise weinenden Bündel in ihren Armen anzufangen. Sie hatte das Gefühl, sich aufzulösen, verschlungen zu werden von diesem Krieg, der nie zu enden schien und alles zunichtemachte, wofür es sich zu leben lohnte. Dieses Gefühl der Auflösung begleitete sie den ganzen Tag und die ganze Nacht. Sie fütterte das kleine Bündel Mensch in ihren Armen, sie wechselte die Windeln, doch sie sah es nicht an, sie sah nichts und niemanden mehr, nicht einmal sich selbst. Als sie am nächsten Morgen erwachte und mit trockenen, brennenden Augen auf die leere Bettseite neben sich starrte und begriff, dass es nie mehr anders sein würde, stand sie auf, nahm ihren Sohn aus dem Bettchen und stieg hinauf auf den Dachboden, wo die Wäsche zum Trocknen hing. Dort kletterte sie aus dem Fenster, hinaus auf das schmale Sims, und wollte der begonnenen Auflösung ein

Ende bereiten. Es regnete an diesem Tag, wie der gesamte August 1944 verregnet war, es wollte nicht aufhören. Sie und ihr Sohn waren im Handumdrehen bis auf die Haut durchnässt. Nancy Miller dachte noch, sogar der Himmel weint über diesen gottverdammten Krieg, der uns nicht leben lässt, tat einen Schritt nach vorn, um zu springen, da packte jemand sie an der Schulter und riss sie zurück. Dieser Jemand war Beth Harper, ihre Freundin und Nachbarin, die an diesem Morgen das gleiche amtliche Telegramm wie Nancy Miller am Vortag erhalten hatte und deswegen zu ihrer Freundin gelaufen war. Beth Harper sah die offen stehende Haustür, das leere Bettchen, und weil sie an diesem Morgen der Verzweiflung selbst so nahe war, stürzte sie, ohne nachzudenken, hinauf zum Dachboden, um ihre Freundin dort zu suchen. An jenem Tag zogen die beiden Witwen zusammen, und ihre beiden Söhne Peter und George wuchsen gemeinsam auf. Im Gegensatz zu Beth Harper jedoch vergaß Nancy Miller nie den Abgrund, in den sie an jenem Morgen geblickt hatte, und es gelang ihr nie, ihrem Sohn, einem unruhigen, wilden, talentierten Jungen, der seinem Vater wie aus dem Gesicht geschnitten war, in die Augen zu sehen. Eines Tages, als Geordie in der Schule war, stieg sie ein weiteres Mal auf den Dachboden, kletterte aus dem Fenster und brachte zu Ende, was ihr im August 1944 nicht gelungen war.

Die beiden Jungen waren unzertrennlich. Es schien, als habe der zwei Jahre ältere Peter Harper sich vorgenommen, seinem Freund nicht nur den Vater, sondern auch die Mutter zu ersetzen, und George dankte es ihm, indem er nicht von seiner Seite wich. Auch als sie längst erwachsen waren, passten sie noch immer aufeinander auf, ergänzten und beschützten sich. Was Peter an Übermut, Wildheit und Leichtsinn fehlte, um das Leben zu genießen, steuerte George bei, und umgekehrt bremste Peter seinen Freund hin und wieder mit Vernunft, Vorsicht und Geduld. Schon in jungen Jahren verliebten sie sich in die gleiche Frau, Lilly Kennedy, die Tochter des Lebensmittelhändlers in ihrer Straße, und umwarben sie beide, jeder mit seinen Fähigkeiten. Lilly schwankte lange, sie liebte beide Männer auf ihre Weise, doch am Ende entschied sie sich für Vernunft, Vorsicht und Geduld und verzichtete auf Übermut, Wildheit und Leichtsinn. Es schien, als akzeptiere George ihre Wahl, und die drei blieben Freunde. Als ihre erste Tochter auf die Welt kam, baten Peter und Lilly George darum, Taufpate zu werden, und George willigte nicht nur ein, sondern suchte Lucys zweiten Namen aus: Skye.

»Es sollte ein schönes Fest werden«, erklärte Lilly ihrer Tochter und schüttelte langsam den Kopf. »Doch es endete in einer Katastrophe. Peter und ich hatten bereits vor einiger Zeit unser Studium beendet, ich hatte eine gute Stelle als Lehrerin an einer Grundschule, und er arbeitete als Dozent an der Universität in Manchester. George dagegen hatte dies und das begonnen und wieder hingeschmissen und schlug sich seit Jahren mehr schlecht als recht als Musiker in London durch.«

Lilly Harper seufzte. »Wir hatten George vor der Taufe eine Weile nicht mehr gesehen, wussten nicht genau, was er gerade trieb und wie es ihm ging. Vielleicht wollten wir es auch gar nicht so genau wissen und versuchten nur, mit der Einladung und der Bitte, Taufpate zu sein, unser schlechtes Gewissen zu beruhigen. Wir hatten uns unser eigenes Leben aufgebaut, und George hatte darin immer weniger Platz. Am Morgen der Taufe kam er bereits betrunken an. Als er dich in der Kirche während der Taufzeremonie in den Armen hielt, fing er an zu weinen und ließ sich kaum beruhigen. Es war peinlich. Später, als wir zusammen mit den Gästen bei meinen Eltern Kaffee tranken und Torte aßen, behauptete er dann plötzlich, du wärst eigentlich seine Tochter. Das stimmte natürlich nicht, und wir drei wussten das. Es war schon viel zu lange her, dass George und ich etwas miteinander gehabt hatten, aber meine Eltern und auch deine Großmutter Beth waren wie erstarrt. Man hätte eine Stecknadel fallen hören können. Und er stänkerte immer weiter, behauptete, ich würde im Grunde nur ihn lieben und habe deinen Vater lediglich wegen der spießigen Sicherheit, die er mir bot, geheiratet. Die Gäste waren schockiert, es wurde getuschelt, und einige von ihnen verabschiedeten sich, noch bevor sie ihren Kaffee ausgetrunken hatten.«

»Wären wir nur alle gegangen«, warf Lucys Vater ein, und ihre Mutter nickte betrübt. »Dann hätte es nicht so geendet, wie es nun einmal geendet hat. Irgendwann ist deinem Vater der Kragen geplatzt, und er hat George gebeten, seinen Mund zu halten und zu verschwinden. Darauf hatte George nur gewartet. Es kam zu einem sehr, sehr hässlichen Streit, in dessen Verlauf Dinge gesagt wurden, die man einander nie an den Kopf hätte werfen dürfen, und am Ende packte dein Vater George am Kragen und stieß ihn auf die Straße. Als George sich aufrappelte, nannte er ihn einen elenden Schmarotzer mit einer verrückten Mutter, und als George davonlief, schrie er ihm nach, er solle sich nie, nie, nie wieder blicken lassen. Nun, das hat George dann auch getan. Er ist verschwunden, und wir haben nie wieder von ihm gehört.« Lilly verstummte und sah sich überrascht um. Murphy hatte aufgehört zu spielen, und alle standen um sie herum und hörten zu.

»Ich war neidisch auf George«, sagte Peter Harper und sah Lucy beschämt an. »Er war mir in fast allem überlegen, bei ihm schien alles leicht zu gehen, wofür ich mich anstrengen musste. Und dabei wusste er das, was er hatte, nie zu schätzen. Er warf alles weg, sein Studium, seine Chancen, Karriere zu machen, ja, nicht einmal seine Karriere als Musiker verfolgte er mit Ehrgeiz. Nichts war ihm wichtig genug. Und immer war da die Angst, er würde sich am Ende doch noch Lilly nehmen. Ich wusste ja, dass er ihr nicht gleichgültig war.« Er senkte den Kopf und starrte auf seine Hände. »Ich habe nie nach ihm gesucht, und trotzdem ist seitdem kein Tag vergangen, an dem ich nicht bereue, ihn weggeschickt zu haben.«

Lilly legte ihre Hand auf den Arm ihres Mannes und sagte zu Lucy: »Ich denke, Lucy, du warst die Tochter, die George gern gehabt hätte. Er hatte sich genau diese Familie gewünscht, mich, dich, einen ordentlichen Job, aber er konnte es nicht bekommen. Es lag nicht in seiner Natur.«

Lucy hatte schweigend zugehört. Jetzt stand sie auf und ging zu ihrem Bus, um George Millers Koffer zu holen. Sie las ihnen allen die Passage aus dem Tagebuch vor, die sie als Allererstes entdeckt und die sie, wie sie jetzt begriff, auf der ganzen Reise begleitet hatte:

Als ich ein Kind war, vielleicht fünf, sechs Jahre alt, gab es eine Zeit, in der ich Angst vor Regen hatte …

Sie klappte das Tagebuch behutsam zu und sagte leise: »Ich denke, George Miller hat am Ende gefunden, was er gesucht hat.«

Sie sahen sich alle zusammen die Fotos aus dem Koffer an, und die Spannung löste sich langsam auf. Es war gut, wie es war, alle spürten es. Schließlich schaute Maureen auf die Uhr und sagte: »Wir sollten fahren und Gracie nach Hause bringen.«

Sie stiegen alle in ihre Autos. Als Chloé zu ihrer Mutter in den VW-Bus kletterte, sah Lucy sie etwas ängstlich an. »Chloé, was würdest du sagen, wenn ich nach Irland zöge? Ich habe ja jetzt diese Insel und den Bus, und ich habe mir überlegt …« Sie nahm ihren Geldbeutel aus der Hosentasche und zog einen kleinen Zettel heraus, auf dem mit kindlicher Handschrift eine Adresse geschrieben war. »… Ich könnte ein mobiles Nachhilfestudio gründen und damit durch Connemara und die ganze Gegend hier fahren. Es gibt so viele Kinder, die Angst vor Zahlen haben und noch nicht wissen, dass sie sich vor etwas fürchten, das es gar nicht gibt.« Sie zeichnete ein Schild in die Luft und malte mit einem unsichtbaren Stift darauf: »Ich könnte es *Skyes rollende Nachhilfe* nennen …«

Chloé sah ihre Mutter mit großen Augen an, dann grinste sie unvermittelt und sagte: »Kommt drauf an.«

»Worauf?«

»Darauf, was du sagst, wenn ich dir beichte, dass ich schon vor einem halben Jahr mein Literaturstudium geschmissen und beschlossen habe, Schauspielerin zu werden. Ich habe mich einer Improvisationstheatertruppe angeschlossen und … nun ja … es macht mehr Spaß als alles, was ich bisher getan habe.«

Lucy sagte nichts. Sie lächelte nur und startete den alten Bus.

Als sie Westport verließen, kam ihnen ein grüner Landrover entgegen. Ohne dass sie hätte sagen können, warum, blieb Lucy stehen, stieg aus und wartete. Sie wusste bereits, wer darin saß, bevor sie Liam Cullen tatsächlich erkannte. Er blieb ebenfalls stehen und stieg aus.

»Hallo, Skye«, sagte er und vergrub verlegen seine Hände in den Taschen seiner Jeans. »Dachte, ich schau mal eben vorbei und guck mir die Insel an, die du geschenkt bekommen hast. Aber wenn es gerade schlecht passt…«

Lucy lächelte: »Ich bin auf dem Weg zu einer Totenwache und würde mich freuen, wenn du mitkämst. Danach habe ich alle Zeit der Welt, um dir die Insel zu zeigen.«

Und so endete diese Geschichte, die mit einer Totenwache begonnen hat, mit einer weiteren Totenwache.

Gracie O'Malley, letzte Nachfahrin der berühmten irischen Piratin Gráinne Ní Mháille, bekam zum Abschied von dieser Welt ein würdiges Lebewohl auf Séamus Owens Wiese. Es gab ein Lagerfeuer, Suppe, Brot und Whiskey, bis alle satt und glücklich waren. Neben Gracies Freunden waren auch Lucys Familie, Maureens Kinder, Michael Byrne und Liam Cullen dabei, und sie spürten alle, dass sich mit diesem Fest ein paar Kreise schlossen und sie diesen Abend und die Reise, die ihm vorausgegangen war, ihr Leben lang nicht vergessen würden.

»Slán go fóill, Gracie«, sagte Séamus Owen, und der Rest der Trauergesellschaft antwortete mit den gleichen Worten. Lucy, die zwischen ihren Eltern und Liam Cullen stand, dessen Hand sie ganz fest hielt, setzte das Glas an die Lippen und trank es in einem Zug aus. Whiskey, stark und erdig, floss durch ihre Kehle, und als Murphy mit der Geige zu spielen anfing und ein ruhiges, berückend schönes Lied anstimmte, in das alle anderen nach und nach einfielen, streckte sie, ohne sich umzudrehen, suchend ihre Hand mit dem leeren Glas aus, und jemand füllte ihr nach. Die Totenwache auf Séamus Owens Wiese hatte begonnen, und Lucy Skye Harper war mittendrin.

ENDE

Wichtige Begriffe

(und eine kleine Anmerkung zur Aussprache)

Es gibt natürlich, wie für jede Sprache auch, genaue Regeln zur Aussprache des Gälischen, und wenn man einen Iren fragt, dann meint er, das sei kinderleicht und jeder könne nach diesen Regeln irisch sprechen – wenn auch noch lange nicht verstehen.

Wahrscheinlich stimmt das, jedoch mit zumindest einer Einschränkung: Ich kann es nicht. Alle Regeln haben mir nicht geholfen, tatsächlich zu verstehen, wie gälische Wörter ausgesprochen werden sollten. Auch die gängige Lautsprache half mir nicht dabei. Die einzige Art und Weise, wie ich mir die Aussprache einprägen konnte, war durch Zuhören und Nachsprechen. Daher sind die Aussprachetipps neben den Namen im Personenverzeichnis zu Beginn des Romans und den auf Seite 314 aufgeführten Begriffen einzig und allein meinem Gehör geschuldet und erheben keinen Anspruch auf phonetische Korrektheit. Aber es ist vielleicht ohnehin so: Zuhören ist manchmal besser, und Regeln werden oft überbewertet.

Seán-nos, sprich *Schahn-nos*	traditioneller irischer A-cappella-Gesang
Bodhrán, sprich *bourahn*	irische Rahmentrommel
Sláinte, sprich *slahntsche*	Prost
Slán go fóill sprich *slain go foil*	Lebwohl, Auf Wiedersehen, bis bald

Anmerkungen

Ein Roman ist vor allem anderen Fiktion. Doch unter Ausgedachtes, Erfundenes, Erträumtes mischen sich natürlich auch immer Körnchen von Wahrheit, Inspirationen werden aufgenommen, Gelesenes wird weitergesponnen, Erlebtes umgewandelt und in neuer Form verwendet.

Im vorliegenden Roman steckt das größte Körnchen Wahrheit an einer Stelle, wo man es vielleicht nicht sofort vermutet, zumindest, wenn man kein ausgemachter Beatles- oder John-Lennon-Kenner ist: Die Geschichte um John Lennons Insel, Dorinish Island in der Clew Bay, entspricht der Wahrheit. Der Sänger hat diese Insel tatsächlich Ende der Sechzigerjahre gekauft und geplant, sich irgendwann dorthin zurückzuziehen. Er war mit Yoko Ono auch mindestens ein Mal in Irland, um sich die Insel anzusehen, was er in einem Interview als ihren zweiten »honeymoon« bezeichnete. Ob er bei seinem Besuch auch in Galway war, weiß ich nicht, und dass er dort George Miller getroffen und ihm die Insel geschenkt hat, habe ich erfunden. Tatsächlich blieb Dorinish Island bis zu Lennons Tod in seinem Besitz. Yoko Ono verkaufte die Insel vier Jahre nach seinem Tod und spendete den Erlös an ein irisches Waisenhaus. Die Geschichte um

»Beatles-Island« kann man beispielsweise hier nachlesen: http://www.ireland.com/de-de/artikel/beatle-island/

Beatles-Fans wissen es wahrscheinlich: Der Song »Lucy In The Sky With Diamonds« hat bereits zum Zeitpunkt seines Erscheinens für viele Spekulationen gesorgt. Man vermutete dahinter eine versteckte Huldigung der Droge LSD, zumal der Text sehr bunt und fantasievoll ist und man durchaus auf die Idee kommen könnte, dass der Textschreiber bei der Beschreibung von *Schaukelpferdmenschen* und *Marmeladenhimmeln* ein paar Pillen eingeworfen hatte.

John Lennon hat diese Interpretation dementiert:

»Ich schwöre bei Gott oder schwöre bei Mao oder bei wem auch immer Sie wollen, dass ich keine Ahnung hatte, dass man [den Titel] L. S. D. abkürzen kann.«

John Lennon: The Rolling Stone Interview 1970

Er erklärte, der Titel sei aufgrund einer Zeichnung seines Sohnes Julian entstanden, die dieser »Lucy in the Sky with Diamonds« nannte. Im Übrigen stamme die Bildersprache aus »Alice im Wunderland« und handle von einer Frau, die käme, um ihn zu retten:

»Die Bilder stammen aus ›Alice im Wunderland‹. Alice sitzt im Boot. Sie kauft ein Ei, und das verwandelt sich in Humpty Dumpty. Die Frau, die in dem Geschäft bedient, verwandelt sich in ein Schaf, und im nächsten Augenblick rudern sie irgendwo in einem Ruderboot. Das stellte ich mir vor. Ich sah auch das Mädchen vor mir, das irgendwann kommen und mich retten würde […] das Mädchen mit den Kaleidoskop-Augen, das aus dem Himmel kommen würde. Es stellte sich heraus, dass das Yoko war, obwohl ich sie zu diesem Zeitpunkt noch nicht kannte. Vielleicht sollte es heißen ›Yoko in the Sky with Diamonds‹.«

John Lennon, Playboy 1980

nachzulesen mit weiteren Quellen unter https://de.wikipedia.org/wiki/Lucy_in_the_Sky_with_Diamonds

Diese Erklärung gefällt mir besser, und ich finde, sie passt wunderbar zu Lucy Skye Harper …

Dank

Mein Dank gilt, wie bei allen Romanen, die wir bereits miteinander ins Leben gerufen haben, meiner Lektorin Barbara Heinzius, die mich von Anfang an auf dieser Reise begleitet hat, zusammen mit den fabelhaften »Goldfrauen« (Presse, Veranstaltungen und Lektorat) vom Goldmann Verlag/Random House. Sowie auch Ilse Wagner für die bewährte professionelle und einfühlsame Arbeit am Manuskript. Außerdem Thomas Montasser, der nicht nur mein Agent ist, sondern auch ein wunderbarer Freund.

Weiterer großer Dank gilt meinem Mann und unserer Tochter: Bei euch fühle ich mich zu Hause, auf welcher Reise wir uns auch immer gerade befinden.

Ich möchte diese Geschichte meinen Eltern widmen, deren Lust am Reisen sie bereits 1967 auf eine Theatertournee quer durch Europa schickte, die über sechs Monate dauerte, und die mich immer inspiriert hat, ebenso wie ihre Art, die Menschen zu lieben, gleichgültig, woher sie kommen und welches Gepäck sie zu tragen haben, sowie meinem Onkel Willi, mit dem ich gerne mehr erlebt hätte, dessen Reise aber viel zu früh geendet hat. Ich weiß, wo du bist.